MARCIA WILLETT
Liebe mit Blick aufs Meer

Weitere Titel der Autorin

Jahre der Sehnsucht
Stunden des Glücks
Das Glück der Sonnenstunden
Ein Haus in Cornwall
Die Wärme eines Sommers
Das Spiel der Wellen
Das goldene Licht des Himmels
Jene Jahre voller Träume
Der Tanz des Schmetterlings
Ein Geschenk der Freundschaft
Ein Paradies in Cornwall
Ein Hauch von Frühling
Der Ruf der Amsel
Julias Versprechen
Wildblumen im Winter
Das verborgene Kind
Der Duft des Apfelgartens
Das Paradies am Fluss
Der geheimnisvolle Besucher
Der verborgene Moment
Ein Versprechen aus Liebe
Ein unverhoffter Gast
Das Haus der schönen Erinnerungen
Sommertage in der Strandvilla
Sommerglück in Cornwall

Über die Autorin

Marcia Willett, geboren in Somerset, studierte und unterrichtete klassischen Tanz, bevor sie ihr Talent für das Schreiben entdeckte. Ihre warmherzigen, atmosphärischen Romane erscheinen in 18 Ländern. Sie lebt im südenglischen Devon, dessen wunderschöne Natur in vielen ihrer Romane als stimmungsvolle Kulisse wiedererkennbar ist.

Besuchen Sie Marcia Willett unter www.marciawillett.co.uk

Marcia Willett

Liebe mit Blick aufs Meer

Roman

Aus dem Englischen von
Barbara Röhl

lübbe

Dieser Titel ist auch als E-Book erschienen

Die Bastei Lübbe AG verfolgt eine nachhaltige Buchproduktion.
Wir verwenden Papiere aus nachhaltiger Forstwirtschaft und verzichten darauf, Bücher einzeln in Folie zu verpacken.
Wir stellen unsere Bücher in Deutschland und Europa (EU) her und arbeiten mit den Druckereien kontinuierlich an einer positiven Ökobilanz.

MIX
Papier aus verantwortungsvollen Quellen
FSC® C014496

Vollständige Taschenbuchausgabe

Deutsche Erstausgabe

Titel der englischen Originalausgabe: »Reflections«
Originalverlag: Bantam Press an imprint of Transworld Publishers

Titelillustration: © shutterstock/sumroeng chinnapan;
© Konmac; 1000 Words; Olga Emrullah; Myroslava Pavlyk; schankz;
Ratthaphong Ekariyasap; naKornCreate; H Athey/Shutterstock;
© Michael Roberts/gettyimages
Umschlaggestaltung: Kirstin Osenau
Satz: GGP Media GmbH, Pößneck
Gesetzt aus der Garamond
Druck und Verarbeitung: GGP Media GmbH, Pößneck
Printed in Germany
ISBN 978-3-404-18473-6

2 4 5 3 1

Sie finden uns im Internet unter luebbe.de
Bitte beachten Sie auch: lesejury.de

Erster Teil

1. Kapitel

Die Stadt erwacht, reckt sich und rüstet sich für den Tag. Noch herrscht kein Verkehr. Keine Touristen sind unterwegs. Es ist ein warmer, goldener Morgen im September. Nebelfetzen liegen über der Flussmündung, weiße Flügel, die tief über das Wasser gleiten. Die Baumkronen wirken durch das frühe Sonnenlicht wie in Feuer getaucht. Vor dem Haus in der Buckley Street schließt Cara leise die Eingangstür hinter sich, überquert die Straße und geht schnell die Steintreppe hinunter, die zum *Fortescue Inn* führt. Am Kai bleibt sie kurz stehen und sieht über den Hafen hinweg zu den glatten Sandstränden und bewaldeten Buchten hinaus, die weiter weg an der Küste liegen. Dann dreht sie sich spontan um und läuft die Fore Street entlang. Am Fuß der Ferry Steps wartet bereits die kleine Passagierfähre, und Cara geht an Bord, löst einen Fahrschein und setzt sich in den Bug. Mehrere Einheimische, die auf dem Weg zur Arbeit sind, gesellen sich zu ihr, der Motor springt an, und das Boot fährt quer durch den Hafen hinaus, nach East Portlemouth.

Merkwürdig, denkt sie, dass man schon so wenige Meter vom Festland entfernt ein solches Gefühl von Freiheit empfindet, so einen Abstand zur Realität.

Sie wirft einen Blick zur Flussmündung, wo sich die silbrige seidige Haut der See bis zum dunstigen, verschwommenen Horizont erstreckt. Ein kleines Boot fährt in Richtung Hafen und hält sich an das tiefere Fahrwasser, als es an der gefährlichen Sanddüne namens The Bar entlangfährt.

Das Motorengeräusch der Fähre wird zu einem Schnurren, als sie an dem hölzernen Ponton entlanggleitet, und Cara wartet darauf, aussteigen zu können. Kaum ist sie auf den Sand hinuntergetreten, hält sie inne, um zuerst einen und dann den anderen Schuh auszuziehen, sodass sie den weichen Sand zwischen den Zehen spürt. Mit den Schuhen in der Hand geht sie am Strand entlang und setzt sich dann auf einen Felsbrocken.

Cara hat den Eindruck, dass Salcombe sich in den dreißig Jahren, seit ihr Bruder Max das Haus in der Buckley Street gekauft hat, nicht verändert hat. Zeit bedeutet hier nichts. Wenn sie hier sitzt, kann sie sich einbilden, dass sie nicht allein ist, dass Philip gleich den Strand entlanggeschlendert kommt; dass sie ihr gemeinsames Haus in London nicht verkauft hat und immer noch eine feste Adresse besitzt.

Die Wellen rollen über den Sand, und Cara beugt sich vor, krempelt die Jeans hoch und steht auf – ihre zweite spontane Handlung an diesem Morgen. Sie geht den Strand hinunter und tritt vorsichtig ins Wasser. Es ist warm und fühlt sich auf ihrer nackten Haut seidig an, und sie steht da, spürt, wie es ihre Knöchel umspielt, und beobachtet ein Dingi, das jemand zu einer der Jachten hinaufrudert, die weiter oben am Fluss ankern.

Gleich wird sie die Schuhe wieder anziehen und die Fähre zurück nach Salcombe nehmen, zurückkehren in die Buckley Street, zu Max und dem Frühstück. Doch sie gönnt sich noch diesen Moment, in dem sie sich von ihren Erinnerungen davontragen lässt, und lauscht dem Kreischen der Seevögel, dem leisen Rauschen des Meeres und den Geräuschen, mit denen auf der anderen Seite des Flusses Salcombe erwacht.

Langsam fährt Cosmo Trent die steilen, schmalen Straßen entlang, die sich an Salcombe anschließen. Nicht, weil er nervös wäre, sondern weil er festgestellt hat, dass sich hinter fast jeder Einfahrt zu einem Hof oder hinter einer unerwarteten Kurve einer Straße eine Gelegenheit für ein Foto auftun kann. Hier ist eine. Ein wunderbarer Bildaufbau. Cosmo bremst und setzt zurück, um die genaue Perspektive wiederzufinden. Zwischen hohen Böschungen, die mit Erlen und Dorn- und Haselnussbüschen bewachsen sind, fließt ein schmaler, brackiger Bach bis an den Straßenrand. Auf der Böschung über dem Wasserlauf steht ein Haus, das von den Bäumen fast verborgen wird, doch eine Treppe führt zu einer Anlegestelle hinunter. Eine hölzerne Fußgängerbrücke überspannt den Bach, und am anderen Ufer ist ein Schild in den Schlamm zwischen dem Schilf gerammt: *Privat. Angeln verboten.* Ein kleines Dingi, das von seiner Anlegestelle weggetrieben ist, ist durch die steigende Flut unter der wackligen Fußgängerbrücke eingeklemmt worden. Jenseits dieser Szene gleitet weiter flussabwärts ein Schwan elegant auf den Oberlauf der Flussmündung zu.

Als Cosmo sich auf seinem Platz zur Seite wendet, um durch das Beifahrerfenster zu sehen, nimmt er eine Bewegung im hinteren Teil des Wagens wahr. Er wirft einen Blick zurück und sieht, dass Reggie ihn beobachtet. Mit den lang herabhängenden Ohren und den braunen Spanielaugen bringt er es fertig, sowohl geduldig als auch vorwurfsvoll dreinzublicken.

»Tut mir leid, alter Junge«, murmelt Cosmo und legt die Kamera auf den Sitz zurück. »Du darfst nicht vergessen, dass das alles neu für mich ist. Für dich ist das normal. Du bist daran gewöhnt.«

Wenn Reggie seufzen und die Augen verdrehen könnte, würde er das jetzt tun, und Cosmo lacht.

»Ich kann eine Anspielung verstehen«, meint er fröhlich. »Also nach Hause.«

Nach Hause. Sein Heim für die nächsten paar Monate ist ein modernes Wunderwerk aus Stein, Holz und Glas. Die ausgebaute Scheune liegt fast ganz oben an dem Bachlauf, und Cosmo liebt das helle, geräumige Gebäude, die schweren hölzernen Querbalken hoch unter dem Dach und die Fenster, die vom Boden bis zur Decke reichen. Er fährt weiter und denkt über die Umstände nach, die ihn hergeführt haben: seine Entscheidung, sich ein paar Monate Auszeit von seinem Job als Analyst für Risikobewertung bei einer Investmentbank in London zu nehmen; und sein Kollege Alistair, der ihm erzählte, seine Eltern suchten jemanden, der Haus und Hund hüten kann.

»Sie hatten jemanden in Aussicht«, erklärte Al, »aber die Frau hat im letzten Moment abgesagt, und die beiden haben die Kreuzfahrt schon gebucht und alles. Du wirst die Gegend lieben.«

Al und er sind befreundet, seit sie beide vor fünf Jahren nach ihrem Studienabschluss in die Bank eingetreten sind. Als Alistairs Eltern Cosmo zu einem Probewochenende nach Salcombe eingeladen hatten, waren sie mit Als Auto aus London hergefahren. Seine Eltern, die sich vor Kurzem in ihrem Traumhaus zur Ruhe gesetzt hatten, waren entzückend. Reggie war gut erzogen und gutmütig; und selbst das Problem, dass Cosmo kein Auto hatte, war rasch gelöst.

»Der Hundesitter ist als Fahrer für Mums alten Suzuki eingetragen«, erklärte Al ihm. »Und Dad hat ein Kundenkonto beim hiesigen Weinhändler.« Er lachte. »Drei Monate bezahlter Urlaub in traumhafter Lage, mein Alter. Perfekt, oder?«

Noch ist Cosmo nichts aufgefallen, was nicht perfekt wäre. Nach zwei Wochen hier kommt ihm London irreal vor. Jeden

Morgen, wenn er die Holztreppe hinunterkommt und durch diese riesigen Fenster auf den sich ständig verändernden Wasserlauf hinaussieht, ist es ihm fast unmöglich, sich die Hektik und das Gewimmel der Stadt vorzustellen, den Lärm und das Gedränge in der U-Bahn. Cosmo brüht Kaffee auf und trägt ihn auf das kleine Rasenstück hinaus. Reggie folgt ihm auf dem Fuß. Manchmal ist es so früh, dass die ganze Szene schwarz-weiß wirkt, und dann geht die Sonne langsam aus gewaltigen grauen Wolkenbergen auf, und der Wasserlauf wirkt wie verwandelt.

Jetzt, am Steuer, ist sich Cosmo der letzten Blütenkronen des Geißblatts bewusst, das durch die Hecken rankt, der sich rosig färbenden Beeren des Weißdorns und der reifen Brombeeren. Auf beiden Seiten des Hügels breiten sich vier kleine Felder aus. Sie sind ordentlich durch Hecken getrennt, wie eine Flagge. Jedes weist eine andere Farbe auf: rote fruchtbare Erde, hellgoldene Stoppeln, leuchtend grünes Gras und stumpfbrauner Schlamm. Cosmo bremst und lehnt sich aus dem Fenster, um noch ein Foto zu machen.

»Was in aller Welt treibst du bloß den ganzen Tag?«, fragt Rebecca jedes Mal, wenn sie telefonieren. Ihr Ton ist eine kalkulierte Mischung aus Unglauben und sarkastischer Belustigung. »Welcher Mensch, der seinen Verstand beisammen hat, könnte die Langeweile ertragen?«, lautet der Subtext. Er hat nicht vor, sich von ihren Versuchen, ihn aus der Ferne zu kontrollieren, beeinflussen zu lassen. Wenn er ehrlich ist, verblüfft es ihn ziemlich, wie wenig Rebecca ihm fehlt und wie erleichtert er darüber ist, dass sie nicht den Wunsch hat, ihn hier im Westen zu besuchen.

»Ich habe viel zu viel zu tun«, erklärt sie, wenn er sie übers Wochenende einlädt. »Du weißt doch, wie es im Moment aussieht.«

Ihre leicht ungeduldige Reaktion besagt, ihm müsse doch klar sein, dass sie sich unmöglich freimachen kann. Rebecca ist Anwaltsassessorin und mit einem komplizierten Fall beschäftigt, von dem sie hofft, dass er ihr Beifall einträgt und ihre Karriere voranbringt. Obwohl sie klargemacht hat, dass er auf Dauer zu ihr ziehen könnte, hält Cosmo seine kleine Wohnung in Hackney weiterhin. Sie haben Spaß miteinander, Rebecca ist attraktiv und klug, und doch hält ein Instinkt ihn davon ab, sich endgültig zu verpflichten. Er hofft, dass seine Auszeit ihm helfen wird, Klarheit zu gewinnen.

Cosmo lenkt den Suzuki auf den Pfad, der am Farmhaus vorbei und zur Scheune führt. Ein kleiner Teil der Felder ist zusammen mit der Scheune verkauft worden, und man hat Büsche und Schösslinge gepflanzt, um eine neue Hecke zu bilden. Durch das Tor fährt er in den Anbau, der auch einen großen Stapel Feuerholz beherbergt, und steigt aus. Reggie springt auf und ab und läuft davon, um sein Revier zu überprüfen. Cosmo beobachtet ihn und genießt den Sonnenschein und den Frieden. Hier, am oberen Teil des Wasserlaufs, drängen sich oberhalb des Fahrwegs, der sich um die Landspitze herum und nach Salcombe hinein davonschlängelt, ein paar Häuser zusammen, doch niemand ist unterwegs. Der Morgen ist klar und heiß. Cosmo weiß, dass dieser Spätsommer nicht lange währen wird. Vielleicht wird er es hier einsam und deprimierend finden, wenn es abends früher dunkel wird und die Westwinde Regen herantragen. Aber unterdessen wird er Reggies Leine suchen, und sie werden zu Fuß nach Salcombe hineingehen. Er wird sich mit einem Bier und einem Sandwich vor den Pub setzen und die Boote beobachten. Cosmo denkt an Al und lächelt: perfekt, allerdings.

Reggie und er brechen auf und umrunden die Quelle des Wasserlaufs. Als die Flut einläuft, schaukeln Dingis an ihren Anlegestellen, und ein Schwan fliegt auf und verwirbelt mit seinen mächtigen Schwingen die Wasseroberfläche zu Schaum, sodass die versprühten Tropfen im Sonnenschein blitzen. Reggie läuft voraus, sieht sich von Zeit zu Zeit um, um festzustellen, ob Cosmo mit ihm mithält, und bleibt stehen, um auf ihn zu warten.

»Tut mir leid«, sagt Cosmo und beeilt sich, zu ihm aufzuschließen. Er steckt sein Handy wieder in die Tasche und bereut, die Kamera nicht mitgenommen zu haben.

Als sie die Werft passieren, leint Cosmo Reggie an, und sie gehen zusammen weiter und biegen in die Island Street ein. Die alten Werften und Segelmacherwerkstätten, der Geruch nach Salz, Lack und Teer und die originellen Läden und Cafés faszinieren ihn. Die Sommertouristen sind verschwunden, doch es sind immer noch Menschen unterwegs, die den Sonnenschein genießen, am Wasser Pasteten essen und über die Fore Street bummeln.

Es ist noch zu früh fürs Mittagessen, und Cosmo beschließt, in dem Café in der Fore Street einen doppelten Espresso zu trinken. Die Tische im Freien sind besetzt, doch drinnen ist Platz, daher befiehlt er Reggie, sich neben einem Stuhl hinzulegen, und tritt an die Theke, um sein Getränk zu bestellen. Das Personal ist freundlich, und ein älterer Herr lächelt und bleibt auf dem Weg nach draußen stehen, um Reggie zu streicheln und ihm gut zuzureden, sodass Cosmo sich schon fast wie ein Einheimischer fühlt.

Während Cosmo sich setzt, denkt er über diese freundliche Atmosphäre nach, daran, wie hier Fremde einander einen guten Morgen wünschen oder Bemerkungen über das Wetter machen. Er ist nicht an Augenkontakt und kurze Wortwechsel gewöhnt, und ihm gefallen diese Lockerheit und gute Laune. Auch die Worte *»Dolce far niente«*, die mit Kreide an eine Tafel über seinem Kopf geschrieben stehen, bringen ihn zum Lächeln. Das »süße Nichtstun« passt perfekt zu seiner Stimmung. Durch die offene Tür sieht er hinaus auf die sonnige Straße und die Menschen, die in sein Blickfeld herein- und wieder hinaustreten, und fragt sich, ob es Rebecca hier gefallen würde. Sie wäre unruhig, bis sie einen Plan hätte. Ihr Smartphone würde ihr Treffpunkte zeigen, Sehenswürdigkeiten, Galerien, die sie besuchen kann. Rebecca kann mit der Süße des Nichtstuns nichts anfangen.

Mit einem Mal wird der Sonnenschein verdeckt, als jemand hereinkommt. Die Gestalt bildet zuerst nur eine Silhouette vor der Helligkeit draußen und wirkt dann klarer umrissen, als das Mädchen in das Café tritt. Sie hat sich die langen dunklen Locken mit mehreren Spangen hochgesteckt und trägt eine weiße, mit Farbe bespritzte Latzhose. Jemand, der hinter der Theke steht, ruft ihr einen Gruß zu, und sie lächelt zurück, sieht sich um und fängt kurz Cosmos Blick auf. Cosmo beugt sich vor, um Reggie zu streicheln, denn er möchte sie nicht anstarren. Sein Espresso wird gebracht, eine kleine Schar Neuankömmlinge schneit herein, und das Mädchen verlässt das Café und nimmt den Coffee-to-go mit. Cosmo fühlt sich auf irrationale Art enttäuscht. Er trinkt von seinem eigenen Kaffee, zaust Reggie die Ohren und lehnt sich zurück, um den Moment zu genießen.

Cara, die am Nebentisch sitzt, beobachtet ihn. Der kleine Schock, der sie getroffen hat, als sie ihn hereinkommen sah, hat ihr Herz schneller schlagen lassen. Wie merkwürdig, dass dieser schmale, elegante junge Unbekannte sie nach fast vierzig Jahren so stark an Giovanni erinnert. Er ist der gleiche dunkle, italienische Typ wie Joe und strahlt diese eigenartig vertraute Energie aus; und er besitzt die gleichen eleganten Bewegungen und den breiten, zum Lächeln aufgelegten Mund.

Cara hebt ihre Tasse, um zu trinken. Sie umfasst sie mit beiden Händen, um sie im Gleichgewicht zu halten, und setzt die Ellbogen auf den Tisch. Trotzdem zittern ihre Hände ein wenig, und sie stellt die Tasse ganz behutsam wieder ab. Sie denkt daran zurück, wie sie in Joes kleinem Fiat durch das Verkehrsgewühl gerast sind, nachdem sie auf dem Flughafen Fiumicino angekommen war, an die Hitze und den Sex in dem Schlafzimmer hoch über der Stadt … Ihre Gedanken verbeißen sich in diese Erinnerungen, und da sieht sie, dass der junge Mann, der nicht Joe ist, ihr einen Blick zugeworfen hat. Ihre jahrelange Disziplin setzt sich durch, und sie entspannt sich, lässt die Schultern sinken, reckt das Kinn und lächelt ihm höflich zu.

Das Lächeln, mit dem er reagiert, ist freundlich und humorvoll, und er zeigt auf die Botschaft, die mit Kreide auf eine Tafel über ihnen geschrieben steht.

»Dolce far niente«, zitiert er. »Gefällt mir außerordentlich gut.«

Dass er seine ersten Worte auf Italienisch spricht, ist ein weiterer Schock für Cara, doch sie wahrt ihre Selbstbeherrschung und nickt. »Es sagt alles«, pflichtet sie ihm bei. »Und lässt mich vermuten, dass Sie hier Urlaub machen.«

»Gewissermaßen«, erklärt er und zeigt auf den Spaniel, der zu seinen Füßen liegt. »Ich hüte ein paar Monate lang Haus und Hund. Und Sie? Machen Sie hier Ferien?«

»Gewissermaßen«, antwortet sie und imitiert ihn in voller Absicht. »Ich suche einen neuen Wohnsitz. Zurzeit wohne ich bei meinem Bruder Max. Er und seine Frau besitzen seit Jahren ein Haus in Salcombe und haben sich jetzt darin zur Ruhe gesetzt.«

»Es ist einfach großartig hier, nicht wahr?«, sagt er beinahe wehmütig. »Ich meine, es ist völlig anders als London.«

»Ja«, stimmt sie ihm amüsiert zu. »Salcombe hat eindeutig nichts mit London zu tun. Das wird Ihnen besonders auffallen, wenn es Winter wird. Aber dann sind Sie wahrscheinlich schon wieder zurück unter den Lichtern der Großstadt.«

Der Hund fühlt sich durch die Unterhaltung ermuntert und versucht aufzustehen, und Cara streckt die Hand aus und krault ihm die braunen seidenweichen Ohren.

»Er heißt Reggie«, erklärt der junge Mann. »Und ich bin Cosmo.«

Cara senkt den Kopf und fährt fort, Reggie zu streicheln. Eigentlich möchte sie ihren Namen nicht nennen, aber sie weiß, dass sie seine freundliche Geste erwidern muss.

»Ich heiße Cara«, sagt sie zu ihm.

»Cara.« Erfreut lacht er auf. »Wir veranstalten hier einen ziemlich italienischen Vormittag, nicht wahr?«, ruft er aus. »Wie merkwürdig, obwohl ich über die Seite meines Vaters eine familiäre Verbindung nach Italien habe.«

Kurz durchfährt sie Panik, doch glücklicherweise erhebt sich jetzt Reggie, wedelt mit dem Schwanz und sorgt für Unruhe zwischen den Tischen. Cosmo steht auf.

»Ich sollte los«, sagt er. »Bestimmt laufen wir uns wieder über den Weg.«

»Wahrscheinlich«, gibt Cara zurück.

Sie sieht ihm nach, als er hinausgeht, und dann greift sie erneut nach ihrer Tasse. Ihr Kaffee ist fast kalt, aber sie trinkt ihn trotzdem und ringt die Symptome einer ausgewachsenen Panikattacke nieder. Während der letzten paar Monate seit Philips Tod erlebt sie immer wieder solche Episoden. Er war ihre Zuflucht, ihr Fels in der Brandung, ihr Mitverschwörer. Vierzig Jahre lang hat er den Spiegel gehalten, der ihr Leben reflektierte. »Wir haben das Bedürfnis, von anderen gesehen zu werden, um uns von unserer eigenen Existenz zu überzeugen.« Sie kann sich nicht daran erinnern, wo sie die Worte gelesen hat, aber sie glaubt an sie. Wer wird ihr jetzt den Spiegel vorhalten?

Cara trinkt den Kaffee aus. Sie denkt zurück an Giovanni und daran, wie er sie »Cara, Cara« gerufen hat – »Liebling, Liebling« –, und sie nannte ihn immer »Joe«. Sie hat ihn auf einer Party bei einer Freundin in Kensington kennengelernt. Da war sie fast zwanzig und er vier oder fünf Jahre älter. Seine Freunde und seine Familie exportierten Wein, sie waren kultiviert und weitgereist, und man amüsierte sich gut mit ihnen. Er sprach fließend Englisch, und als sie ihre italienischen Brocken an ihm ausprobierte, lachte er sie aus und meinte, das Wichtigste sei ihr Name. Wie attraktiv er war, und wie leicht es ihr fiel, sich in ihn zu verlieben!

Cara schiebt die Tasse beiseite. Diese Gedanken, die sie so lange verdrängt hat, verunsichern sie. Sie haben sie in einem unachtsamen Moment erwischt. Sie ist es nicht gewohnt, allein zu sein, niemanden zu haben, mit dem sie sich beraten kann oder auf den sie Rücksicht nehmen muss. Das fühlt sich so eigenartig an, so einsam. Das Café ist jetzt belebt, und Cara greift nach ihrer Tasche und steht auf. Sie wird Brot kaufen und dann nach Hause gehen, zu Max.

Max steht dicht vor der Tür, die von der Küche auf den kleinen Balkon führt, und streitet am Telefon mit seiner Frau.

»Es sind doch nur ein paar Wochen, Judith, bis sie etwas anderes gefunden hat. Du meine Güte, das ist ja wohl das Mindeste, was wir tun können!«

»So etwas von unverantwortlich!«, gibt seine Frau scharf zurück. »Was würde sie anfangen, wenn du nicht da wärst?«

»Aber ich *bin* da.«

»Trotzdem halte ich nichts von diesen Absprachen mit offenem Ende. Vollkommen typisch für Cara. Und sie wird wahrscheinlich viel länger bleiben als ein paar Wochen. Hör auf meine Worte.«

Ihre Stimme klingt selbstsicher, gereizt, und er seufzt lautlos und sieht zu, wie Cara direkt unter ihm die Treppe neben dem *Fortescue Inn* heraufsteigt.

»Ich finde ja auch, in einer idealen Welt hätte sie etwas in Aussicht haben sollen«, pflichtet er Judith friedlich bei und zieht sich mit dem Telefon weiter in die Küche zurück, damit Cara ihn nicht hören kann, »aber das Haus hat sich so schnell verkauft. Philip ist noch kein Jahr tot, und sie ist noch nicht wieder ganz die Alte. Sei doch nicht so streng mit ihr, um Himmels willen. Und, wie läuft es bei euch?«

Die Ablenkung funktioniert. Judith plappert weiter und erstattet ihm Bericht über die Lage in Oxford, wo ihre schwangere Schwiegertochter sich den Knöchel gebrochen hat. Ihr Sohn Paul befindet sich auf einer Vortragsreise im Ausland, und Judith ist eilig hingefahren, um sich um Freya und die zweijährige Enkelin zu kümmern. Max' Vorschlag, Judith zu begleiten, wurde abgeschmettert. *Sie* muss die gute Fee spielen, sich als praktisch und fähig erweisen. Er ist ein hilfloses männliches Wesen und wird nur im Weg stehen. Und außerdem ist da noch Oscar, der schwarze Labrador, der momentan auf dem Küchenboden ausgestreckt liegt und fest schläft. Oscar wäre in dem kleinen Reihenhaus in Jericho nicht willkommen. Max ist es gewohnt, von Judith ständig daran erinnert zu werden, dass sie jede Lage meistert, nachdem sie all diese Jahre als Marine-Ehefrau ohne ihn zurechtgekommen ist, Umzüge organisiert und Entscheidungen getroffen hat, mit den Jungs fertiggeworden ist. Jetzt, im Ruhestand, nimmt er sich in Acht, das zu respektieren. Obwohl er seine Familie sehr gern sehen würde, besonders die kleine Poppy, begreift er, dass er bei dieser Gelegenheit nur stören würde. Andererseits jedoch hat er ein schlechtes Gewissen, weil er eine flüchtige Erleichterung spürt, dankbar für Oscar ist und sich darauf freut, Zeit mit seiner kleinen Schwester Cara zu verbringen. So alt sie beide auch werden, sie wird immer seine kleine Schwester bleiben, acht Jahre jünger als er; das kleine Mädchen, das da war, um ihn zu begrüßen, wenn er aus dem Internat nach Hause kam, und das er retten musste, wenn sie etwas ausgefressen hatte. Jede Woche hatte ihr Vater es eilig, das große alte Haus in Sussex zu verlassen und zur Arbeit – und zu seiner Geliebten – in die Stadt zurückzukehren, während ihre distanzierte, unberechenbare Mutter ihre Frustration in der Gin-Flasche ertränkte. Wenn er im Internat war, sorgte sich Max um Cara, die vernachlässigt wurde und den Weinkrämpfen und Wutausbrüchen ihrer Mutter ausgesetzt war. Als sie starb, war Cara fast vierzehn und Max einundzwanzig und Fähnrich an der Royal Britannia Marineakademie in Dartmouth. Philip Grey war sein bester Freund, und sogar nachdem Max nach Cambridge gezogen und dann zum Außenministerium gegangen war, hatte Philip immer gern einen Teil seines Urlaubs in Sussex verbracht. Sie hatten beide Spaß daran, Cara in ihrem Internat zu besuchen, sie zum Tee einzuladen und später, als sie älter war, ihre Freunde kritisch unter die Lupe zu nehmen und sie ins Theater auszuführen, wenn sie in London war. Max war gerade zum Korvettenkapitän befördert worden und diente als Technischer Offizier auf einem Atom-U-Boot, und Judith war schwanger mit ihrem zweiten Sohn, als Cara und Philip beschlossen zu heiraten. Philip war damals Erster Sekretär an der Britischen Botschaft in Rom, und Cara war gerade erst einundzwanzig geworden. Max war inzwischen oft auf See und sehr erleichtert darüber, dass sich jemand um Cara kümmern würde und seine enge Freundschaft mit Philip erhalten bliebe. Philip fehlt ihm sehr.

»Tja, dann grüß alle schön von mir«, sagt Max zu Judith, sobald er zu Wort kommt. »Freya ist sicher froh, dich dort zu haben. Ich kann nachkommen, falls ihr mich braucht.«

Er hört, wie unter ihm die Tür geöffnet wird. »Hi, bin wieder da«, ruft Cara, und er beendet das Gespräch und wartet darauf, dass sie heraufkommt. Sie bewohnt eines der Zimmer im Erdgeschoss. Das Haus besitzt drei Ebenen und hat das Wohnzimmer im obersten Stock, um das Beste aus der Aussicht über die Flussmündung zu machen. Die Küche und das Elternschlafzimmer liegen im ersten Stock, und im Erdgeschoss befinden sich zwei Zimmer, ein Bad und ein Hauswirtschaftsraum. Die Treppe führt direkt in die große Küche, und Max wartet darauf, dass Cara auftaucht.

»Hast du Kaffee getrunken?«, fragt er. »Hast du an das Brot gedacht?«

»Ja, auf beide Fragen«, antwortet sie, während sie die Treppe hinaufsteigt. »Es ist gut, wieder in Salcombe zu sein, Max. Danke, dass du mich bleiben lässt.«

Zum ersten Mal seit Philips Tod verbringen sie längere Zeit zusammen, und Max fühlt sich plötzlich leicht unwohl. Ihm war nicht klar gewesen, dass fast jede Bemerkung gefühllos oder sentimental klingen kann.

»Es ist großartig, dich hierzuhaben«, erklärt er ihr. »So hast du Freiraum, um zu entscheiden, wo du leben willst. In London wolltest du offensichtlich nicht bleiben, und das kann ich dir wirklich nicht verübeln.«

Cara stellt die Tasche mit dem Brot auf den Tisch und bückt sich, um Oscar zu streicheln, der kurz den Kopf hebt und mit dem Schwanz zur Begrüßung einen kleinen Trommelwirbel auf dem Boden schlägt. Sie schlendert zur Balkontür und lehnt sich an den Türpfosten. Max fällt auf, dass Cara nie ganz auf den Balkon hinaustritt, und er beobachtet sie neugierig. Sie wirkt besorgt, nervös.

»Nein«, antwortet sie ihm nach kurzem Schweigen. »Das Haus war eine Investition, und es war sehr nützlich, als wir für einige Zeit nach England zurückgekehrt sind. Und als Philip in den Ruhestand ging. Er interessierte sich so leidenschaftlich für das Theater und die Oper, und er liebte London, aber irgendwie habe ich mich dort nie zu Hause gefühlt. Vielleicht bin ich tief im Herzen ja ein Mädchen vom Lande, obwohl ich mir nicht sicher bin, wo ich wirklich leben möchte. Es war verrückt, es so schnell zu verkaufen, doch die Gelegenheit war zu gut, um sie auszuschlagen.«

Sie wirkt immer noch distanziert, wie abgehoben von der Welt um sie herum, und er hat es eilig, sie in die Realität zurückzuholen.

»Du könntest es dir leisten, dich eine Zeit lang irgendwo einzumieten«, schlägt er vor, »während du darüber nachdenkst. Kein Grund, etwas übers Knie zu brechen. Du könntest dir irgendwo hier über den Winter eine Ferienwohnung nehmen.«

Sie dreht sich um und sieht ihn an. Ihre Augen blitzen amüsiert. »Das würde Judith überglücklich machen«, meint sie.

»Hör auf«, gibt er sofort zurück. »Das wäre für sie vollkommen in Ordnung.«

Aber er ist froh, das vertraute boshafte Glitzern in Caras Augen wahrzunehmen und zu sehen, wie ihre Traurigkeit verfliegt. Sie trägt Leggings mit einem langen blauen Jeanshemd darüber und dazu Segelschuhe an den Füßen. Weil sie so klein und schmal ist und ihr kurzes blondes Haar kaum eine Spur von Grau aufweist, wirkt sie unglaublich jung.

»Ja, natürlich tut sie das«, hat Judith gefaucht, als er ihr gegenüber eine Bemerkung darüber machte. »Sie hat ein tolles Leben als Diplomatengattin geführt und in Botschaften auf der ganzen Welt gelebt. Und sie hat keine Kinder, um die sie sich Sorgen zu machen braucht. Kein Wunder, dass sie nicht so alt aussieht, wie sie ist. Sie benimmt sich auch nicht so. Umso schlimmer.«

Was für ein Jammer, dass Judith und Cara sich nie verstanden haben!, denkt Max. Das wird das Leben jetzt sehr schwierig machen.

»Mieten ist aber eine gute Idee«, meint Cara nachdenklich. »Vielleicht finde ich schnell etwas, und dann bist du mich los.«

»Ich wünschte, du würdest nicht so reden«, gibt er gereizt zurück. »Es ist großartig, Zeit mit dir zu verbringen, besonders nachdem Philip …« Er gerät ins Stammeln und weiß nicht recht, worauf er damit hinauswill, und Cara beginnt zu lachen.

»Lieber Max«, sagt sie. »Du bist der beste Bruder der Welt, und ich bin so froh, dass du hier bist. Und ja, ich werde es aussprechen. Ich bin so froh, dass Judith es nicht ist. Drei sind hier ganz entschieden einer zu viel. Jetzt, in diesem Moment, freue ich mich, dass nur du und ich hier sind. Aber ich habe nicht vor, das auszunutzen. Lass uns online gehen und Ausschau nach Mietobjekten halten. Nicht unbedingt in Salcombe. Vielleicht in Dartmouth.«

Ihre Geistesabwesenheit von eben scheint verflogen zu sein. Max stößt einen lautlosen Seufzer der Erleichterung aus und geht seinen Laptop holen.

Cara beobachtet ihn. Während sich Max an den Küchentisch setzt und den Deckel seines Laptops aufklappt, fragt sie sich, wieso dieser junge Mann – Cosmo – es fertiggebracht hat, Erinnerungen ans Licht zu bringen, die sie seit Jahren verdrängt hatte. Lag das nur an der außerordentlichen Ähnlichkeit – an der Art, wie er sich bewegte, seiner Energie, seinem Lächeln? Oder dem italienischen Spruch, den er gebraucht hat? Und ist sie jetzt, nach Philips Tod, besonders verletzlich? Er stand zwischen ihr und der Vergangenheit, hat sie beschützt und ihr Mut gemacht. Sie hatten beide so viele Jahre die Geheimnisse des jeweils anderen bewahrt. Jetzt ist sie allein – obwohl sie Max hat. Sie mustert ihren Bruder, der Immobilienanzeigen googelt und dabei die Lippen zu einem lautlosen Pfeifen spitzt.

»Hier sind ein paar interessante Anzeigen«, sagt er. »Komm und wirf einen Blick darauf.«

Sie tritt neben ihn und überlegt, wie sie reagieren wird, wenn sie Cosmo wiedersieht, was in einer so kleinen Stadt fast unvermeidlich ist. Aber beim nächsten Mal wird sie auf die Begegnung vorbereitet sein. Sie beugt sich vor und versucht, sich auf die Objekte zu konzentrieren, die Max ihr zeigt, doch sie denkt immer noch an Cosmo. Und erinnert sich an Joe: Wie sie in Nachtklubs und auf Partys getanzt haben, wie sie in dem kleinen italienischen Restaurant, wo Joe wie ein Prinz behandelt wurde, vertraut miteinander zu Abend gegessen und sich in der Wohnung seines Freundes aufregend und leidenschaftlich geliebt haben. Wie rasch sie sich verliebt hat – so schnell war sie bereit zu glauben, dass dies das Wichtigste in ihrem Leben sein würde –, und wie niedergeschmettert sie gewesen war, als er nach Italien zurückkehrte!

»Geht's dir auch gut?« Max sieht zu ihr auf und legt vor Sorge die Stirn in Falten.

»Ja«, antwortet sie und nimmt sich zusammen. »Ja, natürlich.« Sie zeigt auf eine beliebige Stelle auf dem Bildschirm. »Das hier sieht nett aus. Stehen da noch mehr Einzelheiten?«

2. Kapitel

Cosmo sitzt auf einer Bank am Wasser, beobachtet die Boote und isst ein Krabbensandwich, das er sich bei *Salcombe Yawl*, dem Imbiss, gekauft hat. Reggie liegt gespannt neben ihm und mustert begehrlich das Sandwich, doch Cosmo denkt an die junge Frau, die er in dem Café gesehen hat, an ihre mit Farbe bespritzte Latzhose und die Art, wie sie sich das Haar hochfrisiert hatte. Sie wirkte weiblich, selbstbewusst und glücklich. Er weiß, er sollte sich nicht wünschen, sie wiederzusehen, doch das will er. Wahrscheinlich, weil sie einen so großen Gegensatz zu Rebecca bildet, deren schwarzes Haar stets in gestochen scharfen Linien geschnitten ist. Ihre Hosenanzüge sind chic, ihre hohen Absätze klappern geschäftig, und das Smartphone klebt ständig an ihrer Hand. Sie ist ehrgeizig, engagiert, erfolgreich. Er mag das; er bewundert es und findet es sexy. Gleichzeitig lässt es immer weniger Raum für Spaß, zum Chillen, um sich mit gemeinsamen Freunden zu treffen. Deswegen hat er seine kleine Bude in Hackney behalten, damit er sich ab und zu eine Auszeit von der exklusiven Atmosphäre gönnen kann, die Rebecca umgibt; von den Erwartungen, die sie an ihn stellt. Deswegen gefällt es ihm hier auch so gut: das langsamere Tempo, die Boote, die an ihren Anlegestellen auf dem Wasser wippen, das Auf und Ab von Ebbe und Flut.

Als er sich zur Seite dreht, um das letzte Stück Brotkruste mit Reggie zu teilen, sieht er das Mädchen wieder. Sie schlendert auf ihn zu, und noch während er sie ansieht, verharren seine Finger, die er immer noch nach Reggie ausstreckt. Sie erblickt ihn und beginnt zu lachen.

»Das habe ich gesehen«, sagt sie. »Ganz schlechte Angewohnheit.«

Froh darüber, dass sie so freundlich reagiert, lacht er ebenfalls. Er zieht sein Taschentuch hervor und wischt sich die Finger ab.

»Ich konnte nicht widerstehen, er hat mich so jammervoll angeschaut«, erklärt er ihr. »Erzählen Sie niemandem davon.«

»Das brauche ich gar nicht«, gibt sie zurück. »Von jetzt an wird er bei jeder Gelegenheit betteln. Gehört er Ihnen?«

Cosmo schüttelt den Kopf, verzieht das Gesicht und tut schuldbewusst.

»Dachte mir doch, dass ich ihn schon früher gesehen habe«, sagt sie. »Sie stecken in großen Schwierigkeiten.«

Er steht auf und ergreift die Gelegenheit. »Ich bin sein Hundesitter«, erklärt er. »Seine Besitzer wohnen am oberen Ende des Baches. Ich hüte das Haus und Reggie, während sie ein paar Monate unterwegs sind. Ich heiße Cosmo.«

Er streckt die Hand aus, und sie drückt sie fest und lässt sie wieder los.

»Ich bin Amy«, antwortet sie. »Ich bin von hier. Ich arbeite für meinen Dad als Malerin und Tapeziererin.«

Er ist leicht verdattert, lässt sich aber nichts anmerken. »Ist das so ähnlich wie Innenarchitektur? Muss faszinierend sein.«

Sie lächelt über seinen Versuch, ihre Arbeit aufzuwerten und sie anspruchsvoller klingen zu lassen, schüttelt jedoch den Kopf und weist ihn zurück.

»Nein«, erwidert sie. »Nur anstreichen und renovieren. Ich arbeite gern mit Licht, Raum und Farben. Nichts weiter.«

»Klingt schön«, sagt er und versucht, seinen gut gemeinten Patzer wettzumachen. »Da haben Sie sicher hier wegen der vielen Ferienvermietungen ordentlich zu tun.«

»Allerdings.« Sie bückt sich, um Reggie zu streicheln. »Was sagten Sie noch, wie er heißt?«

»Reggie«, gibt Cosmo zurück. »Er ist so ein guter Hund. So gehorsam und brav.«

»Das werden Sie sicher bald ändern«, erwidert sie und nickt ihm zu. »Man sieht sich.«

»Ja.« Er mag die Sache nicht so locker auf sich beruhen lassen. »Ich habe Sie vorhin im Café gesehen. Vielleicht können wir ja mal einen Kaffee zusammen trinken?«

»Vielleicht.« Sie lächelt und lenkt dann ein wenig ein. »Ich schaue meistens gegen halb elf dort vorbei. Ich werde die Augen nach Ihnen offen halten.«

Sie wendet sich ab und geht mit leichten, eleganten Schritten davon, und er schaut ihr nach, bis sie nicht mehr zu sehen ist, und blickt dann zu Reggie hinunter. Ihm kommt es vor, als stünde ein vorwurfsvoller, ja sogar missbilligender Ausdruck in den braunen Hundeaugen.

»Ach, komm schon!«, sagt Cosmo abwehrend. »Es ist nur Kaffee, okay? Kein richtiges Date oder so.«

Er schnappt sich Reggies Leine, und sie brechen in Richtung Island Street auf und gehen vorbei an den originellen Galerien und Cafés und der Destillerie von Salcombe zurück zum Bach. Cosmo hat sich einen Besuch in der Destillerie- und Gin-Schule von Salcombe vorgenommen. Sie bieten Verkostungen an, aber er wollte eigentlich nicht allein gehen, denn er findet, das könnte ihn ein wenig wie einen Loser aussehen lassen. Kurz fragt er sich, ob Amy Gin mag, und dann zieht er fast reflexartig sein Handy hervor und hält inne, um Rebecca eine Textnachricht zu schicken. Reggie steht geduldig da und sieht ihm zu. Er wedelt leicht und wie beifällig mit dem Schwanz, und Cosmo beginnt zu lachen.

»Was bist du?«, fragt er. »Mein Gewissen oder so? Ich sage dir was: Wie wäre es, wenn wir nach Dartmoor hinauffahren? Uns ein wenig umsehen? Okay. Ich weiß, du kennst das alles schon, aber ich nicht. Ich habe Urlaub.«

Er steckt das Telefon wieder in die Tasche, versetzt Reggie einen Klaps, und sie setzen sich in Bewegung. Cosmo fühlt sich fröhlich, aufgeregt, glücklich. Er kennt den Grund, will ihn aber nicht einmal sich selbst eingestehen. Stattdessen plant er, was er für den Ausflug aufs Moor mitnehmen muss: seine Kamera, die amtliche Landkarte, Wasser für Reggie. Er denkt an die Frau in dem Café zurück, Cara, lacht und spricht sich die Worte noch einmal vor: *»Dolce far niente.«*

Als Amy vom Parkplatz fährt, sieht sie ihn mit Reggie vorbeilaufen. Sie mag sein Äußeres: das kurze, stachelige schwarze Haar, die braunen Augen und sein bereitwilliges Lächeln. Jetzt wünscht sie, sie hätte ihn gefragt, wo er wohnt, wenn er keinen Hund hütet, womit er sich seinen Lebensunterhalt verdient. Aber das war ihr alles ein wenig zu schnell vorgekommen, zu eifrig. Vielleicht geht sie morgen ins Café, oder sie wartet ein oder zwei Tage ab.

Amy fährt in die entgegengesetzte Richtung davon, die Shadycombe Road hinauf und ins Wohngebiet der Stadt. Sie parkt vor einer viktorianischen Doppelhaushälfte und steigt aus. Nachdem sie ein paar Farbdosen aus dem Laderaum genommen hat, geht sie die Einfahrt hinauf und öffnet die Haustür. »Ich bin's, Dad«, ruft sie laut.

Er antwortet von irgendwo, und sie trägt die Dosen hinein, stellt sie auf die Fußmatte und schließt die Tür hinter sich.

Ihr Vater taucht aus einer Tür in der Diele auf und nickt

ihr zu. »Perfektes Timing. Dachte ich mir, dass sie im Lieferwagen stehen. Danke, Schatz. Hast du sonst noch etwas mitgebracht?«

Sie grinst ihm zu. »Falls du meinst, ob ich etwas zu essen für dich habe, ist die Antwort ja.«

»Komm in die Küche«, sagt er. »Zehn Minuten Pause kann ich schon machen. Wie kommst du in der Courtenay Street voran?«

Sie nickt und folgt ihm in die große Küche. »Bin ganz zufrieden. Es arbeitet sich dort gut, und die Leute sind sehr nett.« Sie blickt sich um. »Gefällt mir besser als hier. Und es ist wirklich cool, dass es nur ein paar Häuser weiter ist.«

»Aber es ist größer«, meint er und zieht eine Thermosflasche aus einer riesigen Leinentasche. »Viel schicker als in unserem kleinen Cottage.«

»Mir gefällt unser Häuschen«, sagt sie. »Und apropos ›schick‹, ich habe gerade einen Typ namens Cosmo kennengelernt.«

Er zieht die Augenbrauen hoch. »Ernsthaft? Cosmo? Sehr nobel. Was macht er, ist er Tourist?«

Sie schüttelt den Kopf und reicht ihm eine Teigtasche. »Nein. Er hütet für irgendwelche Leute hier aus Salcombe ein paar Monate lang Haus und Hund, sagt er. Netter Hund.«

Ihr Vater beißt in seine Pastete. »Wie heißt der Hund?«

»Reggie.« Amy lacht. »Cosmo hat ihn mit einem Stück von seinem Sandwich gefüttert, da habe ich ihn ausgeschimpft.«

Ihr Vater nickt. »Kommt mir bekannt vor. Hast dich eingemischt wie immer.« Aus seiner Thermosflasche gießt er Tee in einen Trinkbecher. »Und, wirst du ihn wiedersehen?«

Sie zuckt mit den Schultern und tut gleichgültig. »Keine Ahnung. Wahrscheinlich schon. Salcombe ist klein. Tja, ich gehe besser wieder an die Arbeit.«

»Okay. Danke, dass du mir die Farbe und die Teigtasche vorbeigebracht hast. Vergiss nicht, heute Abend ist Quiz-Abend im Pub.«

Sie sammelt Einwickelpapier und Krümel ein und gibt ihm einen schnellen Kuss. »Ich mache mich jetzt auf den Weg nach Kingsbridge. Hatte einen Anruf von einer Frau, die möchte, dass ich ein Kinderzimmer für ihr kleines Baby dekoriere. Ich fahre schnell hin, um mir das anzusehen. Das sollte ein netter kleiner Job werden. Bis später.«

Jack hört, wie die Haustür zufällt, doch er bleibt noch eine Weile, wo er ist, und trinkt seinen Tee aus. Er kann sich glücklich schätzen, eine so gescheite, lebhafte Tochter zu haben, die mit ihm zusammenlebt und für ihn arbeitet. Aber so rosig war es nicht immer. Noch immer kann er kaum glauben, dass es fast zehn Jahre her ist, seit Sally an diesem verdammten, furchtbaren Krebs gestorben ist. Da war Amy dreizehn. Sie war drei gewesen, als Sally und er das kleine Cottage in der Courtenay Street gekauft hatten, wofür sie jeden Penny ihrer Ersparnisse zusammengekratzt und eine Furcht einflößende Hypothek aufgenommen hatten. Aber sie waren entschlossen gewesen, in der Stadt zu bleiben. So, wie die Immobilienpreise inzwischen in den Himmel geschossen sind, wäre das heute unmöglich, doch damals haben sie es geschafft. Sally arbeitete mit ihm zusammen, nahm jeden Job an, den sie bekommen konnte, und half ihm, das Haus zu renovieren, das praktisch eine Ruine war. Wie sie dieses kleine Cottage geliebt hat! Sie haben geschuftet, und sie waren so glücklich …

Mit einem Knall stellt Jack die Tasse ab. Die verdammte Krankheit hatte sie so schnell aufgefressen, und er hatte sich so hilflos gefühlt, so zornig. Nur für Amy hatte er noch weitergemacht. Als sie ihm nach Abschluss ihres Kunststudiums in Falmouth erklärte, sie wolle bei ihm anfangen und für ihn arbeiten, hier in Salcombe bleiben, konnte er sein Glück kaum fassen.

»Ich bin furchtbar gern hier«, erklärte sie ihm. »Und ich liebe diese Arbeit – dafür zu sorgen, dass alles frisch und sauber und hell aussieht. Ich gehe gern segeln, in den Pub oder auf den Klippen spazieren. Wenn dir das recht ist, würde ich das gern tun.«

Er konnte ihr kaum antworten, so gerührt und glücklich war er.

»Das nehme ich mal als ›ja‹«, sagte sie.

Und so leben sie jetzt seit ein paar Jahren. Amy ist wie ihre Mum: Sie arbeitet schwer, sie ist fröhlich und hat gern ein wenig Spaß.

Jack wäscht seine Tasse unter dem Wasserhahn ab, wickelt sie in ein Geschirrhandtuch und steckt sie zurück in seine Arbeitstasche. Er denkt über Cosmo nach. In Amys Stimme hat so ein gewisser Ton gelegen, und ein kleiner Funke hat in ihren Augen geglitzert, aber jetzt ist er froh, dass er sie nicht damit aufgezogen hat. Sie hat schon ein paar junge Burschen mit nach Hause gebracht, und am College hatte sie eine ziemlich feste Beziehung, doch nichts allzu Ernstes. Jack hat gelernt, ihr Freiraum zu lassen und ihre Unabhängigkeit zu achten, und gemeinsam haben sie gelernt, mit dem Schmerz über Sallys Verlust umzugehen. Es wird sehr schwierig werden, wenn Amy beschließt, von zu Hause auszuziehen, doch er weiß, dass es so kommen wird, und hofft, dass er in der Lage sein wird, es ihr leicht zu machen.

Aber nicht mit Cosmo. Mit einem Schwiegersohn namens Cosmo könnte er nicht leben. Jack grinst in sich hinein und schickt sich an weiterzuarbeiten. Er holt die Farbdosen aus der

Diele und hebelt die Deckel mit einem Schraubenzieher auf. Mit einem Mal kommt ihm ein Gedanke, und er zieht sein Handy hervor und schreibt eine Textnachricht. Dann greift er nach dem Pinsel, steckt seine Ohrhörer ein und schaltet Musik an. Bill Withers *Lovely Day*. Genau das Richtige.

Die Nachricht kommt herein, als Cara und Max gerade ihr Mittagessen beenden. Sie sitzen an dem großen Küchentisch, und die Balkontüren stehen offen und lassen den Sonnenschein herein. Max nimmt das Handy aus der Tasche und liest die Nachricht.

»Jack«, erklärt er. »Erinnert mich daran, dass heute Quiz-Abend im Pub ist. Vor ein paar Wochen hatte ich einen senilen Aussetzer und habe den Termin vergessen. Jetzt hackt er ständig darauf herum.«

»Jack?«, erkundigt sie sich.

»Jack Hannaford«, erklärt er und tippt eine Antwort. »Er hat die ganzen Umbauarbeiten hier übernommen, als wir die Küche nach oben verlegt haben. Jack ist ein richtig guter Kerl. Wenn du heute Abend mitkommst, wirst du ihn kennenlernen, aber unterschätz ihn nicht. Er ist ein sehr intelligenter Mann, der eine Karriere als Lehrer aufgegeben hat, um sich selbstständig zu machen. Er ist ein Freigeist.«

»Klingt vergnüglich«, pflichtet sie ihm bei. »Du kannst dich so glücklich schätzen, das alles zu haben, Max. Es war sehr klug von dir, das Haus schon so früh zu kaufen, um dich darin zur Ruhe zu setzen, und dein kleines Boot. Ich beneide dich.«

Max steht auf, räumt die Teller ab und weiß nicht, was er darauf sagen soll. Wenn er an Caras Lage denkt, spürt er, dass er Glück gehabt hat, aber es fällt ihm schwer, die richtigen Worte zu finden. Während er die Teller in die Spülmaschine stellt, überfällt ihn eine Erinnerung, ein Flashback an seine Kindheit.

Da war er zwölf und gerade für die Frühjahrsferien aus dem Internat nach Hause gekommen. Er suchte nach Cara und rief ihren Namen, doch sie war nirgendwo zu finden. Er stieg die schmale Treppe zum Dachboden hinauf, stieß eine der Türen auf und blieb dann stehen und riss die Augen auf. Am anderen Ende des kleinen Raumes lehnte ein Spiegel mit vergoldetem Rahmen an der Wand, wo er fast den gesamten Platz einnahm. Davor stand die vierjährige Cara. Sie sah in den Spiegel, gestikulierte und unterhielt sich lebhaft mit ihrem Spiegelbild. Sie lachte, drehte sich im Kreis und streckte den großen Zeh aus. Fasziniert sah er zu, doch etwas hinderte ihn daran, zu ihr zu gehen. Er zog sich auf den Treppenabsatz zurück, ging die Treppe rückwärts hinunter und rief erst dann noch einmal ihren Namen. Sie kam herausgerannt und lief ihm über die Treppe eilig entgegen. Wie immer war sie froh, dass er zu Hause war.

»Komm und schau dir das an, Max«, drängte sie, umschlang seine Knie, nahm dann seine Hände und zog ihn die Treppe hinauf. »Ich habe eine Freundin, Max. Komm und sieh dir das an.«

Er folgte ihr und fühlte sich gerührt und beinahe ängstlich angesichts der großen Aufregung, mit der sie auf ihr Spiegelbild wies. Sie lachte, wirbelte herum und beugte sich dann unvermittelt vor, um ihr Spiegelbild zu küssen. Dann hielt sie inne und sah entzückt in den Spiegel.

»Und schau, Max«, sagte sie. »Du hast auch einen Freund.«

Er wusste, dass er sie ernst nehmen, aber auch versuchen musste, ihren Überschwang zu bremsen, daher trat er vor und verneigte sich vor seinem Spiegelbild.

»Guten Tag, Sir«, sagte er feierlich.

Cara klatschte in die Hände. Einen Moment stand sie da, und dann verbeugte sie sich vor ihrem Spiegelbild.

»Schön«, sagte er. »Aber jetzt ist Teezeit, und ich bin schon halb verhungert. Komm schon.«

Sie ließ sich von ihm davonführen, nach unten, doch die heftige Leidenschaft seiner kleinen Schwester verunsicherte ihn immer noch.

In der Erinnerung wird ihm klar, wie einsam sie damals gewesen sein musste. Wie sehr war ihre Fröhlichkeit ein Schutzschild gegenüber dem Schweigen und der Verbitterung zwischen ihren Eltern und dem unvorhersehbaren Verhalten ihrer Mutter! Und jetzt hat sich der Kreis geschlossen, und Cara ist wieder allein.

Sie beobachtet ihn und ist verwirrt angesichts seiner Geistesabwesenheit, und er nimmt sich zusammen.

»Ja, wir haben Glück gehabt«, meint er zustimmend, »aber es gibt keinen Grund, warum du hier nicht auch eine Wohnung finden solltest.«

»Das Problem, wenn man so oft umzieht«, meint sie, »ist, dass man nicht wirklich eine Chance hat, Wurzeln zu schlagen. Das Haus in Fulham kam dem für uns noch am nächsten.«

»Es ist auch noch nicht lange her«, sagt er. »Hör mal, ich muss Oscar Auslauf verschaffen. Hast du Lust auf einen Spaziergang über den Bolberry Down?«

»Sehr gern«, gibt sie prompt zurück.

»Gut«, sagt er. »Dann setzen wir uns in Bewegung.«

Oscar poltert schon die Holztreppe hinunter, und Cara schiebt ihren Stuhl zurück. »Gib mir einen Moment«, sagt sie, »dann bin ich bei dir.«

Max findet, dass sie eine schwierige Hürde erfolgreich bewältigt haben. Morgen werden sie sich ein paar Mietobjekte in der

Stadt ansehen. Den Umstand, dass Judith wahrscheinlich ärgerlich sein wird, tut er mit einem Schulterzucken ab und folgt Oscar halblaut pfeifend die Treppe hinunter. Kurz darauf wird ihm klar, dass er die Eröffnungstakte von *Let's Face the Music and Dance* pfeift. Er zuckt mit den Schultern. Mag sein, dass er Probleme bekommt, aber er kann Cara jetzt nicht im Stich lassen.

3. Kapitel

An den nächsten paar Vormittagen umrundet Cosmo die Quelle des Baches und geht in die Stadt. Er betritt das Café und bestellt einen doppelten Espresso, doch von Amy keine Spur. Er wartet so lange, wie es geht, ohne aufzufallen, und gibt dann auf, setzt sich an den Hafen und beobachtet das Hin und Her der kleinen Boote und die Passagierfähre, die die Flussmündung hinauf bis nach Kingsbridge fährt. Er arbeitet an einer neuen Idee für einen Blog und sucht nach einem Thema, das er mit Fotos illustrieren kann. Wasser scheint hier eine offensichtliche Wahl zu sein – das Meer, Flüsse, Wasserläufe im Moor –, aber er hofft auf etwas Ungewöhnliches. Heutzutage ist jeder Fotograf, daher muss es wirklich gut sein. Heute peitschen starke Westwinde die Stadt; das bewegte Wasser schlägt an den Kai, Flaggen knattern, und die Boote tanzen an ihren Anlegestellen. Er stellt seine Kamera ein, nimmt ein Video auf und wünscht sich irgendeinen Notfall, der die Mannschaft der Seerettung in Alarm versetzt, sodass sie ins Boot klettern und aufs Meer hinausfahren. Doch er muss sich mit dem Anblick der lokalen Fähre zufriedengeben, die sich durch die Gischt ihren Weg nach Portlemouth bahnt, und dem Kreischen der Möwen, die über ihr wie fedrige Stofffetzen umhergeweht werden.

»Aha, Sie sind also Fotograf?«, sagt jemand hinter ihm.

Und da steht sie und mustert ihn lächelnd, als wüsste sie, dass er die letzten paar Tage darauf gehofft hat, sie zu Gesicht zu bekommen. Er begreift nicht, warum ihn bei ihrem Anblick dieses Gefühl von seliger Vorfreude ergreift. Die Belustigung in ihrem

Blick, die amüsiert verzogenen Lippen, bringen ihn auf, aber auf eine spaßige, aufregende Art. Rebecca fordert ihn heraus, genauso klug zu sein wie sie, genauso schnell, ebenso erfolgreich, und das genießt er, aber Amy stellt eine andere Art Herausforderung dar. Sie stachelt ihn an, sie zu amüsieren, sie zu unterhalten und würdig zu sein, ihr Gesellschaft zu leisten.

»Ich wünschte, das wäre ich«, sagt er und legt die Kamera zurück in ihre Tasche. »Ich versuche nur, etwas anderes zu finden. Was ist es, dieses Genie, das die Großen von anderen abhebt?«

Sie nickt und pflichtet ihm bei. »Eine Sichtweise, schätze ich. Einen Instinkt für einen Winkel, einen Umriss oder eine Kombination, die noch nie so dargestellt worden sind.«

Er ist erfreut, dass sie sofort auf einer Wellenlänge mit ihm ist. Rebecca betrachtet seine Leidenschaft für die Fotografie als eine Art kindisches Spiel, das sie langweilt.

»Ich gebe nicht auf«, erklärt er Amy. »Eines Tages schaffe ich es, und es wird perfekt sein.«

»Haben Sie heute Morgen Ihren Kaffee schon getrunken?«, fragt sie. »Ich gehe frühstücken. Wollen Sie mitkommen? Wo haben Sie denn den Hund gelassen?«

»Wir sind schon sehr früh um den Snape's Point spaziert«, erklärt er ihr auf dem Weg zum Café. Dass er dort seinen Kaffee getrunken hat, erwähnt er nicht. »Der arme alte Reggie war erledigt, daher ist er zu Hause geblieben.«

Er folgt ihr nach drinnen, blickt sich um und winkt Cara zu, die am Fenster sitzt, während Amy zur Theke geht, um zu bestellen.

»Ich nehme Rührei mit Speck«, sagt sie. »Wollen Sie auch?«

»Nur Kaffee«, gibt er zurück. »Ich gehe ihn mir holen.«

Sie setzen sich hin, und sie beginnt, von ihrer Arbeit zu erzählen, der Renovierung des Cottages, der Farbplanung für ein Kinderzimmer und dem Umbau eines Bootshauses.

»Wenn Sie kein Fotograf sind«, sagt sie, »was machen Sie dann, wenn Sie nicht Reggie und das Haus hüten?«

Er versucht, ihr seine Arbeit in London als Risikoanalytiker zu erklären, und sie sieht ihn aus großen Augen an.

»Klingt sehr schlau«, meint sie. »Ich bewundere jeden, der in der IT-Branche arbeitet.«

»Ach ja?« Er ist verblüfft, aber erfreut. »Es ist auch toll freizuhaben. Ich hatte enormes Glück, dass die Eltern eines guten Freundes gerade jetzt einen Haussitter brauchten. Ich finde es hier wunderschön.«

»Und London fehlt Ihnen nicht?« Ihr Frühstück wird gebracht, und sie greift nach Messer und Gabel. »Langweilen Sie sich noch nicht?«

Er lacht. »Sie machen wohl Witze«, sagt er, spürt jedoch erneut einen leisen Anflug von schlechtem Gewissen. Rebecca sollte ihm fehlen, und er sollte Amy zumindest von ihr erzählen. Doch das tut er nicht. Es ist, als existierte er in einer anderen Dimension, einem alternativen Universum, das nichts mit seiner Arbeit, mit London oder Rebecca zu tun hat. Aus den Augen, aus dem Sinn. Und außerdem, was schadet es schon, in einem Café zu sitzen und sich mit einer jungen Frau zu unterhalten? Dieses Mal ist Reggie nicht hier, um ihm Schuldgefühle einzuflößen, und Cosmo entspannt sich, greift nach der Kaffeetasse und lehnt sich auf seinem Stuhl zurück. Aus dem Augenwinkel sieht er die Worte, die über ihm auf die Tafel geschrieben sind: *Dolce far niente.* Und er lächelt in sich hinein.

Cara beobachtet die beiden von ihrem Tisch aus. Es könnten Joe und sie sein, die glücklich und aufgeregt dort sitzen und die Gesellschaft des jeweils anderen genießen, und eine ungute Vorahnung erfüllt sie. Sie kann keinen Grund dafür finden, keine Erklärung, abgesehen von dieser merkwürdigen Ähnlichkeit zwischen Cosmo und Joe. Es gibt keinen Grund, warum zwei attraktive junge Menschen es nicht schön finden sollten zusammenzusitzen; nur dass sie an ihrer Körpersprache ablesen kann, dass dies keine zwanglose Begegnung ist. Cosmo denkt vielleicht, dass er entspannt und locker wirkt, doch seine Gestalt strahlt Anspannung aus, und er wippt ständig mit einem Fuß, als wäre er elektrisch aufgeladen. Amy macht einen ruhigeren Eindruck, denn sie kann sich mit ihrem Besteck beschäftigen, aber sie ist sich seiner bewusst und vollkommen auf ihn konzentriert. Die beiden legen keine Zeichen von Intimität oder Zuneigungsbezeugungen an den Tag – da ist nur eine offensichtliche körperliche Anziehung. Cara versucht, distanziert zu bleiben, doch gleichzeitig hat sie ein eigenartiges Gefühl von drohendem Unheil.

Bevor sie es weiter analysieren kann, wird die Tür geöffnet, und Max kommt herein. Zu Caras Überraschung lächelt er Amy zu, die winkt und ihm einen Gruß zuruft. Dann tritt er an die Theke, um zu bestellen, und setzt sich wenig später zu Cara an den Tisch.

»Also, wer ist sie?«, fragt sie ihn. »Das hübsche Mädchen bei Cosmo.«

»Bei wem?« Max wirft einen Blick über die Schulter.

»Das ist Cosmo«, erklärt Cara und hofft, ihre Befürchtungen zu zerstreuen, wenn sie leichthin von ihm spricht. »Anscheinend hütet er einen Hund. Er ist erst seit einer Woche oder so hier, aber offenbar hat er schon Freundschaft geschlossen.«

»Ja, das Mädchen ist Amy. Jack Hannafords Tochter. Du hast ihn an dem Quiz-Abend kennengelernt. Sie arbeiten zusammen und sind Anstreicher und Dekorateure.«

Cara hatte einen guten Eindruck von Jack Hannaford gehabt. Er hatte eine positive Ausstrahlung, Humor, Selbstbewusstsein. Jack hatte das Team geleitet, sie hatten die Gastmannschaft geschlagen, und ihre Freude war mit Händen zu greifen gewesen. Sein ungeniertes Vergnügen über ihren Sieg hatte Cara amüsiert, und das hatte sie auch ausgesprochen, als er sich anschließend auf einen Drink zu Max und ihr gesetzt hatte.

»Ach, sie sind alte Gegner von uns«, erklärte er und griff nach seinem Bierglas. »Immer gut, wenn sie keine Schnitte gegen uns haben.«

Wieder sieht Cara zu Amy hinüber. »Sie sieht ihrem Vater nicht ähnlich«, meint sie und denkt an den hochgewachsenen blonden Mann, der gebräunt ist und robust wirkt.

»Amy kommt nach ihrer Mutter«, sagt Max. »Sie ist gestorben, als Amy ein Teenager war. Ich habe dir davon erzählt.«

»Ja«, gibt Cara zurück. Sie erinnert sich an die Geschichte. »Wie furchtbar für sie alle.«

Sie beobachtet, wie Amy auf Cosmos Charme reagiert, und spürt wieder diesen Anflug eines unguten Gefühls, aber Max' Kaffee ist serviert worden, und er beugt sich vor und spricht weiter.

»Ich hatte einen Anruf von Sam«, sagt er gerade. »Er fragt, ob er uns für ein paar Tage besuchen kann. Was hältst du davon?«

»Sam?« Sie runzelt verwirrt die Stirn. »Tut mir leid. Wer ist Sam?«

»Sam Chadwick. Vielleicht erinnerst du dich gar nicht mehr an ihn. Mein Patensohn. Sein Vater und ich waren alte Kameraden.«

»Keine Ahnung, ob ich ihm je begegnet bin«, sagt Cara. »Du hast so viele Patenkinder, Max.«

Er lacht. »Kann mir nicht vorstellen, warum. Aber ich versuche, mit allen in Verbindung zu bleiben. Die Sache ist die, dass der junge Sam die Aufnahmeprüfung für die Marineakademie bestanden hat und nach Weihnachten nach Dartmouth geht. Vielleicht braucht er eine kleine Aufmunterung.«

»Und, freut sich sein Vater darüber, dass er in seine Fußstapfen tritt?«

Max' Lächeln verblasst. »Tja, das ist die Sache. Sein Vater ist gefallen. Eine IRA-Bombe damals in den 1990ern. Er hat Sam nie kennengelernt.«

»Mein Gott!«, sagt Cara schockiert. »Wie grauenvoll.«

Max schnaubt. »Und dann ist seine Mutter bei einem Skiunfall gestorben, als er drei war. Kannst du das glauben?« Er seufzt. »Warum kommt es bei manchen Leuten immer knüppeldick?«

»Armer Sam. Armer kleiner Junge.« Cara wirkt nach wie vor fassungslos.

»Seine Tante Fliss und ihr Mann Hal Chadwick haben ihn großgezogen, drüben in Dartington. Die Chadwicks sind eine gute alte Marinefamilie. Hal hat sogar richtig Karriere gemacht. Er ist inzwischen Admiral Sir Henry Chadwick, aber er nimmt das nicht allzu ernst. Er hat mich gebeten, die Patenschaft zu übernehmen, weil Mole und ich zusammen gedient hatten und Hal ein alter Kamerad aus der Marine war, obwohl er nicht bei der U-Boot-Flotte war wie Mole und ich.«

»Mole?«

»Sams Vater. Das war sein Spitzname innerhalb der Familie. Keine Ahnung, wieso. Sein richtiger Name war Sam, und ich vermute, der Junge ist nach ihm benannt. Jedenfalls, so sieht es aus. Was hältst du davon, wenn er einen oder zwei Tage vorbeikommt? Er ist ein guter Junge.«

»Wie alt ist er?«, fragt Cara. »Geht er direkt nach der Schule zur Marine?«

»Nein, nein. Er hat studiert. In Durham. Er ist zweiundzwanzig, aber sehr erwachsen für sein Alter. Hal und Fliss waren in den Fünfzigern, als Sam zu ihnen gezogen ist, und der militärische Hintergrund zu Hause hat zusammen mit dem Internat Wirkung gezeigt. Er ist sehr eigenständig, doch wirklich lustig. Seit wir in den Ruhestand gegangen sind, haben wir ihn ein wenig öfter zu Gesicht bekommen. Ich glaube, du würdest ihn mögen.«

»Dann muss er selbstverständlich kommen«, meint sie. »Sagtest du, dass er in der Nähe von Dartington lebt?«

»Ja. Die Familie hat dort ein großes Anwesen. The Keep. Hal kann ihn herfahren, oder ich hole ihn ab. Oder er nimmt den Bus. Er hat ein kleines Auto, aber das Parken ist hier meist so schwierig, dass er oft den Wagen nicht mitnimmt. Es wäre schön, den Jungen zu sehen, wenn es dir auch recht ist.«

»Ich würde ihn sehr gern kennenlernen«, erklärt sie bestimmt. »Es muss ja einen Grund dafür geben, dass er darum bittet, dich besuchen zu dürfen.«

»Braucht wahrscheinlich Geld und hat Angst, Hal zu fragen«, sagt Max. »Nein, nein, das war ein Scherz. Sam spricht manchmal gern über den guten alten Mole. Er sieht auch genauso aus wie er. Wenn ich ihn heutzutage sehe, zucke ich immer ein wenig zusammen.«

Cosmo und Amy stehen jetzt auf und wenden sich zum Gehen. Amy hebt eine Hand in Max' Richtung, und Cosmo dreht sich um, um zu sehen, wem sie zulächelt. Er schenkt Cara ein Lächeln, sein Gesicht strahlt freundlich, und diese große Ähnlichkeit mit Joe trifft sie erneut ins Herz. Sie hebt die Hand und ist froh, dass Max bei ihr ist und sie nicht weiter mit Cosmo zu kommunizieren braucht. Als die Tür hinter den beiden zufällt, fühlt sie sich erleichtert. Sie spürt, wie gefährlich es ist, so viele Jahre lang Geheimnisse zu hüten, alles zu verdrängen. Nur sie kennt die Wahrheit, und ohne Philip fühlt sie sich irgendwie instabil, wie ein lange ruhender Vulkan, der kurz vor einem Ausbruch steht. Rasch wirft sie Max, der sie nachdenklich ansieht, ein Lächeln zu.

»Und, wann kommt Sam?«, fragt sie und versucht, aufgeregt und gespannt zu klingen. »Sollen wir einkaufen gehen? Das zweite Gästezimmer zurechtmachen? Was würde Judith tun?«

»Judith würde ein großes Theater veranstalten«, gibt er zurück, »doch ich habe nicht vor, mich wegen des Besuchs des Jungen verrückt zu machen. Wenn wir nichts mehr zu essen haben, gehen wir eben in den Pub. Lass uns heimkehren. Dann rufe ich ihn an, und wir schmieden Pläne.«

Cosmo und Amy gehen zusammen die Fore Street entlang und biegen dann in die Island Street ab. Sie muss ihr Auto holen und nach Kingsbridge fahren. Ihre neue Kundin möchte ein paar aktuelle Farbkarten sehen, die Amy entdeckt hat, und Einzelheiten wegen des Kinderzimmers besprechen.

»Wenn du Lust hast, kannst du mitkommen«, schlägt sie beiläufig vor, und Cosmo starrt sie verblüfft und entzückt an.

Sie ist sich nicht ganz klar darüber, warum sie das gesagt hat; die Worte scheinen aus dem Nichts heraus aufgetaucht zu sein. Aber sie ist wirklich gern mit ihm zusammen, er wirkt anregend auf sie, lustig. Sie weiß, dass er sie mag, und genießt dieses Gefühl.

»Sehr gern«, beginnt er, doch dann schlägt seine Miene um. »Aber der gute Reggie ist auch noch da. Ich bin schon ziemlich lange unterwegs, und ich bin mir nicht sicher, ob ich ihn noch weiter allein lassen kann. Vielleicht fängt er an, die Möbel anzunagen oder so etwas.«

»Nimm ihn mit«, sagt sie verwegen und erstaunt sich selbst noch mehr. »Ihr beide könnt Kingsbridge erkunden, während ich mein Ding mache, und dann könnten wir auf dem Heimweg mit ihm auf den Klippen spazieren gehen. Er wird sich ein wenig in mein Auto quetschen müssen, doch ich habe die Rückbank sowieso umgelegt, um mein Zeug unterzubringen. So groß ist er auch wieder nicht.«

Cosmos Miene amüsiert sie. Offensichtlich ist er nicht daran gewöhnt, spontan zu handeln, aber er ist sichtlich entzückt darüber.

»Na schön«, sagt er. »Dann los! Wo hast du geparkt?«

»Wir haben eine besondere Parkerlaubnis an der Bootswerft«, antwortet sie. »Dad hat ein Boot, da haben wir wirklich Glück. Parken ist hier das Grauen, besonders im Sommer.«

Zusammen gehen sie am Parkplatz vorbei zur Werft, und Amy zeigt auf ihr Auto.

»Den Lieferwagen hat Dad heute«, erklärt sie. »Wir teilen uns das Auto. Läuft größtenteils sehr gut. Jetzt musst du mich dirigieren. Okay?«

»Es ist eine ausgebaute Scheune am Oberlauf des Baches«, sagt er. »Es gibt eine Treppe, die hinauf in den Garten führt, aber mit dem Wagen muss ich von der Straße auf der Rückseite des Gebäudes heranfahren.«

»Ja, ich weiß, was du meinst«, sagt sie. »Hier in der Gegend gibt es einige dieser Gebäude.«

»Ich könnte hineingehen und über die Treppe mit ihm hinuntergehen«, schlägt Cosmo vor, »doch vielleicht möchtest du dir ja die Scheune ansehen?«

»Ja, gern«, gibt sie zurück. »Ich finde es immer interessant, wie sie umgebaut worden sind. Vielleicht hat Dad sogar an dieser gearbeitet. Ich kümmere mich hauptsächlich um die Ferienwohnungen und -häuser in der Stadt, aber Dad übernimmt manchmal größere Projekte.«

Sie lässt den Bach hinter sich und fährt die Straße hinauf, und als Cosmo ihr Bescheid gibt, biegt sie auf den Fahrweg ab, der zur Scheune führt. Amy bleibt einen Moment lang sitzen und betrachtet die Szenerie. »Es muss wundervoll sein«, meint sie seufzend, »ein solches Haus zu haben. Stell dir nur vor, jeden Morgen mit dieser Aussicht aufzuwachen.«

Cosmo nickt. »Es ist jedes Mal wieder erstaunlich. Ich habe diese kleine Wohnung in Hackney, und es ist großartig, eine Wohnung für mich zu haben, wenn sie auch winzig ist, aber das hier … Tja, das ist eine andere Welt. Es wird mir wirklich fehlen, wenn ich zurückfahre. Nicht nur die Aussicht, sondern alles. Ich liebe es hier.«

»Na, dann bleib doch«, liegt ihr auf der Zunge zu sagen. »Such dir Arbeit und etwas zum Wohnen«, aber sie schluckt die Worte hinunter. Er steigt aus, angelt in seiner Jeanstasche nach einem Schlüssel, und Amy wartet, während er die Tür aufschließt und sich dann nach ihr umsieht. Mit einem Mal verlässt sie ihr Selbstbewusstsein, und sie fragt sich, was in aller Welt sie mit diesem jungen Mann tut, den sie kaum kennt. Doch er ist schon hineingegangen, und jetzt kommt Reggie schwanzwedelnd heraus und freut sich, sie zu sehen, und sie macht viel Aufhebens um ihn und gewinnt ihre Fassung zurück. Sie geht über das Gras, tritt ein und blickt sich in dem großen, hellen Raum aus Stein, Glas und Holz um.

»Der Architekt hat wirklich gute Arbeit gemacht«, meint sie beifällig. »Es ist wunderschön. Aber hör mal, ich hatte gar nicht gemerkt, wie spät es schon ist. Ich muss mich ranhalten, also wenn du mitwillst … Ich mache nur schnell hinten im Auto Platz für Reggie.«

Sie geht zurück nach draußen, während Cosmo ein paar Gegenstände zusammensucht und mit dem Hund wieder herauskommt. Amy hat eine Stelle für ihn frei geräumt, und Cosmo wirft die Hundedecke hinein, rückt sie zurecht und ermuntert Reggie daraufzuspringen. Er wirkt ganz zufrieden, und sobald er sich niedergelassen hat, gibt Cosmo ihm eins seiner Leckerlis und schließt die Tür hinter ihm.

»Das ist großartig«, sagt er und steigt neben ihr ein. »Danke, Amy.«

»Gern geschehen«, erwidert sie leichthin. »Jetzt vergiss nicht, die Augen nach einem Thema für deinen Blog offen zu halten. Oder nach einem wirklich guten Motiv für ein Foto.«

Beim Kaffeetrinken hat er ihr von seiner neuen Idee, einen Blog zu starten, erzählt, und seine Begeisterung rührt sie. Während sie das Auto wendet und langsam den holprigen Weg wieder hinauffährt, fragt sie sich, wie ihr Dad auf Cosmo reagieren würde. Sie weiß, dass sie sich eine Menge Foppereien einhandeln wird: ein junger Mann aus London namens Cosmo, Risikoanalytiker. Dad wird wie immer das Landei spielen und sie damit in Verlegenheit bringen. Doch Amy weigert sich, sich von dieser Aussicht einschüchtern zu lassen. Seit ihrer Zeit in Falmouth ist sie niemandem mehr begegnet, den sie so gern mag. Kurz fragt sie sich, ob Cosmo in London eine Freundin hat, aber sie hält das für unwahrscheinlich, denn er hätte sich wohl kaum ein paar Monate lang freigemacht, wenn er eine ernste Beziehung hätte. Ihrem Ego tut es gut, dass dieser äußerst attraktive Mann, der vielleicht vier oder fünf Jahre älter als sie und so selbstbewusst und amüsant ist, sie ausgewählt hat. Sie sieht ihm an, dass er sich gut unterhält, und sie lächelt in sich hinein, als sie auf die Straße hinausfährt und den Weg nach Kingsbridge einschlägt.

4. Kapitel

Sam Chadwick läuft die Straßen entlang, lässt The Keep hinter sich und hält auf die Bushaltestelle in Shinners Bridge zu. Als Hal und Fliss von seinem Plan hörten, seinen Patenonkel in Salcombe zu besuchen, entbrannte die übliche Diskussion darüber, wie er dort hingelangen soll. Dieses Mal hat er beschlossen, weder mit seinem eigenen Auto zu fahren noch Hals Angebot, ihn hinzubringen, anzunehmen. Stattdessen nimmt er den Bus. Während er im Gehen seinen Rucksack zurechtrückt, denkt er darüber nach, warum er Salcombe besuchen will. Seit er die Uni abgeschlossen hat, kämpft er mit einem Gefühl von Verwirrung und echter Zukunftsangst. Vor langer Zeit, als er noch klein war, hat ein gleichaltriger Freund einmal zu ihm gesagt: »Du bist ein Waisenkind.« Sogar heute noch erinnert er sich an seine Verblüffung. Schließlich hatte er Hal und Fliss und, wichtiger noch, Lizzie. Als er mit drei Jahren nach The Keep kam, war Lizzie der vertrauteste, liebste Mensch in seinem Leben. Sein Vater war tot; er war ein paar Monate vor Sams Geburt gestorben, und wenn er ganz ehrlich ist, erinnert er sich nicht wirklich an seine Mutter. Er weiß, dass Lizzie seiner Mutter in seinen ersten Lebensjahren geholfen hat, ihn großzuziehen, und Lizzie hatte auch beschlossen, dass er nach dem Tod seiner Mutter zu seinen nächsten Verwandten nach The Keep kommen sollte. In den darauffolgenden Jahren hatte Lizzie beinahe ihre Stelle eingenommen, war fast zu einer Mutter für ihn geworden. Natürlich gab es noch Fliss, die ältere Schwester seines Dads, und Hal, und beide nahmen Sam sehr gern in die Familie auf, doch Lizzie blieb weiter, als notwendige Kontinuität für den kleinen Sam. Lizzie war auch diejenige, die ihm nach und nach seine Geschichte erzählte: dass seine Mum und Mole nicht verheiratet gewesen waren, obwohl sie möglicherweise noch geheiratet hätten. Dass seine Mutter nach Moles Ermordung nicht den Mut aufgebracht hatte, mit seinem Baby auf The Keep aufzutauchen. Erst nach dem Tod seiner Mum lernte der dreijährige Sam schließlich seine Familie auf The Keep kennen.

Neunzehn Jahre später begreift Sam, wie viel Glück er hatte, dass Lizzie bereit war, in seinem neuen Zuhause bei ihm zu bleiben. Sie stellte seine Verbindung zu seiner Mutter und seiner Vergangenheit dar. Außerdem, und das war wichtig, war sie jung. Wenn sie ihn in die kleine Dorfschule brachte und wieder abholte, sah sie aus wie alle anderen jungen Mums am Schultor. Es war schwer, ein »Waisenkind« genannt zu werden, aber irgendwie überbrückte Lizzie die Lücke und vermittelte ihm Sicherheit, sodass er sich nicht wie eine Waise vorkam. Die Chadwicks waren ein großer, eng verbundener Familienclan, und sehr bald begann er, sich als Teil dieses Clans zu fühlen.

Sam bleibt stehen, um einen Schwarm Schwanzmeisen zu beobachten, die in der Hecke herumflattern, und marschiert dann weiter. Lizzie fehlt ihm nun, da sie nicht mehr auf The Keep lebt, nachdem sie David kennengelernt und geheiratet hat und nach Bristol gezogen ist. Aber er kann David wirklich gut leiden und freut sich, dass Lizzie glücklich ist. Natürlich stehen sie in Verbindung; er hat die beiden in Bristol besucht. Doch vieles hat sich verändert, und manchmal fragt er sich, wie es wäre, eine Mutter und einen Vater zu haben. Hal und Fliss haben ihm oft von seinem Vater erzählt, der auf den eigenartigen Spitznamen »Mole« – Maulwurf – hörte.

»Der Grund war, dass er als kleiner Junge immer unter Tischen oder Stühlen gesessen oder sich hinter Gegenständen versteckt hat«, hat Fliss ihm erklärt. »Da erschien es ganz natürlich, dass er zur U-Boot-Flotte gegangen ist, als er in die Marine eingetreten ist.«

Sam war schockiert, als er herausfand, dass sein Vater einer IRA-Bombe zum Opfer gefallen war, als er beim Verteidigungsministerium arbeitete. Offensichtlich war der tragische Vorfall von einem Geheimnis umgeben. Hal spielte auf den Geheimdienst der Marine an, weigerte sich jedoch, weitere Auskünfte über Moles Berufslaufbahn zu geben. Einen weiteren Schock erlitt Sam, als er erfuhr, dass sein Großvater und sein Onkel, Moles und Fliss' älterer Bruder, sowie ihre Eltern in Kenia ermordet worden waren, als Mole erst drei war. Er war fast im selben Alter nach The Keep zurückgekehrt wie Sam, als Lizzie ihn zu seiner Familie brachte, damit er sie kennenlernte. Das bestürzte ihn außerordentlich: Die Geschichte hatte sich wiederholt. Obwohl er schon lange davon weiß, haben sich diese Gedanken erst kürzlich herauskristallisiert und sind in den Vordergrund getreten. Im Lauf des vergangenen Jahres ist sich Sam fast unmerklich seiner Sterblichkeit bewusst geworden. Schlimmer noch, ihn beschleicht das unentrinnbare und äußerst unbehagliche Gefühl, dass auf den Männern seiner Familie ein Fluch lastet. Er hat den Eindruck, als läge ein schwer fassbarer Schatten über seiner Zukunft.

Er sagt sich, dass diese Empfindungen verrückt sind, viel zu dramatisch, und dass Mole stolz auf ihn wäre. Er hat die Aufnahmeprüfung für die Marineakademie bestanden und könnte in die Fußstapfen seines Vaters treten. Doch stattdessen spürt er diese merkwürdige Verwirrung, dieses schreckliche Verlustgefühl, als trauerte er nach all den Jahren um seine Eltern und Großeltern.

An einer Kreuzung, wo sich die Straßen überschneiden und eine kleine Brücke über einen schmalen Bach führt, bleibt Sam im Sonnenschein stehen und saugt die Geräusche und Gerüche seiner ländlichen Umgebung auf. Er beugt sich über das Brückengeländer und sieht in das torfige braune Wasser hinunter, beobachtet eine Bachstelze, die zwischen den Steinen umherhüpft, und fühlt sich unerwartet an eine andere Brücke in Shanghai erinnert. Er denkt an ihr modernes Design im Vergleich zu diesem maroden Stein und an die ordentliche, gepflegte Landschaft im Gegensatz zu dieser, seiner ländlichen Heimat. Er erinnert sich an heiße, drückende Tage und an Ying Yues Hand in seiner und schüttelt dann gereizt den Kopf, als wollte er die Erinnerung zerstreuen. Doch der Gedanke hat ihn an diese andere Idee erinnert, den anderen Weg, der ihm vielleicht offensteht. Wieder denkt er zurück an die Schule in Shanghai, die geordneten, disziplinierten Klassen der Kinder. Daran, wie sie im Chor »Guten Morgen, Mr. Sam« riefen.

Warum war er damals so glücklich gewesen? Lag es am Unterrichten? An dem guten Gefühl, gebraucht zu werden, sich erwünscht zu fühlen? Oder an Ying Yue?

An der Universität von Durham hatte er Moderne Sprachen studiert und sich auf Mandarin spezialisiert. Das Studium dauerte vier Jahre, und das dritte hatte er an der Shanghai Normal University verbracht. Das war das bisher prägendste und aufregendste Jahr seines Lebens gewesen. Er war gut in Sprachen und ein guter Lehrer. Soll er wirklich in Betracht ziehen, etwas, das ihn so glücklich gemacht hat, zugunsten einer Karriere bei der Marine aufzugeben?

Ein Traktor rumpelt vorbei. Der Fahrer hebt eine Hand, und Sam erwidert den Gruß und geht dann weiter. Er kann sich an das Erstaunen erinnern, als er aus China nach England zurückkehrte, auf dem Weg nach Devon aus dem Zugfenster sah und sich darüber wunderte, wie grün seine Heimat war. Er ist sich nicht sicher, warum er das Bedürfnis spürt, nach Salcombe zu fahren. Aber er stand Max immer nahe und muss The Keep für eine Zeit verlassen, damit er sich nicht verrät und seine Zweifel zum Ausdruck bringt. Er liebt Fliss und Hal und möchte ihnen weder Sorgen bereiten noch sie verletzen.

Während er in Dartington die Totnes Road erreicht und wartet, um sie überqueren zu können, fühlt sich Sam irritiert, weil Max' Schwester dort sein wird. Es wäre schön gewesen, allein mit seinem Paten zu sein, zu versuchen, aus dem Blickwinkel eines anderen mehr über Mole zu erfahren. Max und sein Vater haben bei der Marine zusammengearbeitet und waren gute Freunde; einer der Gründe, aus denen Hal Max gebeten hat, die Patenschaft für Sam zu übernehmen. Von Hal weiß er, dass Max zu den wenigen Menschen gehörte, die Mole mochte und denen er vertraute, und Sam hofft, dass Max ihm weitere Aufschlüsse geben und ihm helfen kann, die Vergangenheit klarer zu sehen, damit er sich weniger beunruhigt und zuversichtlicher bezüglich der Zukunft fühlt. Nachdem Sam die Bushaltestelle erreicht hat, trifft der Bus innerhalb von Minuten ein. Er steigt ein und macht es sich für die Fahrt bequem.

»Was für ein Mensch ist Sam?«, erkundigt sich Cara gerade bei ihrem Bruder.

Max denkt darüber nach. »Er ist seinem Vater sehr ähnlich. Mole war nicht unfreundlich oder reserviert, aber er strahlte etwas Zurückgezogenes aus. Er war ein ausgezeichneter Offizier, und seine Männer liebten ihn, doch er hatte einfach dieses bestimmte Verhalten, als hütete er ein Geheimnis.« Er schüttelt den Kopf. »Ich kann das nicht erklären. Sam ist auch ein wenig so. Verschlossen.«

»Angesichts dessen, was du mir gerade über seine Familiengeschichte erzählt hast, erstaunt mich das nicht«, meint Cara. »Wie eigenartig, dass beide auf so furchtbare Art verwaist sind und mit drei Jahren nach Hause kamen, nach The Keep. Schrecklich.«

»Mole hatte wenigstens seine Schwestern«, sagt Max, »obwohl Susanna erst zwei war und alles nicht wirklich mitbekommen hat. Und sie kannten ihre Großmutter. Sam hatte außer Lizzie niemanden.«

»Dann ist Lizzie als eine Art Nanny bei ihm geblieben? Und jetzt hat sie geheiratet?«

Max nickt. »David ist ein wirklich netter Kerl, und ich finde, das ist großartig für sie. Sie hat eine so wichtige Rolle in Sams Leben gespielt, und nun ist es gut, dass sie ein ganz neues Abenteuer beginnt, während Sam eine Karriere bei der Marine einschlägt. Es ist der richtige Zeitpunkt für beide.«

Ein kurzes Schweigen tritt ein.

»Weißt du noch, als Mutter starb?«, fragt Cara. »Und wie Vater dann das Haus in Sussex verkauft hat und mit uns in die Wohnung gezogen ist?«

»Ja, natürlich. Ich war damals in Dartmouth, aber für dich muss das härter gewesen sein. Sehr schlimm.«

Cara sieht ihn mit hochgezogenen Augenbrauen an. »Ist das dein Ernst? Du glaubst, es war hart, in ›Swinging London‹ zu leben, nachdem ich meine frühen Kinderjahre mit einer zurückgezogenen, unnahbaren und unberechenbaren Mutter und einem größtenteils abwesenden Vater verbracht hatte?« Sie beginnt zu lachen. »Erinnerst du dich noch an Harmony?«

Er lächelt ebenfalls, wenn auch zögernd angesichts des albernen Namens. »Hermione? Ja, natürlich. Es ist nicht gerade normal, mit einundzwanzig der Geliebten seines Vaters vorgestellt zu werden. Unwahrscheinlich, dass ich das vergessen würde.«

Cara seufzt voll glücklicher Erinnerungen. »Sie war absolut der Himmel«, erklärt sie. »Deswegen habe ich sie Harmony genannt. Nach all diesen Jahren voll bitterem Schweigen und eisiger Atmosphäre war es die Seligkeit, mit jemandem zusammen zu sein, der redete und lachte und mit mir ins Theater ging oder ins Ballett, um *Peter Pan* zu sehen. Wir haben Kunstgalerien besucht und uns mit ihren Freunden zum Mittagessen getroffen. Ich habe wie auf Wolken geschwebt. Und Vater und sie waren so glücklich miteinander, obwohl sie viel jünger war als er. Bei ihr war er ein ganz anderer Mensch.«

Max schweigt. Mit einundzwanzig war es ihm peinlich gewesen, seinen Vater so unverhohlen glücklich mit einer jungen Frau zu sehen, die nicht seine Ehefrau war. Da war es eine Erleichterung, auf See zu sein. Nicht lange danach lernte er Judith kennen und fühlte sich noch befreiter, weil er jetzt seine eigene Zukunft zu planen hatte, obwohl es ihn freute, dass Cara und Hermione sich so gut verstanden.

»Sie hatte eine Boutique in der King's Road«, sagt Cara gerade, »und sie hat mir tolle Sachen geschenkt. Sie besuchte mich in der Schule, und die anderen Mädchen waren einfach grün vor Neid. Ich habe sie so geliebt.«

Max weiß, dass Cara jeden liebt, der ihr das erlaubt, und das bereitet ihm Sorgen, vor allem, da sie jetzt wieder allein ist. »Das freut mich«, erklärt er leicht verlegen. »Ich habe sie nicht so gut gekannt wie du. Aber ich bin froh, dass sie für dich da war.«

»Und dann kam ja Philip«, setzt er beinahe hinzu, aber wieder bremst ihn die Angst, er könnte taktlos wirken und sie an das erinnern, was sie verloren hat.

»Und wann wird Sam hier sein?«, fragt sie.

Er wirft einen Blick auf seine Armbanduhr. »Jeden Moment«, antwortet er. Er vergisst Philip, denkt an seinen Patensohn und bereitet sich auf sein Eintreffen vor.

Sobald Sam Cara sieht, wird ihm klar, dass all seine vorgefassten Meinungen falsch sind. Er hatte sich darauf eingerichtet, eine leicht abweisende, wenn auch freundliche Frau kennenzulernen. Eine Frau, die in verschiedenen Städten in ganz Europa gelebt hat: vernünftig, selbstbewusst, sogar voreingenommen.

Als er mit Max ins Wohnzimmer tritt, löst sich dieses Stereotyp in Luft auf. Cara, die auf dem Sofa sitzt, hat die nackten Füße unter den Körper gezogen. Sie trägt ein Oversize-Shirt über einer Jeans und winkt ihm zwanglos zu.

»Hi, Sam«, sagt sie. »Tut mir leid, dass ich nicht aufstehen kann, aber der arme alte Oscar ist erschöpft.«

Sie weist auf den Hund, der sich neben ihr ausgestreckt und den Kopf auf ihren Schenkel gelegt hat. Lethargisch schlägt er mit dem Schwanz auf das Polster, und Sam lacht.

»Bleib ruhig liegen, Oscar«, meint er. »Ich gehe davon aus, dass du dich freust, mich zu sehen.« Er durchquert den Raum und schüttelt Caras ausgestreckte Hand, während Max sie einander vorstellt.

»Ich kann kaum glauben, dass wir uns noch nie begegnet sind«, sagt sie und lächelt Sam zu.

Ihr Lächeln ist reizend, und er fühlt sich entspannt und willkommen und seufzt lautlos vor Erleichterung und Freude. Vielleicht war das ja die richtige Entscheidung: ein paar Tage wegzufahren und zu versuchen, Ordnung in seine Gefühle zu bringen. Max ist wieder hinunter in die Küche gegangen, um Tee zu kochen, und Sam setzt sich in der Nähe auf einen Sessel.

»Der arme Oscar spürt sein Alter«, erklärt Cara, »und diese vielen Treppen sind auch ungünstig. Es wäre vernünftig von ihm gewesen, nach seinem Spaziergang unten zu bleiben, doch er kann es nicht ertragen, nicht beachtet zu werden.« Sie grinst. »Aber ich kann das vollkommen verstehen, Sie nicht? Ich kann es auch nicht ertragen, außen vor gelassen zu werden, da kann ich das dem armen alten Knaben nicht verübeln.«

Sam erwidert ihr Lächeln. »Max wird einen Treppenlift einbauen müssen.«

»Das ist gar keine schlechte Idee«, meint Cara und denkt darüber nach. »Gut möglich, dass Judith und er auch bald einen brauchen. Es ist ein langer Weg nach oben.«

»Wenn ich diese Treppe in die Küche hochgestiegen bin, habe ich immer das Gefühl, eine Gangway hinaufzuklettern«, bemerkt er. »Ich rechne halb damit, dass oben jemand wartet, um mich mit einem Pfiff an Bord zu begrüßen.«

»Oh«, ruft Cara aus, »das erinnert mich daran, dass ich Ihnen zur bestandenen Aufnahmeprüfung gratulieren wollte. Gut gemacht!«

Er ist erfreut, aber leicht verlegen. »Danke«, sagt er. Er fragt sich, wie sie wohl reagieren würde, wenn er ihr von seiner merkwürdigen Verwirrung bezüglich seiner Zukunft erzählt, seinen Gedanken an seinen Vater, doch dann fällt ihm wieder ein, dass Caras Mann dieses Jahr gestorben ist. Sie weiß alles über echten Verlust und Trauer. Sam hört, wie Max die Treppe heraufkommt, wendet sich ab und steht auf, um auf dem langen, niedrigen Tisch Platz für das Tablett zu machen, das sein Patenonkel trägt.

»Tee«, verkündet Max und stellt eine große Kanne auf den Tisch. »Normaler Tee, stark aufgegossen. Nichts Raffiniertes, fürchte ich. Und es ist Zitronenkuchen da.«

Er gießt den Tee in die Tassen, und Sam blickt sich um und betrachtet die Aussicht über die Strände und die Flussmündung und sieht zu den großen, flachen Dachfenstern auf.

»Dieser Raum ist fantastisch«, meint er. »So viel Licht. Und die Aussicht ist unglaublich.«

»Nicht viele Leute haben ihr Wohnzimmer unter dem Dach«, pflichtet Max ihm bei, »doch es schien ein Jammer zu sein, diesen vielen Platz und die Aussicht an ein Schlafzimmer zu vergeuden.«

»Sam findet, ihr solltet einen Treppenlift einbauen«, meint Cara und zieht ihre Tasse zu sich heran, »da ihr jetzt senil werdet, Judith und du.«

Angesichts von Sams Protest und Max' empörter Miene platzt sie vor Lachen heraus, und Sam fällt ebenfalls ein.

»Das habe ich nicht gesagt. Na schön, doch, aber ich habe von Oscar geredet, nicht von euch.«

»Armer alter Bursche.« Max setzt sich ans andere Ende des Sofas, schiebt Oscar ein wenig beiseite und tätschelt ihn. »Das hier ist nicht das beste Haus für einen älteren Hund. Du hast vielleicht gar nicht unrecht. Jedenfalls ist es schön, dich zu sehen, Sam. Ich dachte, wir könnten segeln gehen, solange du hier bist und wenn du Lust dazu hast. Ich hole das Boot bald für den Winter aus dem Wasser, aber wenn wir Glück haben, haben wir noch ein paar Wochen.«

»Sehr gern.« Sam nimmt eine Scheibe Zitronenkuchen entgegen. Er fährt gern auf Max' Vivacity 24 aus. »Segeln Sie, Cara?«

Sie denkt über seine Frage nach. »Nicht wirklich«, antwortet sie schließlich. »Ich bringe all die Schoten und Klüver und das ganze ›Klar zum Wenden‹ durcheinander. Ich bin gern auf dem Wasser, doch ich bin auf einem Segelboot nutzlos.«

»Du sagst es«, pflichtet Max ihr betreten bei.

»Ich bleibe bei Oscar«, erklärt Cara und streichelt dem alten Hund den Kopf. »Wir werden nach Snape's Point spazieren und euch winken, wenn ihr vorbeisegelt.«

Sam trinkt seinen Tee. Bei diesen beiden Menschen fühlt er sich entspannt. Sie stellen nicht die üblichen Fragen nach seiner beruflichen Orientierung, die er normalerweise von älteren Leuten hört. Für Max kommt eine Textnachricht von Judith herein, und er denkt daran, sich nach Freya zu erkundigen.

»Judith macht sich ziemliche Sorgen um sie«, erklärt ihm Max. »Der Bruch war ziemlich schwer, und der Geburtstermin naht. Paul ist auf einer Vortragsreise nach Harvard. Judith denkt darüber nach, noch länger in Oxford zu bleiben, für alle Fälle.«

Sam bemerkt, wie ganz kurz ein hoffnungsvoller Ausdruck über Caras Miene huscht. Er ist blitzschnell wieder verschwunden, doch er fragt sich, wie gut die beiden Frauen sich verstehen, und überlegt belustigt, dass Cara Judith vielleicht genauso ermüdend findet wie er. Er hat deswegen ein schlechtes Gewissen, aber Judith ist so dominant, so kontrollierend. Flüchtig fängt Sam Caras Blick auf und weiß, dass sie exakt das Gleiche denkt. Er muss ein Lächeln unterdrücken, aber sie sieht es, und ihre Lippen zucken mitfühlend. In dem kurzen Schweigen, das folgt, hat Sam das Gefühl, als hätten sie eine Botschaft ausgetauscht, etwas Wichtiges, Besonderes. Es ist, als hätte er unerwartet eine Freundin und Verbündete gefunden.

»Die arme Judith«, meint Cara zu Max. »Was für eine Sorge! Es wird Freya ein großer Trost sein, sie bei sich zu haben.«

»Hm«, meint Max unverbindlich und tippt eine Antwort.

Während Sam seinen Kuchen aufisst, klettert Oscar vom Sofa und läuft zu ihm. Er leckt Sam die Finger und wedelt vor Vergnügen mit dem Schwanz. Sam zieht ihn sanft an den Ohren.

»Du hast es bloß auf meinen Kuchen abgesehen«, erklärt er Oscar. »Mir machst du nichts vor.«

Max und Cara lachen, und das Gespräch wendet sich den Hunden auf The Keep zu. Sam erzählt, dass Hal und Fliss überlegen, einen Hund aus dem Tierheim zu holen, einen Golden Retriever. Max schlägt vor, dass sie alle im Pub zu Abend essen, und Sam ist einverstanden. Er fühlt sich so froh wie seit Wochen nicht mehr.

5. Kapitel

»Sieht aus, als bekämen wir in der nächsten Zeit beständiges Wetter«, erklärt Jack, schaltet die Lokalnachrichten mit der Wettervorhersage aus und steht auf. »Wäre zur Abwechslung mal nett. Ich glaube, ich gehe ein Bier trinken. Willst du mitkommen?«

Amy blickt von ihrem Tablet auf. »Ich kann nicht, Dad. Ich bin heute Abend mit Cosmo verabredet. Ich fahre mit ihm nach Prawle, ins *Pig's Nose.*«

Jack steht da, sieht auf sie hinab und lächelt leise. Er kann nicht widerstehen und muss sie aufziehen. »Cosmo, ja?«

»Ja«, gibt sie zurück. »Richtig. Cosmo. Das ist sein Name. Finde dich damit ab, Dad.«

»Womit soll ich mich abfinden?«, fragt er und tut empört. »Also, wann werde ich ihn kennenlernen?«

Amy zuckt mit den Schultern. »Sobald ich weiß, dass du dich benehmen wirst und aufhörst, so zu tun, als hieltest du ihn für jemanden aus der Schickeria. Es ist nichts Besonderes, okay? Cosmo hütet bloß oben in Batson Creek dieses Haus und diesen Hund. Er ist nur ein paar Wochen hier und geht dann zurück nach London.«

Jack beobachtet sie. Er kennt sein Mädchen und sieht, dass sie nicht ganz so lässig ist, wie sie tut. Am liebsten möchte er sie beschützen, dafür sorgen, dass sie glücklich ist – und weiß genau, dass das nicht in seiner Macht steht. Trotzdem würde er diesen Cosmo gern kennenlernen und sich einen Eindruck von ihm verschaffen.

»Vielleicht können wir uns ja alle irgendwann auf einen Drink treffen«, meint er beiläufig. »Oder du lädst ihn zum Abendessen zu uns ein.«

Wieder sieht sie zu ihm auf. »Vielleicht«, meint sie zustimmend. »Ich spreche ihn darauf an, wenn ich ihn sehe.«

»Bis später dann«, sagt er und tritt nach draußen in die Abenddämmerung.

Vom Meer zieht Nebel heran, legt sich feucht über die Straßen und lässt den Hafen verschwimmen und das Licht der Laternen diffus erscheinen. Ein Hauch von Herbst liegt in der weichen Luft, und Jack ist froh, über die Treppe in die Bar hinunterzugehen, wo es hell und warm ist, wo Gläser klirren und Gelächter erschallt. Noch erfreuter ist er, als er Max und Cara entdeckt, die mit einem jungen Burschen von zweiundzwanzig oder dreiundzwanzig an der Bar stehen. Ihm fällt ein, dass Max etwas davon gesagt hat, sein Patensohn wolle ihn besuchen. Jack hebt eine Hand, um sie zu grüßen. Er mag Cara gut leiden, obwohl er ihr erst zweimal begegnet ist. Sie ist überhaupt nicht eingebildet und besitzt einen unerwarteten Sinn für Humor. Er kann ihr den Schmerz und die Trauer nachfühlen, die es bedeutet, seinen besonderen Menschen zu verlieren, und er spürt, dass sie kämpft, und achtet sie für ihren Mut. Was Max angeht, so hat er schon oft für ihn gearbeitet, aber sie segeln auch zusammen und trinken an Quiz-Abenden gern ein Bier miteinander. Jack tritt zu ihnen, lächelt Cara zu und schüttelt Sam die Hand, während Max sie vorstellt.

»Ihr Patenonkel hat mir erzählt, dass Sie zur Marine gehen«, sagt er. »Nicht noch ein Ingenieur, hoffe ich?«

Sam schüttelt den Kopf. »Nein, nicht ich. Viel zu kompliziert. Für alles Technische bin ich nicht zu gebrauchen.«

Jack klopft ihm auf die Schulter. Er mag diesen jungen Burschen; er ist ruhig, zurückhaltend, aber nicht verlegen oder schüchtern – und wenigstens heißt er nicht Cosmo. Eine Idee steigt in ihm auf. Der Barkeeper schiebt Jacks Bier über die Theke, und er hebt es, prostet den anderen drei zu und trinkt einen Schluck.

»Wir essen hier zu Abend«, sagt Max gerade. »Willst du dich zu uns setzen?«

Jack wirft Cara einen schnellen Blick zu – wenn Max mit Judith hier war, hat er das nie vorgeschlagen –, doch sie lächelt ihm zu und nickt, als wollte sie der Einladung Nachdruck verleihen. Sam mustert ihn mit seinem undeutbaren Blick, der ungewöhnlich für einen so jungen Menschen ist.

»Sehr gern«, antwortet Jack. »Vielen Dank.«

Als sie sich mit ihren Drinks an den Tisch setzen und einen Blick in die Speisekarte werfen, überfällt Cara eine kurze, schreckliche Sehnsucht nach Philip. Diese Momente kommen so unerwartet, zerreißen ihr das Herz und lassen sie mit einem schmerzlichen Gefühl von Einsamkeit zurück. Sie atmet tief durch, überfliegt die Speisekarte noch einmal und lächelt dann Jack zu.

»Wie geht es Amy?«, erkundigt sie sich. »Max und ich haben sie im Café gesehen. So ein hübsches Mädchen!«

»Oh, heute Abend hat sie mich im Stich gelassen«, gibt er zurück. »Sie hat mich für einen jungen Mann namens Cosmo verlassen.« Scherzhaft verdreht er die Augen. »Ich meine, kommt schon. Cosmo? Was ist das denn für ein Name?«

Max grinst. »Wir sind aber kein Snob, oder?«

Sam blickt mit ernster Miene von seiner Speisekarte auf. »Im Internat hatten wir einen Cosmo in meinem Haus. Er gehörte zu den fünfzehn besten Schülern«, erklärt er, als müsste das Jack beruhigen.

Cara sieht im Gesicht des Älteren die verschiedensten Emotionen, während er sich ein Bild von Sams Herkunft, seiner Schullaufbahn und seiner gesellschaftlichen Stellung macht, und nimmt wahr, dass sich ein Lächeln in Jacks Blick stiehlt. Er zuckt leicht mit den Schultern.

»Sag ich doch«, gibt er ironisch zurück.

Cara betrachtet ihn kopfschüttelnd und fragt sich, ob Sam weiß, dass er ihn aufzieht, und Jack zwinkert ihr zu.

»Wer ist Amy?«, erkundigt Sam sich gelassen.

»Meine Tochter«, antwortet Jack. »Sie ist ungefähr in Ihrem Alter, schätze ich. Sie ist Malerin wie ich. Die Sorte, die im Overall auf Leitern steht.«

Cara erkennt, dass er Sams Reaktion abwartet, doch dieser nickt nur.

»Ich bin beeindruckt«, sagt er. »Ich bin nutzlos mit Pinseln und allem Praktischen. Durch die vielen Ferienhäuser und die Vermietung an Sommergäste haben Sie sicher reichlich Arbeit.«

Es ist offensichtlich, dass dies nicht ganz die Antwort ist, mit der Jack gerechnet hat, und innerlich klatscht Cara Sam lautlos Beifall.

»Aha«, meint Jack. »Wenn Sie mit allem, was mechanisch ist, nicht gut sind, keinen Pinsel halten und nichts Praktisches tun können, wie sind Sie dann zur Marine gekommen?«

Sam sieht ihn an, als überraschte ihn die Frage. »Sie haben doch sicher den Spruch gehört, oder?«, fragt er. »›Die Navy nimmt nur Halbidioten. Mit den fehlenden Fähigkeiten stattet sie einen aus, wie und wann es ihr richtig erscheint.‹« Er zuckt mit den Schultern. »Offenbar sind wir füreinander bestimmt.«

Max bricht in Gelächter aus, und Cara möchte am liebsten wieder Beifall klatschen, doch Jack prostet Sam schon zu.

»Sie haben gewonnen«, sagt er zu ihm.

Sam hebt die Augenbrauen und zieht die Mundwinkel nach unten, als stritte er ab, dass er sich eines Wettkampfs bewusst war, hebt jedoch sein Glas an Jacks Adresse.

»Wir gehen morgen segeln«, erklärt Max Jack. »Lust, uns zu begleiten?«

Das Gespräch wendet sich dem Wetter und den Gezeiten zu, und Cara lehnt sich zurück und greift nach ihrem Glas. Sie wirft Sam einen Blick zu.

»Was halten Sie davon, mir ein wenig bei der Suche nach einem Haus zu helfen?«, fragt sie ihn. »Ich habe mein Londoner Haus unerwartet schnell an Freunde aus dem Außenministerium verkauft und habe momentan keine feste Adresse.«

»Sehr gern«, antwortet er enthusiastisch. »Ich beneide Menschen, die häufig umziehen. Das müssen Sie oft getan haben.«

»Kann ich nicht abstreiten«, pflichtet sie ihm bei. »Das Problem ist, dass ich mich deswegen nirgendwo richtig zu Hause fühle. Deswegen bin ich hier. Aber ich kann nicht ewig bei Max wohnen, verstehen Sie mein Problem? Ich suche nach einem Miet- oder Kaufobjekt, doch ich brauche Hilfe. Sie sind aus dieser Gegend. Wo würden Sie wohnen, wenn Sie nicht auf The Keep leben würden?«

Sam runzelt die Stirn und überlegt. »Darüber muss ich wirklich nachdenken«, erklärt er schließlich, »aber es kommt darauf an, was Sie gern tun und wo Sie sich gern aufhalten. Ich meine, sind Sie ein Stadtmensch oder ein Landmensch?«

Sie lacht. »Gute Frage. Wenn ich nur die Antwort darauf wüsste!«

»Tja, dann sollten Sie sich beides ansehen«, meint er. »Haben Sie schon Informationen eingeholt?«

»Max und ich haben online geschaut«, antwortet sie, »aber nicht ernsthaft. Ich muss einen Plan schmieden. Lassen Sie uns bestellen, und dann können Sie mir sagen, wo ich mit der Suche beginnen soll.«

Jack lauscht diesem Gespräch mit halbem Ohr, während Max darüber redet, sein Boot für den Winter an Land zu bringen.

Es muss schwer sein, denkt Jack, den Mann zu verlieren und kein Zuhause zu haben, das man gemeinsam bewohnt hat. Und keine Kinder.

Er hatte damals wenigstens Amy. Am liebsten möchte er sich einschalten und Cara von mehreren Objekten in der Stadt erzählen, die bald über den Winter frei werden. Dort könnte sie sich einmieten, während sie sich in Ruhe nach etwas Eigenem umsieht. Aber er will Sam nicht die Schau stehlen. Er vermutet, dass Cara Sam absichtlich darauf angesprochen hat, um ihn einzubeziehen und ihm zu zeigen, dass er nicht nur ein junger Mann unter drei viel älteren Personen ist, sondern jemand, der sich bei ihr nützlich machen kann und den sie unbedingt braucht. Sam hat bereits sein Handy aus der Tasche gezogen und scrollt diverse Seiten durch, während Cara sich interessiert vorbeugt und ihm zuschaut.

Jack ist sich bei ihr einer Verletzlichkeit bewusst, die ihre Munterkeit nur knapp verbirgt. Es war gut, dass er diese kurze Verbindung zu ihr aufgebaut hat, während er Sam neckte, und er freute sich über ihr Entzücken, als Sam punktete. Und dann fragt er sich, was Amy von Sam halten würde und wie er die beiden einander vorstellen kann, ohne dass es zu offensichtlich wirkt.

»Waren Sie schon einmal auf The Keep?«, fragt Sam Cara. »In der Umgegend von Staverton und Dartington ist es sehr schön. Totnes ist auch großartig. Und das Moor liegt ganz in der Nähe. Fliss fährt gern nach Dartington Hall. Auf dem Anwesen liegt nicht nur der Park, sondern es gibt auch ein Café, einen Pub und ein Kino.«

Max hat aufgehört zu reden und trinkt einen Schluck von seinem Bier, sodass Jack das Gefühl hat, sich ganz selbstverständlich in das Gespräch einschalten zu können.

»Sam hat recht. Es ist wunderschön. Sie sollten sich von ihm hinfahren und herumführen lassen. Das Barn Theatre ist ein tolles kleines Kino. Dort werden Produktionen aus der Met, dem Royal Opera House und dem National Theatre als Livestream gezeigt. Gehen Sie oft dorthin, Sam?«

Sam zögert. »Wenn ich zu Hause bin. Größtenteils sehe ich mir Filme an. Fliss geht oft ins Ballett. Hal ist weniger begeistert.«

Noch während Jack spricht, bemerkt er, dass sich die Konstellation umgekehrt hat. Cara ist verblüfft darüber, dass er so selbstverständlich über Opern spricht, und er sieht sie an und lächelt beinahe herausfordernd. Und wer ist jetzt ein Snob?, denkt er.

Sofort nimmt sie seine Herausforderung an. »Sind Sie Opernfan?«

»Ach, ich würde mich keinen ›Fan‹ nennen«, antwortet er. »Aber ich liebe die Oper. Ich hatte das große Glück, eine sehr fortschrittliche Musiklehrerin zu haben. Sie ist mit unserer Klasse mehrmals zu Opern nach London und nach Plymouth gefahren.«

Er sieht, dass Cara das nur schwer glauben kann, doch Max ist da direkter.

»Ernsthaft?«, fragt er. »Mit Schulkindern? Opern sind doch immer so düster. So dramatisch. Und ich kapiere kein Wort!«

»Inzwischen gibt es Untertitel«, beruhigt ihn Jack. »Besonders für Leute wie dich und mich, die kein Italienisch verstehen. Oder Deutsch.«

Er bemerkt, dass Cara unwillkürlich lächelt, und schaut sie an. »Und was ist mit Ihnen?«

»Philip hat die Oper geliebt«, erklärt sie ihm. »Also habe ich auch gelernt, sie zu lieben. Ich gebe zu, manche mehr als andere, aber schließlich habe ich es begriffen.«

»Lieblingsstück?«, fragt er sie.

»Eugen Onegin«, gibt sie sofort zurück, und er lacht und nickt zustimmend.

»Dann freut es Sie sicher zu hören, dass man in Dartington sehr viele Opern als Livestream anbietet und die Saison gerade erst beginnt. Ich wollte für die *Zauberflöte* reservieren. Hätten Sie vielleicht Lust, mich zu begleiten?«

Ein kurzes Schweigen tritt ein, als wüsste niemand so recht mit dieser direkten Frage umzugehen, doch Cara nimmt die Herausforderung rasch an.

»Sehr gern«, sagt sie. »Vielen Dank.«

Jack wirft Sam und Max mit hochgezogenen Augenbrauen einen Blick zu, um ihnen zu bedeuten, dass die Einladung auch für sie gilt, doch die beiden schütteln den Kopf.

»Ich glaube, ich verzichte«, sagt Max, »aber trotzdem danke.«

»Okay«, meint Jack. »Es findet irgendwann nächste Woche statt. Ich gebe Ihnen das Datum noch durch, Cara.«

Sie nickt, lächelt ihm zu und sieht dann Sam an. »Sind Sie sicher, dass Sie sich nicht überreden lassen?«

»Sie dürfen nicht vergessen«, wirft Jack sanft ein, »dass wir von ihm selbst wissen, dass er ein Halbidiot ist.«

Sam zuckt bedauernd mit den Schultern. »Genau. Leute brechen beim geringsten Anlass in Gesang aus, ermorden sich gegenseitig, begehen Selbstmord oder sterben an Schwindsucht. Und alles in einer Fremdsprache.« Er seufzt. »Ich schätze, mir fehlt dazu einfach die Auffassungsgabe.«

Max lacht. »Ich hätte es nicht besser ausdrücken können. Du bist ein guter Kerl, Sam. Wir Kulturbanausen müssen zusammenhalten.«

»Dann eben nur wir beide«, sagt Jack zu Cara. »Ich freue mich schon darauf.«

»Ich komme gar nicht darüber hinweg, dass der gute Jack ein Opernfan ist«, meint Max später, als sie wieder zu Hause sind.

»Aber du hast mir doch selbst geraten, ihn nicht zu unterschätzen«, sagt Cara lachend.

Sie sitzt am Küchentisch neben Sam, der sich Max' Computer geliehen hat und sich durch Immobilien-Seiten arbeitet.

»Er spielt eben gern das Landei«, bemerkt Max. »So drückt es zumindest Amy aus.«

»Du meinst, er hat sich seine Arbeit ausgesucht und das Unterrichten aufgegeben, damit er sie tun konnte, aber er ist immer noch etwas empfindlich, wenn Snobs ihn wie einen bloßen Handwerker behandeln?«

»So etwas in der Art. Er ist aber ein richtiger Künstler in seinem Job. Und er führt die Leute gern aufs Glatteis. Um sich zu amüsieren.«

»Na, ich hoffe, die Oper war kein Scherz«, meinte Cara. »Ich würde gern hingehen.«

Max wirft einen Blick auf das Display seines Handys. »Würdet ihr mich entschuldigen?«, fragt er. »Judith bittet mich, sie anzurufen. Alles ist in Ordnung«, setzt er hinzu, »aber es sieht aus, als wollte sie bleiben für den Fall, dass das Baby früher kommt. Freyas Mum kann noch nicht aus Dänemark herüberkommen.«

Er geht in das kleine Arbeitszimmer und zieht die Tür hinter sich zu, und die beiden anderen sitzen einen Moment lang schweigend da und sehen auf den Computerbildschirm.

»Vielleicht möchte sie ja, dass er nach Oxford kommt«, sagt Cara.

Stirnrunzelnd betrachtet Sam den Bildschirm. »Wenn es schwierig wird«, erklärt er schließlich vorsichtig, »könnten Sie immer auf The Keep unterkommen. Wir haben jede Menge Platz, und Fliss hätte überhaupt nichts dagegen. Sie hat noch gesagt, dass sie Sie gern kennenlernen würde.«

Seine Freundlichkeit rührt Cara. »Das ist sehr nett von Ihnen«, antwortet sie, »doch ich bin mir nicht sicher, was dann aus Oscar würde. Vielleicht mache ich mich ja nützlicher, wenn ich hierbleibe, um auf ihn aufzupassen.«

»Er könnte mitkommen«, erwidert Sam. »Wir alle lieben Hunde.«

Cara lacht. »Das ist ein großer Trost. Danke. Mal sehen, was dabei herauskommt, bevor wir einen Plan schmieden. Vielleicht könnten Sie auch hierbleiben und mir helfen, mit Oscar und der Wohnungssuche fertigzuwerden?«

Sie sieht zu, wie seine ernste Miene einem erfreuten Lächeln weicht.

»Sehr gern«, sagt er. »Schauen Sie. In Dartmouth ist eine ganz hübsche Wohnung zu vermieten. Großartige Aussicht. Kennen Sie Dartmouth?«

»Nicht besonders gut«, gibt sie zu. »Philip hat mich zu Max' Abschlussparade mitgenommen, aber das ist Lichtjahre her. Es war wunderbar. Sie werden mich herumführen müssen.«

Sam erzählt von Dartmouth, und dass er im Januar auf die Marineakademie geht, und Cara scherzt, sie werde die Wohnung nehmen, damit er sie besuchen kann. Er ringt mit dieser völlig neuen Wendung seiner Lage. Als er ankam, war er ein wenig ärgerlich wegen der Anwesenheit von Max' Schwester und hatte das Bedürfnis, seinen Patenonkel für sich zu haben. Jetzt fühlt er sich ganz hochgestimmt bei der Aussicht, Cara die South Hams zu zeigen, und macht sich keine besonderen Gedanken darüber, ob Max nach Oxford fährt.

Er hat den Abend wirklich genossen, und das Zusammentreffen mit Jack hat ihm großen Spaß gemacht, genau wie der Umstand, dass Cara ihn hinzugezogen hat, um ihr Wohnungsproblem zu lösen. Alles ist ganz anders, als er es sich vorgestellt hat, aber irgendwie sind dadurch seine Sorgen in den Hintergrund getreten, und eine fröhliche Stimmung steigt in ihm auf. Daher fühlt sich Sam nicht so nervös, wie es sonst der Fall gewesen wäre, als Max mit ernster Miene wieder auftaucht. »Wie geht's Freya?«, fragt er. »Ist alles in Ordnung?«

Max verzieht das Gesicht. »Ihr geht es gut, aber Judith ist nicht glücklich bei dem Gedanken, sie allein zu lassen. Durch den Knöchel und das Baby kann sie sich nur schlecht bewegen, und mit Poppy hat sie alle Hände voll zu tun. Die Sache ist die, dass Judith nicht darauf eingerichtet war, so lange zu bleiben. Sie ist mit dem Zug gefahren und hat nicht allzu viel mitgenommen. Sie hat mir eine Liste diktiert und mich gebeten, ihr die Sachen mit dem Auto zu bringen.« Er sieht Sam an. »Tut mir wirklich leid, aber es dauert nur ein paar Tage.«

»Wir hatten gerade davon gesprochen«, sagt Cara, bevor Sam antworten kann. »Wenn du magst, könnten wir beide hier auf Oscar aufpassen.«

Max' Miene hellt sich auf. »Das wäre großartig. Seid ihr euch sicher?«

»Mir ist das ganz recht«, meint Sam und versucht, nicht allzu begeistert auszusehen. »Wir könnten unsere Wohnungssuche fortsetzen.«

Max seufzt erleichtert auf. »Das ist großartig. Kommt mir ein wenig ungehobelt vor, Leute zu sich einzuladen und sie dann sitzen zu lassen, doch wenn das für euch beide in Ordnung ist, kann ich guten Gewissens fahren. Ich hatte nicht wirklich Lust, Oscar mitzunehmen. Das Haus ist nicht besonders groß, und er würde alles nur noch komplizieren. Ich bleibe bloß zwei Nächte fort, allerhöchstens drei, schätze ich.«

»Wann fährst du?«, fragt Cara.

»Montagmorgen. Tut mir leid, Sam.«

»Kein Problem«, versichert ihm dieser. »Wenn es für dich in Ordnung ist, dass ich bleibe …?«

»Ja, natürlich. Du leistest Cara Gesellschaft, und ich brauche mir keine Sorgen um Oscar zu machen. Danke.« Er hält die Liste hoch. »Ich sollte mich auf die Suche nach diesem Kram machen.«

Sam zögert einen Moment lang und beschließt dann, die Initiative zu ergreifen. »Wir müssen eine Route ausarbeiten«, erklärt er Cara. »Dass Sie die Gegend nicht kennen, macht es ein wenig schwierig, aber ich finde, wir können in Kingsbridge beginnen. Dann Dartmouth und danach Totnes und unterwegs ein paar der Dörfer ansehen. Ich nehme an, Sie haben ein Auto?« Er sieht sie an und fragt sich, ob er sie zu sehr herumkommandiert, doch sie lächelt ihm zu.

»Ja, ich habe ein Auto. Es ist sogar groß genug, um Oscar hineinzuquetschen, wenn es sein muss.«

»Gut«, sagt er. »Unterwegs haben wir reichlich Gelegenheit, ihn auszuführen. Das Wichtigste ist, ein Gefühl für die Gegend zu bekommen und festzustellen, ob Ihnen ein bestimmter Teil besonders zusagt. Dann können wir die Suche ein wenig ausweiten. Klingt das gut?«

»Ich sehe schon, ich bin in guten Händen«, meint sie. »Und es ist eine große Erleichterung. Ich hasse es, so etwas allein anzugehen.«

Sam ist erfreut. Er nimmt den Laptop mit ins Arbeitszimmer und druckt einige der Hausbeschreibungen aus, die Cara genehmigt hat. Er ist organisiert, plant gern voraus. Als er jetzt an Max' Schreibtisch sitzt und dem Drucker lauscht, beginnt er, eine Route zu notieren. Es ist ein gutes Gefühl, sich nützlich zu fühlen.

Als Jack nach Hause kommt, geht er gleich an seinen unordentlichen Schreibtisch in der Kammer, die er sein »Arbeitszimmer« nennt, und sucht nach dem Programm für die Aufführungen im Barn Theatre in Dartington.

Aus der großen Wohnküche ruft Amy nach ihm. »Hi, Dad. Hattest du einen schönen Abend?«

Er geht zu ihr und nimmt das Programmheft mit. »Ja. Max war im Pub, zusammen mit Cara und seinem Patensohn. Bist du schon lange zurück?«

Sie schüttelt den Kopf. »Bin gerade hereingekommen.«

Er sieht sie an und sucht nach Anzeichen dafür, ob ihr Abend ungewöhnlich verlaufen ist, doch sie wirkt ganz gelassen und nicht wie ein junges Mädchen, das dabei ist, sich zu verlieben. Obwohl er sich nicht absolut sicher ist, ob er die Zeichen erkennen würde.

»Hat es Cosmo im *Pig's Nose* gefallen?«, fragt er beiläufig.

»Hm.« Sie nickt fast gleichgültig und grinst dann, als wüsste sie ganz genau, was er im Schilde führt. »Was machst du?«

»Ich sehe mir die Termine für die *Zauberflöte* nächste Woche an. Anscheinend interessiert sich Max' Schwester, Cara, dafür, also habe ich angeboten, mit ihr hinzugehen.«

»Oh«, meint Amy, »das war schnell. Ist sie nett?«

Es ist, als hätte sie plötzlich den Spieß umgedreht, und Jack beginnt zu lachen. »Sehr nett«, antwortet er. »Doch ich dachte, ihr kennt euch. Sie hat gesagt, sie hätte dich im Café gesehen.«

Amy runzelt die Stirn und schüttelt den Kopf. »Ich glaube nicht. Ach, aber Max ist eines Morgens hereingekommen, und ich glaube, er hat sich zu jemandem gesetzt. Vielleicht war sie das.«

»Jedenfalls meinte sie, du seist ein hübsches Mädchen.«

»Sie versucht, dich zu beeindrucken, oder?« Sie grinst ihm zu. »Und jetzt geht ihr zusammen in die Oper. Das ging ja fix.«

Er sieht ein, dass er vollkommen von jedem Versuch abgekommen ist herauszufinden, wie ihr Abend war, und gibt sich würdevoll geschlagen. Er studiert das Programmheft. Er muss sich beeilen und die Plätze reservieren. Die Opernaufführung findet am Donnerstagabend statt. Er wirft einen Blick auf seine Armbanduhr. Die Kasse wird geschlossen sein, also muss er gleich morgen früh reservieren.

»Es ist am Donnerstagabend«, erklärt er ihr.

Sie informieren sich immer gegenseitig, wenn sie Pläne haben.

»Klingt gut.« Amy hievt sich vom Sofa hoch. »Vielleicht bitte ich dich sogar, mich ein Stück mitzunehmen. Ich habe eine SMS von Charley bekommen. Sie schlägt vor, dass wir uns treffen. Du könntest mich in Totnes absetzen und nachher wieder abholen.«

Aus irgendeinem Grund fühlt sich Jack ein wenig pikiert, als wäre es nicht dasselbe, wenn Amy mit im Auto sitzt, doch es ist schwierig, sich zu zweit nur ein Auto und einen Lieferwagen zu teilen, und er hat keinen Grund, ihr das abzuschlagen. »Klar«, sagt er. »Wie geht's Charley?«

Er kann Charley gut leiden. Amy hat sie in Falmouth an der Uni kennengelernt, als sie Grafik und Design studiert haben, und trotz des Altersunterschieds – er vermutet, dass Charley Mitte dreißig ist – sind Amy und sie gute Freundinnen geworden. Charley arbeitet schwer, obwohl sie ein verrücktes Huhn ist, und hat eine sehr entspannte Lebenseinstellung.

»Ihr geht's gut«, gibt Amy zurück. »Das Problem ist nur, dass Simon und sie sich schon wieder getrennt haben. Sie nennt es eine ›Trennung auf Probe‹, aber ich glaube, in Wirklichkeit ist sie am Boden zerstört.«

»Die beiden trennen sich ständig«, entgegnet Jack ungeduldig. »Simon macht sich davon und besucht noch einen Kurs oder arbeitet noch mal als Landschaftsgärtner, und in der nächsten Minute sind sie wieder zusammen. Und dann setzt Charley sich etwas in den Kopf und läuft davon. Die beiden sind einfach beziehungsunfähig.«

»Ich weiß. So sind sie nun einmal, doch dieses Mal klingt es etwas ernster. Soll ich dann sagen, dass ich Donnerstagabend vorbeikommen kann?«

»Selbstverständlich«, antwortet er. »Schön, Charley wiederzusehen.«

»Und ich kann Cara kennenlernen«, meint Amy. »Was ist mit Max' Patensohn? Wie ist er denn so?«

»Sam? Ein sehr netter Bursche. Er geht zur Marine. Fängt nach Weihnachten in Dartmouth an. Ich hatte mich gefragt, ob ich sie alle auf einen Drink einladen soll. Was hältst du davon?«

Sie wirkt erstaunt. »Warum nicht? Max ist immer sehr nett, obwohl Judith ziemlich anstrengend ist.«

»Judith ist nicht da. Ich dachte, das wäre eine schöne Aktion. Caras Mann ist Anfang des Jahres gestorben, und sie sucht nach einer Bleibe. Vielleicht weißt du ja von ein paar Objekten, die demnächst frei werden. Jedenfalls …« Er zuckt mit den Schultern, als wäre das nicht besonders wichtig. »War nur so eine Idee. Ich gehe ins Bett.«

»Okay«, sagt sie und beginnt, eine Textnachricht zu schreiben. »Wir schmieden einen Plan. Nacht, Dad.«

Er beugt sich über sie, um sie zu küssen, und fragt sich, ob er vorschlagen soll, Cosmo zu der Party einzuladen. Doch er entscheidet sich dagegen. Die Anwesenheit eines vollkommen Fremden könnte die Sache aus dem Gleichgewicht bringen, und Jack möchte, dass es ein schöner Abend wird. Es erstaunt ihn selbst, wie sehr er sich darauf freut.

6. Kapitel

Cosmo wandert am Flussdelta entlang. Reggie läuft ein wenig voran, und die Morgensonne fühlt sich auf seinem Rücken warm an. Zwei Tage lang haben südwestliche Winde Regen mitgebracht und die Hügel in Wolken gehüllt, doch an diesem Morgen ist der Himmel klar, und die Landschaft glitzert im herbstlichen Sonnenschein. Cosmo hat sich die Kamera um den Hals gehängt und staunt auf Schritt und Tritt über die Edelsteintöne in der Landschaft, die ihn umgibt: rotbraune frisch gepflügte Erde, grüne Weiden, dunkelblaues Meer und die goldenen und orangefarbenen Blätter der Buchen. Im Gehen studiert er Winkel und Umrisse, bleibt immer wieder stehen, um Fotos zu machen, und verfasst im Kopf kleine Titel für sie. Sein neuer Blog zieht noch nicht viel Aufmerksamkeit auf sich – heutzutage hält sich jeder für einen Fotografen –, doch er hofft immer noch, dass er irgendwann das Bild seines Lebens schießen wird, das ihm vielleicht einen neuen Weg aufzeigt.

Unterwegs denkt er über Amy nach. Sie ähnelt niemandem, den er je gekannt hat; so schnell ist sie, so amüsant und immer bereit, den Moment zu nutzen. Er liebt es, wie sie ihn im Auto herumfährt und so sichtlich Spaß hat. Sie ist tüchtig, aber immer bereit, an einem Tor oder auf einer Brücke anzuhalten. »Sieh mal«, sagt sie dann. »Ist das nicht toll? Willst du ein Foto machen?« Er fühlt sich stark von ihr angezogen, doch er will es nicht wahrhaben. Rebecca ist schließlich auch noch da. Er hat Amy nicht von ihr erzählt, sondern sie in dem Glauben gelassen, er sei ein freier Mann, und seine kleine Wohnung in der

Hackney Road beschrieben. Er hat sie ein wenig größer klingen lassen, als sie ist, aber nicht allzu sehr übertrieben.

Cosmo bleibt einen Moment stehen und betrachtet die Passagierfähre, die, von Kingsbridge kommend, die Flussmündung entlangtuckert. Die Hauptsache ist doch, sagt er sich, dass niemand zu Schaden kommt. Es gibt kein Anzeichen dafür, dass Amy die Sache zu ernst nimmt. Obwohl sie sich offensichtlich zu ihm hingezogen fühlt, hat sie eine zwanglose Art, die andeutet, dass sie auf sich selbst aufpassen kann. Als sie gestern Abend nach Hause kamen, hat sie mit laufendem Motor gewartet, bis er ausgestiegen war. Etwas hinderte ihn daran, sie zu küssen, sogar leicht auf die Wange. Er hat sie zwar auf einen Kaffee oder einen Schlaftrunk eingeladen, doch sie schüttelte den Kopf.

»Ich will nichts mehr«, erklärte sie, »sonst kann ich nicht schlafen. Man sieht sich.«

Sie fuhr davon und ließ ihn stehen. Er sah dem Auto nach, und als er dann hineinging, um nach Reggie zu sehen, fühlte er sich zurückgewiesen, enttäuscht. Und doch hatte es früher an diesem Abend Momente gegeben, in denen sie einander sehr nahegekommen waren. Sie hatten sich so aufeinander zugeneigt, dass ihre Köpfe sich fast berührten, und einmal hatte er die Hand auf ihre gelegt, die auf dem Tisch lag, um etwas, das er erzählte, zu unterstreichen, und sie einen Moment gehalten. Sie hatte ihre so umgedreht, dass sie die Finger um seine schlang, und er weiß, dass sie sich beide dieses leisen Rucks bewusst waren, der sie durchlief wie ein kurzer elektrischer Schlag.

Cosmo zuckt kaum wahrnehmbar mit den Schultern. Vielleicht ist sie ja daran gewöhnt, dass Männer im Urlaub herkommen, sie ansprechen, auf mehr hoffen und wieder wegfahren. Ist es nicht genau das, was er tut?

Schnell geht er weiter und fühlt sich verwirrt. Er bekommt Amy nicht aus dem Kopf; sie ist ein Teil dieser ganzen Magie, die ihn umgibt. London und Rebecca hat er hier nicht auf dem Radar, und er will nicht an sein Leben dort denken. Jetzt gerade will er im Augenblick leben, auf den Klippen und auf den Wegen spazieren gehen, sich auf einen weiteren Abend in einem der hiesigen Pubs freuen, sich in ein Café setzen und darauf warten, dass Amy unvermittelt hereinschneit. Er fühlt sich lebendiger als jemals in seiner Erinnerung, und als mit einem »Pling« eine Textnachricht hereinkommt, zieht er hoffungsvoll sein Telefon hervor. Amy hat jetzt seine Nummer und hat versprochen, ihm Bescheid zu geben, wenn sie Zeit für ein neues Treffen hat. Doch die Nachricht stammt von Rebecca.

Klingt gut da unten. Du fehlst mir. Hatte überlegt, über ein Wochenende zu kommen und mal richtig auszuspannen. xxx.

Er starrt die Nachricht an und hat ein Gefühl, als hätte ihm jemand einen Magenschwinger versetzt. Das ist das Letzte, womit er gerechnet hat: Rebecca hier, kritisch, erwartungsvoll, neugierig. Das darf einfach nicht passieren – aber wie kann er sie davon abbringen? Cosmo steckt das Handy in die Tasche und geht weiter, während er sich den Kopf zerbricht, um eine Lösung zu finden. Und nach einer Weile kommt ihm eine Idee. Er zieht sein Telefon wieder hervor und schickt eine Nachricht an Al.

Hilfe. Wir müssen reden.

Amy packt ihre Schablonen und Farben weg und sieht sich in dem kleinen Zimmer um. Sie hat sorgfältig Gestalten aus Kinderbüchern und Cartoon-Charaktere auf den Wänden und

Schranktüren verteilt, und die Wirkung ist gut. Doch noch während sie ihr Werk kritisch mustert, denkt Amy an Cosmo. Sie räumt für den Vormittag zusammen, und dabei wird ihr klar, dass sie noch nie so empfunden hat: nicht dieses verrückte Gefühl, dieses Kribbeln im Blut, wenn sie in seiner Nähe ist. Sie ist sich beinahe sicher, dass Cosmo genauso empfindet, fürchtet sich aber, das auf die Probe zu stellen. Sie kennt ihn erst so kurz; er ist älter, kultivierter, und sie möchte nicht wie ein naives, törichtes Mädchen dastehen.

Spontan zieht sie ihr Telefon hervor und wählt Charleys Nummer.

»Hi, Ames«, sagt Charley. »Wie geht's dir?«

Als Amy ihre Stimme hört, holt sie tief und erleichtert Luft. Sie fühlt sich gleich ruhiger.

»Mir geht's gut«, sagt sie, »aber es wäre toll, wenn wir uns schon vor Donnerstag treffen könnten. Ich bin gerade mit einem Auftrag in Kingsbridge fertig. Könnten wir ein Sandwich zusammen essen? Ich kann in ungefähr zwanzig Minuten in Totnes sein.«

»Kein Problem. Ich arbeite heute Morgen im Potting Shed und mache in ungefähr einer Viertelstunde Mittagspause. Sollen wir uns im *Terrace Café* treffen? Sei vorsichtig, Schätzchen.«

»Danke«, sagt Amy. »Ehrlich, das ist einfach toll. Bis gleich.«

Sie steckt ihr Telefon weg und spürt immer noch dieses eigenartige, verrückte Gefühl, als hätte die Welt schärfere Konturen entwickelt, als wäre sie sich aller Dinge und Menschen um sich herum stärker bewusst. Jetzt ist Charley die Einzige, mit der Amy reden kann. Charley ist solch ein freundlicher, glücklicher, guter Mensch. Früher hat sie Amy stundenlang zugehört, wenn sie über den Verlust ihrer Mutter geredet hat, darüber, wie es war, ohne diese Art von Unterstützung und Mutterliebe aufzuwachsen. Charley hörte zu, kochte zahllose Tassen Kaffee und gab Amy eine Art anderer Perspektive. Und das wirklich Gute war, dass Charley niemals herablassend oder kritisch war, weil sie genug eigene Probleme hatte, über die sie bereitwillig redete, sodass Amy das Gefühl hatte, sie wären wirklich Freundinnen. Sie brauchte sich nicht dankbar oder töricht vorzukommen, weil sie jünger war.

Während sie sich verabschiedet, ins Auto steigt und nach Totnes fährt, fragt sie sich, wie sie es fertigbringen soll, dass Cosmo und Charley sich kennenlernen, damit sie ihre Reaktion sehen und hören kann, was sie von ihm hält. Unmöglich, daran zu denken, ihn Dad vorzustellen. Jedenfalls noch nicht. Dazu muss sie sich zuerst zuversichtlicher fühlen. Vielleicht ist sie eher bereit für den nächsten Schritt, wenn sie mit Charley geredet hat.

Charley verlässt das Potting Shed und geht die paar Meter zum *Terrace Café*. Sie genießt ihren Teilzeitjob im Gartencenter, plaudert gern mit den Kunden, die Blumenzwiebeln oder Pflanzen, Gartengeräte oder Vogelfutter kaufen, und liebt es, mit den Kollegen zu scherzen. Sie betätigt sich auch gern zweimal die Woche als Hilfslehrerin an der hiesigen Grundschule. Seit Simon in Glouchestershire arbeitet, ist sie einsam und weiß nicht recht, wohin ihr Leben führen soll, und da ist es gut, Arbeit und eine Aufgabe zu haben.

Sie betritt das Café und lächelt den Besitzern zu, Rob und Andy, die sie immer so herzlich begrüßen, und sieht sich um. Amy ist noch nicht da, aber das überrascht sie nicht. Sie erklärt Andy und Rob, dass sie auf jemanden wartet, und setzt sich an einen der Fenstertische, wo man den Weg einsehen kann, der zwischen der Hauptstraße und dem Parkplatz verläuft. Von diesem Aussichtspunkt aus wird sie Amy kommen sehen. Sie fragt sich, was so dringend ist, dass es nicht bis zu ihrer Verabredung am Donnerstag warten kann, und hofft, dass es kein ernstes Problem ist. Amys Stimme hat angespannt geklungen, aufgeregt. Wenn Charley jetzt darüber nachdenkt, überlegt sie, dass in dieser Stimme nichts gelegen hat, was schlechte Nachrichten andeutet. Es war eher so, dass in Amy etwas übersprudelte, das sie einfach mitteilen muss: etwas Aufregendes, Außerordentliches.

Charley hofft, dass es etwas Gutes ist. Vielleicht hat Amy sich ja verliebt. In Falmouth war ein Junge gewesen, mit dem sie sich traf, aber das war eine ziemlich ruhige Romanze gewesen, nicht diese welterschütternde, alles umwerfende Art Leidenschaft, die dafür sorgt, dass man jeden Liebessong, der je geschrieben worden ist, versteht und sich damit identifiziert. Charley seufzt wehmütig und schaut aus dem Fenster.

Amy stürmt in ihr Blickfeld. Sie hält ihre Umhängetasche fest, ihre Locken lösen sich aus den Haarspangen, und als Charley sie beobachtet, weiß sie, dass sie richtig vermutet hat. Amys Miene, ihre nach oben verzogenen Lippen und ihre leuchtenden Augen strahlen etwas Undefinierbares aus, das sie von anderen abhebt. Ein Mann, der in die andere Richtung geht, dreht sich um und mustert sie beifällig, und Charley muss lachen.

»Pheromone, Schätzchen«, sagt sie zu sich. »Gute alte Pheromone.«

Und als Amy eilig ins Café tritt, steht Charley auf und streckt ihr die Hände entgegen. Amy umarmt sie fest und lacht dann unerklärlicherweise auf.

»Das ist so verrückt!«, sagt sie. »Aber ich musste dich einfach sehen. Jetzt. Noch vor Donnerstag.«

Charley macht sich los und setzt sich wieder. »Das habe ich, glaube ich, begriffen.«

Amy nimmt ihr gegenüber Platz und holt tief Luft, als wäre sie gerannt. Sie blickt zu Rob auf, der ihr eine Speisekarte reicht, lächelt ihm zu und starrt dann auf die Karte hinunter. Charley beobachtet sie einen Moment lang und beschließt, die Initiative zu ergreifen.

»Die vegetarische Lasagne«, sagt sie zu Rob. »Ist dir das recht, Amy? Ich weiß, dass du die magst.«

»Egal«, meint Amy aufs Geratewohl. »Ja. Gemüselasagne wäre toll.«

Charley lächelte zu Rob hoch. »Und zweimal Holunderblüten-Schorle? Danke.«

Sie lehnt sich zurück und mustert Amy, die sie anstrahlt. »Geht's Jack auch gut? Habt ihr genug Arbeit? Alles in Ordnung in Salcombe?«

»Ja«, antwortet Amy und nimmt sich sichtlich zusammen. »Ja, alles prima. Dad ist super in Form.«

Charley wartet. Die Gläser mit der Schorle und das Besteck werden gebracht. Amy spielt mit einer Gabel.

»Die Sache ist die …«, erklärt sie langsam. »Also, Charley, es ist so, dass ich diesen Mann kennengelernt habe …«

7. Kapitel

An dem Morgen, als Max nach Oxford fahren will, äußert Sam plötzlich Vorbehalte dagegen, in Caras Auto auf Wohnungssuche zu gehen.

»Schließlich«, meinte er, als sie beim Frühstück zusammensitzen, »kennen Sie sich in dieser Gegend nicht aus, und Sie müssen eine gute Vorstellung davon bekommen, wo Sie vielleicht leben möchten. Aber wie soll das gehen, wenn Sie selbst am Steuer sitzen? Ich schlage vor, dass wir zu mir nach Hause fahren und mein Auto holen. Ich bin nicht damit hergekommen, weil das Parken in Salcombe schwierig ist, aber jetzt kann ich Max' Parkplatz an der Werft benutzen.«

Ein kurzes Schweigen tritt ein. Cara wirft ihrem Bruder, der diesen Plan ohne ein Zeichen von Besorgnis oder Nervosität abwägt, einen Blick zu. Sie ist erleichtert. Sie hat keine Ahnung, was für ein Fahrer Sam ist oder was für ein Auto er besitzt.

»Ich finde, das klingt sehr vernünftig«, sagt Max zu ihm. »Diese Nebenstraßen können für jemanden, der nicht mit ihnen vertraut ist, ziemlich Furcht einflößend wirken, und Cara wird keinen besonders tiefen Eindruck von der Landschaft bekommen, wenn sie versucht, Wegbeschreibungen zu folgen und Traktoren auszuweichen. Ich sage euch etwas: Soll ich euch nicht auf meinem Weg in den Norden auf The Keep absetzen? Schließlich ist das kaum ein Umweg, oder? Und dann könnt ihr zurückfahren. Ist das ein Plan?«

»Ein sehr guter Plan«, gibt Sam begeistert zurück. »Und Cara kann mit uns kommen und Fliss und Hal kennenlernen.«

Einen ganz kurzen Moment lang fühlt Cara einen Anflug von Panik in sich aufsteigen.

»Aber du wolltest ja innerhalb einer Stunde aufbrechen, Max. Ich finde das ein wenig unfair gegenüber Fliss und Hal, meinst du nicht?«, antwortet sie. »Wahrscheinlich haben sie kaum zu Ende gefrühstückt.«

»Es wird den beiden nichts ausmachen, dass Sie mitkommen«, gibt Sam zuversichtlich zurück. »Ich rufe sie jetzt an und gebe ihnen Bescheid.«

Er schiebt seinen Stuhl vom Tisch weg und verschwindet über die Treppe nach unten. Max wirft Cara ein Grinsen zu.

»Eindeutig eine Führungspersönlichkeit«, meint er. »Ist das für dich so in Ordnung?«

»Wenn du dir sicher bist, dass es den beiden recht ist«, gibt sie zurück und versucht immer noch, die törichte Panik zu besiegen. Mit einem Mal erfüllt der Gedanke, dass Max wegfährt, sie mit Angst. Das inzwischen vertraute Gefühl, im freien Fall und vollständig allein zu sein, überfällt sie. »Es kommt mir nur ein wenig unhöflich vor.«

»Ehrlich«, erwidert er ihr, »es wird kein Problem sein. Sam macht das schon.«

»Ja«, sagt sie. »Doch, inzwischen glaube ich, dass du recht hast.«

Bald lassen sie die Stadt hinter sich und fahren in Richtung Dartington und The Keep. Cara versucht, ihre Fassung wiederzufinden, sieht auf die Landschaft hinaus und erkundigt sich bei Sam nach den kleinen Dörfern. Es dauert nicht lange, bis sie den Hügel hinauffahren und durch den Bogen eines Torhauses auf den Innenhof von The Keep gelangen. Sam hat ihr erklärt, es sei in den 1840er-Jahren auf den Ruinen einer alten Hügelfestung errichtet worden. Entzückt betrachtet Cara das Gebäude: In der

Mitte erhebt sich ein drei Stockwerke hoher Turm, der dem einer Burg ähnelt, und zwei Flügel liegen ein wenig zurückgesetzt und sind offensichtlich zu einem späteren Zeitpunkt angebaut worden. Der Innenhof ist von hohen Steinmauern umgeben.

Sam springt hinaus und läuft ins Haus, um ihr Eintreffen anzukündigen, und Hal und Fliss kommen fast sofort herausgeeilt. Max bleibt nur lange genug, um Hallo zu sagen, und fährt dann wieder, und während Sam sein Auto aus der Garage im Torhaus holt, führen Fliss und Hal Cara ins Haus. Sie gehen durch die große Halle, an deren anderem Ende sich ein gewaltiger, aus Granit gemauerter Kamin befindet, und durch eine Passage mit Schieferboden in die warme Küche, wo ein Aga-Herd steht. Cara sieht sich um und betrachtet die hübschen Patchwork-Vorhänge und die eingebaute Anrichte, die zarte rosa, blaue und vergoldete Porzellanteile birgt – die letzten Überlebenden lange vergessener Ess- und Teeservices. In der anderen Wand befinden sich zwei Fenster, und Cara fühlt sich von ihnen angezogen. Als sie hinaussieht, entfährt ihr ein leiser, entzückter Ausruf. Der Hügel fällt so steil ab, dass die Küche hoch oben in der Luft zu schweben scheint. Unterhalb von sich sieht sie Vögel kreisen, und die offene Landschaft aus bunten Feldern und kleinen, rundlichen Hügeln erstreckt sich in weite Fernen, um in einer dunstigen blauen Unendlichkeit zu verschwimmen.

Hal und Fliss kochen Kaffee und sorgen dafür, dass sie sich wohlfühlt. Sie tun ihre Entschuldigungen ab, zeigen Verständnis für die problematische Suche nach einem Haus und versichern ihr, dass Sam ihr die South Hams zeigen wird. Cara erwidert, sie seien sicher sehr stolz darauf, dass er die Aufnahmeprüfung bestanden hat, und sie pflichten ihr bei.

»Weder meine noch Hals Kinder sind zur Marine gegangen«, sagt Fliss, als sie um den langen Refektoriumstisch sitzen, »daher ist es sehr schön, dass Sam die Familientradition fortsetzt. Und natürlich tritt er in Moles Fußstapfen.«

Sie wirft Cara einen forschenden Blick zu, denn sie fragt sich, ob diese verstanden hat, und Cara erklärt vorsichtig, Max habe ihr einen Teil von Sams Geschichte erzählt. Die beiden sind ein schönes Paar. Der hochgewachsene, grauhaarige Hal trägt einen alten Guernsey-Pullover mit abgeschabtem Muster, während Fliss klein ist, mit zarten Gesichtszügen, und in Jeans, T-Shirt und eine Weste gekleidet ist.

»Bei Mole«, fährt Fliss fort, »war das von Kindheit an eine Leidenschaft. Er wünschte sich mehr als alles andere auf der Welt, in einem U-Boot zu dienen.«

Cara wirft Hal einen Blick zu. »War es für Sie auch eine Leidenschaft?«, fragt sie.

Hal schüttelt den Kopf. »Zu lange her, um mich zu erinnern«, sagt er betreten. »Wahrscheinlich. Aber nicht für U-Boote. Das war nie meine Vorstellung von Spaß. Doch ja, vermutlich war es das Einzige, was ich damals tun wollte. Sam muss ebenfalls ziemlich überzeugend gewesen sein, sonst hätte der Vorstand ihn nicht angenommen. Man muss wirklich dahinterstehen. Ein Jammer, dass er nicht sofort anfangen konnte. Ich glaube, nach der Aufregung wegen der bestandenen Prüfung fühlt er sich ein wenig enttäuscht. Da ist es gut, dass er sich bei Ihrer Suche nach einem Haus nützlich machen kann.«

Cara erzählt von einigen Objekten, die Sam und sie sich auf Max' Laptop angesehen haben.

»Wollen Sie sich denn heute etwas anschauen?«, erkundigt Hal sich und streckt den Arm aus, um Kaffee einzuschenken, als Sam hereinkommt und ein paar Briefe auf den Tisch fallen lässt.

»Der Briefträger war da«, erklärt er. »Nein. Wir besichtigen heute nichts, da wir noch keine Zeit hatten, Termine zu vereinbaren.« Er setzt sich und greift nach seinem Kaffeebecher. »Danke. Vielleicht sehen wir uns ja ein paar der Immobilien von außen an. Aber ich finde, es ist *die* Gelegenheit, Cara etwas von der Gegend zu zeigen. Vielleicht fahren wir über Dartmouth zurück und weiter nach Torcross.«

Cara lächelt Fliss zu und zuckt mit den Schultern. »Er ist der Chef.«

»Ich beneide Sie«, meint Fliss. »Wie wunderbar es sein muss, die South Hams zum allerersten Mal zu sehen!«

»Sind Sie eine Stadtmaus oder eher eine Landmaus?«, will Hal wissen.

Cara lacht und erinnert sich an die Bücher von Beatrix Potter. »Sam hat mich das auch gefragt. Ich weiß, das klingt verrückt, aber ich habe wirklich keine Ahnung. Wahrscheinlich kommt es darauf an, was für eine Stadt und was für eine Art Land es sind. Bei den seltenen Gelegenheiten, wenn unser Heimaturlaub zusammenfiel, haben wir bei Max und Judith in Salcombe gewohnt, doch die Vorstellung, dort zu leben, kommt mir eigenartig vor. Aber andererseits finde ich es auch merkwürdig, überhaupt längere Zeit irgendwo zu wohnen.«

»Militärdienst-Syndrom«, bemerkt Hal. »Ich habe viele Freunde, die immer noch das Gefühl haben, alle zwei Jahre umziehen zu müssen.«

»Abgesehen davon«, setzt Sam hinzu, »gehören die Immobilienpreise in Salcombe zu den höchsten des Landes.«

»Ja, Max hat recht daran getan, damals zu kaufen«, pflichtet Hal ihm bei. »Das war eine großartige Investition.«

»Wir müssen los«, erklärt Sam und trinkt den Kaffee aus. »Wir haben viel vor.«

»Und wenn Sie einmal eine Abwechslung von Salcombe brauchen«, sagt Fliss, als alle hinausgehen und den Hof überqueren, »können Sie gern zu uns kommen. Das Wichtigste ist, dass Sie nicht überstürzt etwas kaufen, was nicht zu Ihnen passt.«

Als Cara in Sams blauen Mini klettert, erfüllt Fliss' Freundlichkeit sie mit einem warmen Gefühl. »Wie nett die beiden sind!«, meint sie zu Sam, während sie über kurvenreiche kleine Straßen zur Hauptstraße fahren. »Und was für ein erstaunliches Haus! Es wirkt wie eine kleine Burg.«

»Tja, wenn Judith wieder zurück ist, können Sie ja dort unterkriechen.«

Sie hört seine Belustigung, als hätte er erraten, dass Judith und sie einander nicht besonders grün sind, und wirft ihm einen scharfen Blick zu. »Vielleicht mache ich das sogar«, sagt sie und lehnt sich dann zurück, um sich umzuschauen.

»Heute bekommen Sie Totnes nur kurz zu sehen«, erklärt er, »weil ich weiterkommen will. Aber wir kommen wieder und erkunden es dann richtig.«

»Ist mir recht«, meint sie. »Doch wenn Sie sagen, Sie wollten weiterkommen, haben Sie ein bestimmtes Ziel?«

Lächelnd nickt er. »Meinen liebsten Ort auf der ganzen Welt.«

Sie lacht und hört seine ganze Kindheit in seinen Worten.

»Nicht die Marineakademie?«, fragt sie scherzhaft und bemerkt interessiert, wie sein Lächeln einer verblüfften Miene weicht, als hätte er die Existenz eines solchen Ortes fast vergessen.

»Nein«, sagt er und schüttelt leicht den Kopf. »Nicht die Akademie, obwohl Sie die auch sehen sollen. Jedenfalls so viel, wie man von der Straße aus davon erkennen kann.«

Als sie Totnes umfahren, schaut sie sich um und erhascht einen Blick auf die massige, niedrige Burg auf der Hügelkuppe, und dann befinden sie sich wieder in der offenen Landschaft.

Beim Fahren kommentiert Sam ständig etwas, doch sie spürt, dass er darauf brennt, ihren Bestimmungsort zu erreichen. Sie biegen auf die Straße nach Dartmouth ein, und er erzählt ihr ein wenig über die Geschichte der Stadt. Mit einem Mal blitzt es in der Ferne jenseits des Ackerlands silbrig auf, und etwas glitzert hell in der Herbstsonne. Sie keucht leise auf, und dann ist es wieder da, als würde ein Spiegel das Sonnenlicht zurückwerfen.

»Das Meer«, ruft sie aus. »Sehen Sie doch, das Meer!«

Er schaut kurz hin und bekräftigt das mit einem Nicken. »Warten Sie es nur ab«, sagt er und fährt weiter. »Wir sind jetzt fast in Dartmouth, und dann sehen Sie die Akademie auf der linken Seite, wenn wir den Hügel hinunterfahren.«

Zuerst entdeckt sie die hohen schmiedeeisernen Torflügel, über denen im Bogen die Worte *Britannia Royal Naval College* prangen, und erhascht einen Blick auf das imposante, halb hinter den Bäumen verborgene Gebäude. Plötzlich fällt ihr wieder ein, wie Philip sie zur Abschlussparade mitgenommen hat: die stolzen jungen Männer in ihren Uniformen und die Band der Royal Marines, die im Quarterdeck spielte, der Aula. Anschließend fuhren Max, Philip und sie mit einem Boot auf den Fluss hinaus. Es war ein kleines Motorboot, und Max und Philip scherzten und lachten und zankten darüber, wer steuern sollte. Irgendwo weiter oben am Fluss machten sie an einem Ponton fest und gingen an Land, um in einem Pub Tee zu trinken. Seit Jahren hat sie nicht mehr daran gedacht, doch jetzt hat sie eine kleine Vision von winzigen Bächen, bewaldeten Ufern und Spiegelbildern auf dem Wasser.

Während sie den Hügel hinab- und am Ufer entlangfahren, setzt Sam seinen laufenden Kommentar fort, und Cara stößt einen entzückten Ausruf aus, als sie den Fluss mit der Burg erblickt, die die Hafeneinfahrt bewacht, und eine weitere kleine Stadt auf dem gegenüberliegenden Hügel. Noch mehr Erinnerungen überfluten sie. Sie denkt an Philip und daran, wie er sie mit dem Hillman Imp seiner Mutter in London abgeholt hat und mit ihr hinunter in diese bezaubernde Stadt gefahren ist. Wie glücklich sie war, mit ihm zusammen zu sein! Er war ihr so lieb, so vertraut. Er hatte alles organisiert, und sie war so aufgeregt gewesen. Damals war er ihr immer noch wie Max vorgekommen: ein freundlicher großer Bruder.

Jetzt sieht sie sich um und versucht, sich daran zu erinnern, wo sie untergekommen waren.

»Halten wir nicht an?«, fragt sie enttäuscht, als sie Straßen einschlagen, die vom Fluss weg- und aus der Stadt hinausführen.

»Nicht heute«, erklärt Sam. »Aber wir kommen wieder, versprochen.«

Seine Zielstrebigkeit amüsiert sie, und es rührt sie, dass sie diesen Ort sehen soll, der für ihn etwas so Besonderes ist. Und dann raubt ihr die Szenerie vor ihnen den Atem: So weit sie sehen kann, erstreckt sich das gewaltige, unendliche Meer, und an seiner Binnenküste liegen Buchten und Strände und beschreiben einen Bogen zu einer fernen Landspitze, wo sie gerade eben die winzige Silhouette eines Leuchtturms erkennen kann.

»Start Bay«, erklärt Sam zufrieden.

Auf steilen Weiden, die zum Meer hin abfallen, kleben Schafe an ihren langen Schatten. Hoch über ihnen befinden sich kleine Dörfer. Cara lehnt sich aus dem Fenster und sieht auf die halb versteckten, von Felsen geschützten Buchten hinunter, zu den hohen Kiefern und tief eingeschnittenen Tälern.

»Oh, das ist wundervoll«, sagt sie. »Wie in aller Welt kommt man zu diesen Stränden da unten? Nur mit dem Boot, oder?«

Noch während sie die Frage stellt, biegt Sam von der Straße auf einen befestigten Weg ab, der zwischen einigen hohen Büschen verläuft, und lenkt das Auto auf einen fast verlassenen Parkplatz. Er hält an, schaltet den Motor ab und lächelt ihr zu.

»Kommen Sie, und sehen Sie selbst«, sagt er.

Sie sitzen an einem der Holztische vor dem *Venus Café* und warten darauf, dass ihr Frühstück gebracht wird. Sam beobachtet Cara und freut sich über ihre Reaktion auf diesen Ort, der ihm so viel bedeutet. Er ist froh, in der warmen Sonne des frühen Oktober hier zu sein. Er schaut sich um und betrachtet die beiden Klippen, die die Bucht einschließen, den goldenen Kieselstrand und die hohen Kiefern, die diesem hübschen Strand ein beinahe mediterranes Flair verleihen. Er versucht, sich vorzustellen, er sähe ihn zum ersten Mal durch ihre Augen: das Meer, das um die Felsen spielt, die kleinen Gezeitentümpel, den Bach, der aus dem Tal herunterkommt und als Rinnsal durch den Sand ins Meer fließt.

»Es ist perfekt«, sagt Cara. »Jetzt verstehe ich, warum Sie hierherfahren wollten.«

»Ich wollte rechtzeitig zum Frühstück ankommen«, erklärt er. »Sie servieren es nur bis halb zwölf. Wir hatten es heute Morgen so eilig, dass ich halb verhungert bin.«

Sie lacht ihn aus. »Ich glaube Ihnen kein Wort. Fliss hätte Ihnen Frühstück gemacht. Aber ich kann es Ihnen nicht verübeln. Es ist wunderschön hier. Ich liebe es. Ich würde es auch mit anderen teilen wollen.«

Cara dreht sich auf dem Sitz, um einem Hund zuzusehen, der über den Strand rennt, um einen von seinem Herrn geworfenen Stock zu holen. Trotz ihrer sichtlichen Freude ist Sam sich ihrer Traurigkeit bewusst, und er denkt daran, dass sie erst seit Kurzem verwitwet ist und ihr Verlustgefühl noch durchdringend und frisch sein muss. Er kann sich vorstellen, dass ihr Mann ihr nach so vielen Ehejahren schrecklich fehlt, und hat ein schlechtes Gewissen, weil er das für einen Moment vergessen hatte.

Tief im Inneren weiß Sam, dass es richtig ist, sie herzubringen. Dies ist ein guter Ort; er hat eine heilsame Wirkung. Hier tritt seine Einsamkeit stets in den Hintergrund, und sein Gefühl von Leere weicht ein wenig. Sein Instinkt hat ihm geraten, mit Cara herzukommen, und er liest ihr vom Gesicht ab, dass die Magie ihre Wirkung ausübt. In den letzten Wochen ist er oft zu den Blackpool Sands gefahren, wenn dieses neue Gefühl von Verwirrung und der Druck der Vergangenheit ihn belastet haben. Er ist am Strand entlangspaziert, hat Familien beobachtet, die Spaß miteinander hatten, und hat sich vorzustellen versucht, wie es sein muss, Eltern zu haben, Menschen, die man »Mummy« und »Daddy« nennen kann. Er hat sich gefragt, was für einen Vater er abgeben würde, und er hat den Verdacht, dass er das Unterrichten zum Teil so attraktiv findet, weil es mit seinem eigenen Verlustgefühl verbunden ist.

Hierher war er auch im vergangenen Jahr nach seinem unglaublichen Erlebnis in Shanghai gekommen: um die Abgeschiedenheit zu finden, die er brauchte, um mit seinem Unglück fertigzuwerden. Der Schmerz ist verblasst, und die Welt ist wieder stabil. Er sehnt sich nicht mehr danach, Ying Yue zu sehen, sie in den Armen zu spüren. Er kann sogar ihren Namen aussprechen – Ying Yue, »Spiegelbild des Mondes« –, ohne dass ihn wie früher ein scharfer Stich durchfährt. Hier, an diesem Strand, ist er nicht der Gwailou, der Geistermann. Der fremde Teufel, den Yings Eltern so hassten. Er hatte nie eine Aussicht gehabt, Ying mit nach Hause zu bringen, ihr diesen kostbaren Ort zu zeigen. Ihre Kultur, die Entfernung und ihre Sprache bilden eine unüberwindbare Kluft zwischen ihnen, und doch hat er sie leidenschaftlich geliebt.

Sam wird klar, dass Cara ihn ansieht, und er errötet leicht, denn ihr forschender Blick bereitet ihm Unbehagen. Er ist erleichtert, als die Kellnerin an ihren Tisch tritt, sodass er seine Unkonzentriertheit mit dem Organisieren des Tisches, dem Austeilen des Bestecks und dem Vorgang des Essens überspielen kann.

»Lizzie pflegte mit mir herzukommen«, erzählt er Cara, »als ich ganz klein war. Mit mir und Rufus.«

»Rufus?«, erkundigt sich Cara, während sie Butter auf ein Stück Toast streicht.

»Unser Hund damals. Er hat es hier geliebt, hat Steine gebracht und ist ins Wasser und wieder heraus gerannt. Ich habe mir immer die Augen zugehalten, und Lizzie hat Schokolade im Sand versteckt. Diese runden Stückchen, die in Goldpapier gewickelt waren. Wir haben getan, als wären sie Dublonen. Ein Schatz. Ich musste sie finden.«

»Nur Sie und Lizzie? Und Rufus?«

Er nickt. »Meistens. Manchmal begleitete uns Fliss. Ihre Kinder, mein Cousin und meine Cousine, waren erwachsen, als ich kam. Jamie und Bess sind inzwischen über vierzig.«

»Ich hoffe, Ihnen ist klar«, sagt Cara, »dass nach dem hier alles andere nur enttäuschend wirken kann. Außer, Sie schlagen vor, dass ich an diesen Strand ziehe. Habe ich nicht vor einer Weile dort ein kleines Cottage gesehen? Und noch eins weiter oben im Tal?«

Er lächelt und schüttelt den Kopf. »Nein, nein. Das sollte Sie nur in die richtige Stimmung versetzen. Ihnen eine Vorstellung davon verschaffen, was die South Hams zu bieten haben. Das Flussdelta in Salcombe ist erst der Anfang.«

»Also, wohin jetzt?«, fragt sie, isst ihre Eier mit Speck auf, schiebt den Teller beiseite und greift nach der Kaffeetasse. »Wie ist der Plan für den Rest des Tages? Ich habe immer noch das Gefühl, dass im Vergleich zu dem hier alles andere abfallen wird.«

»Ich denke, wir fahren zurück, nach Dartmouth hinein«, sagt er, »und spazieren durch die Stadt. Sie bekommen ein Gefühl für den Ort, und wir können uns ein paar der Objekte, deren Beschreibung wir ausgedruckt haben, ansehen.«

»Ich hoffe, Sie haben eine Karte«, antwortet sie. »Es ist lange her, dass Philip und ich bei Max übernachtet und uns Sehenswürdigkeiten angeschaut haben, und ich habe jetzt vollkommen die Orientierung verloren. Ich meine, wo befinden wir uns in Bezug auf Salcombe? Ich habe das Gefühl, irgendwann heute Morgen durch die berühmten Spiegel in ein anderes Land getreten zu sein.«

Sam greift nach der kleinen Umhängetasche, die er aus dem Auto mitgebracht hat, und öffnet sie. Er zieht eine amtliche Landkarte sowie die Ausdrucke über die Objekte in Dartmouth hervor. »Schauen Sie sich die hier an, bevor wir fahren«, sagt er. »Hier ist die Karte. Sie sehen, dass wir uns an der Küste entlang nicht weit von Salcombe entfernt haben.«

Er breitet die Karte aus, und Cara beugt sich darüber.

»Kommen wir noch einmal hierher zurück?«, fragt sie beinahe sehnsüchtig.

Er grinst und beschließt, es mit einem kleinen Scherz zu versuchen. »Wahrscheinlich. Auf dem Heimweg kommen wir in Slapton am Strand vorbei, und wenn Sie artig sind, kaufe ich Ihnen ein Eis.«

Sie bricht in Gelächter aus. »Mit Schokoladenflocken?«

Er lacht ebenfalls und ist erleichtert darüber, dass sie nicht beleidigt ist. »Nur wenn Sie sehr, sehr brav sind. Kommen Sie. Lassen Sie uns fahren.«

Nachdem Sam und Cara fort sind, schlendern Fliss und Hal über den Hof zurück. Fliss bleibt stehen, um ein paar lose hängende Stiele der Clematis zu befestigen, die an der alten Steinmauer wächst. Vorsichtig tritt sie in das Beet darunter, streckt die Hand aus und fädelt die Ranken durch die Drähte, die sie halten. Hal schaut ihr zu und denkt über die Vergangenheit nach. Ihre gemeinsame Großmutter hatte sich ihm standhaft widersetzt, als er Fliss heiraten wollte, damals, als sie noch ganz jung waren. Freddie Chadwick hatte nichts von einer Ehe zwischen Cousin und Cousine gehalten, und Hals Mutter war ihrer Meinung gewesen. Widerwillig hatte er sich überreden lassen, Karriere zu machen und etwas von der Welt zu sehen – und dann war er Maria begegnet, die hübsch und sexy war, und hatte sich in sie verliebt. Seufzend denkt er an das Drama zurück, zu dem sich seine Ehe mit Maria entwickeln sollte. Wie lange das alles her zu sein scheint!

Fliss tritt aus dem Beet, wischt sich den schlammigen Schuh am Gras ab und lächelt ihm zu. Er erwidert das Lächeln und ist dankbar für die letzten zwanzig Jahre, die sie zusammen verbracht haben.

»Ich mochte Cara gut leiden«, sagt Fliss. »Und du? Sie war ganz anders, als ich erwartet hatte. Hoffentlich macht es dir nichts aus, dass ich sie so spontan eingeladen habe. Ich dachte einfach, dass sie sich ziemlich verletzlich fühlen muss, und dabei ist das so eine wichtige Entscheidung.«

»Ich mag sie auch«, meint Hal. »Und natürlich habe ich nichts dagegen. Sie ist nett. Sam muss sie gelegentlich zum Mittagessen mitbringen. Sie wird ihm guttun. Er scheint immer noch etwas auf dem Herzen zu haben.«

»Ich weiß.« Stirnrunzelnd hakt Fliss ihn im Gehen unter. »Ich dachte, es hätte damit zu tun, dass Lizzie fortgegangen ist, doch inzwischen glaube ich, dass mehr dahintersteckt. Das Problem ist, dass es schwierig ist, ihn direkt darauf anzusprechen. Er ist Mole so ähnlich. So verschlossen.«

»Natürlich kann es auch sein, dass er sich bei der Aussicht, nach Dartmouth zu gehen, ein wenig beklommen fühlt. Er hatte zu viel Zeit, darüber nachzudenken. Das war früher besser, als man die Schule im Juli abschloss und im September anfing.«

Hal tritt zurück, um Fliss in die Halle vorgehen zu lassen, doch drinnen bleibt sie stehen und blickt sich um, und er fragt sich, ob sie an vergangene Zeiten denkt. »Was ist los?«, sagt er. »Siehst du Gespenster?«

Sie wirkt verblüfft über seinen Scharfsinn und lacht leise. »Ich komme immer noch nicht darüber hinweg, dass wir nur zu zweit sind«, gesteht sie. »Es waren stets so viele Menschen hier. Großmutter und Onkel Theo. Ellen, die geschäftig umherlief und alles im Griff hatte. Caroline, die auf Mole, Susanna und mich aufgepasst hat.«

»Und vergiss den alten Fox nicht, der im Torhaus gelebt hat.«

Seufzend schüttelt sie den Kopf. »Und jetzt sind es nur noch du und ich und Sam, und der wird bald ausziehen. Vielleicht sollten wir eine Frühstückspension aufmachen.«

»Hör auf«, protestiert er. »Das Problem ist, dass wir den Platz brauchen, wenn die ganze Familie nach Hause kommt. Du würdest es hassen, auch nur einen von ihnen abzuweisen. Letztes Weihnachten waren wir sechzehn Personen.«

»Ja, das würde ich«, räumt sie ein. »Ich bin glücklich, wenn sie alle kommen.« Sie kichert leise. »Und ich liebe es, wenn sie wieder fahren! Trotzdem, Sam wird uns wirklich fehlen.«

»Also, was hast du mit dem Rest des Tages vor?«, fragt Hal. »Ich wollte Holz hereinholen.«

»Ich werde ein wenig im Garten arbeiten«, erklärt ihm Fliss. »Vergiss nicht, dass heute Nachmittag Honey zum Kennenlernen gebracht wird.«

»Wie könnte ich das vergessen?« gibt Hal zurück. Er freut sich darauf, wieder einen Hund auf The Keep zu haben. Sie leben schon zu lange ohne einen, über ein Jahr, und das Haus braucht einen Hund. Während er durch den Gang mit dem Schieferboden geht, kehren seine Gedanken zu Sam zurück, und er erinnert sich an Caras Frage.

»War es für Sie auch eine Leidenschaft?«

Und Hal findet immer noch keine Antwort darauf. Sein Großvater war in der Skagerrak-Schlacht gefallen, und der Zerstörer seines Vaters wurde im Zweiten Weltkrieg von einem Torpedo getroffen; es gab keine Überlebende. Onkel Theo war Marinegeistlicher. Irgendwie schien es naheliegend, zur Marine zu gehen, und Hal hat es nie bereut. Er streift die Schuhe ab und fährt mit den Füßen in die Stiefel. Nur kurz kommt ihm der Gedanke, ob Sam geglaubt hat, es sei irgendwie seine Pflicht, in Moles Fußstapfen zu treten; dass ihm das helfen würde, mit dem Tod seines Vaters fertigzuwerden. Hal weiß, was Fliss meint. Es ist wirklich schwer zu erraten, was der Junge denkt, oder ihm eine direkte Frage zu stellen. Sam strahlt etwas aus, das einen dazu bringt, sich zurückzuhalten. Als würde man in seine Privatsphäre eindringen. Auf mancherlei Art spiegelt Sam Moles Persönlichkeit, so wie Fliss die ihrer Großmutter spiegelt. Sie besitzen Kraft – aber sie sind auch verletzlich.

Hal seufzt. Er wünscht, er verstünde sich besser darauf, Sam aus der Reserve zu locken und ihn in schwierigen Zeiten zu unterstützen. Er erinnert sich, wie erfreut Fliss und er waren, als Sam vergangenes Jahr aus China nach Hause kam; wie froh, ihn wiederzusehen, nachdem er ein Jahr fort gewesen war. Und ihnen war sofort klar gewesen, dass nicht alles in Ordnung war, dass etwas ihn zutiefst aufwühlte. Doch sie hatten nichts tun können, um ihm zu helfen. Fliss war sich sicher, dass es wegen eines Mädchens war, und Hal traute ihrem Instinkt. Ein paar Wochen später ging Sam nach Durham zurück. Doch obwohl er von Shanghai redete und erzählte, wie sehr er es geliebt hatte, die Kinder Englisch zu lehren, sprach er kein einziges Mal von dem, was ihn zu dämpfen und niederzudrücken schien. Und Fliss und er sehnten sich schmerzlich danach, Sam trösten zu können.

Aber wenigstens, denkt Hal, scheint es ihm jetzt gut zu gehen.

Er zieht die Jacke an und blickt sich um. In dem Raum, der in den Garten führt, hat sich seit der Zeit seiner Großmutter fast nichts verändert. Da steht der große Kartentisch mit kleinen Topfpflanzen, um die man sich kümmern muss. Das winzige Waschbecken mit dem Kaltwasserhahn, den Fox angeschlossen hat, der auch Regale eingebaut hat, in denen Nachschlagewerke, Marmeladengläser mit Etiketten, Samentütchen und auf Spulen gewickelte Schnur ihren Platz haben. Hal findet dieses Gefühl von Kontinuität tröstlich und ist dankbar für diese kleinen, unerwarteten Freuden. Er geht hinaus, um Brennholz zu holen.

Fliss stellt die Tassen in die Spülmaschine, wäscht die Stempelkanne aus und geht in Gedanken die Optionen für das Mittagessen durch. Was die Geister angeht, hat Hal recht. An manchen

Tagen scheinen sie um sie herum stärker als sonst präsent zu sein: gutartig, tröstlich und mit so vielen Erinnerungen. Hier in der Küche haben sich unter dem wachsamen Blick von Ellen, der Haushälterin, die sie alle gehegt und geliebt hat, so viele Dramen abgespielt. Sie pflegte missbilligend mit der Zunge zu schnalzen, wenn Fox von seinen Arbeiten im Freien hereinkam, ohne die Stiefel auszuziehen oder die Augen zu verdrehen, wenn Kit, Hals Zwillingsschwester, sich zu dem jeweils aktuellen Hund in den Korb setzte. Ellens Bemerkung, die sie immer halblaut vor sich hin murmelte – »Ist das denn die Möglichkeit?« –, war für sie alle zu einer lieb gewordenen Redensart geworden.

Der Hundekorb steht immer noch an seinem Platz, wartet aber, leer bis auf eine saubere Decke, auf seinen nächsten Bewohner. Honey, die Golden-Retriever-Hündin, braucht ein neues Heim, da ihre ältere Besitzerin verstorben ist. Sie ist gut erzogen und wunderbar zu Kindern, hat ihnen die Dame aus dem Tierheim erzählt, doch die jüngeren Familienmitglieder haben zu viel zu tun, um sich um sie zu kümmern, daher muss die Hündin vermittelt werden. Fliss findet, dass Honey nach einem idealen Hund klingt, und hofft, dass sie sich auf The Keep wohlfühlen wird. Die ganze Familie Chadwick, Kinder und Enkelkinder, erwarten sie schon aufgeregt.

Fliss hört, wie Hal die Scheite für den kommenden Winter in die Halle bringt und in der Kaminecke stapelt. Sie ist froh darüber, dass Sam bis nach Weihnachten bei ihnen bleibt. Sie fühlt sich nervös und wünscht, sie wüsste, was hinter seiner innerlichen Abwesenheit steckt. Vielleicht wird er ja Max davon erzählen oder sogar Cara. Er scheint sich an sie angeschlossen zu haben und genießt seine neue Rolle als Chauffeur und Fremdenführer. Fliss wirft einen Blick auf ihre Armbanduhr, sieht, dass es fast Mittag ist, und hat eine Idee. Hal ist fast mit dem Aufstapeln der Scheite fertig und schaut sich um, als sie in die Halle tritt. Stöhnend richtet er sich auf.

»Ich hätte das Sam überlassen sollen«, meint er. »Ich muss Masochist sein.«

»Es hält dich fit«, sagt sie. »Du brauchst die Bewegung. Aber ich hatte eine Idee. Warum essen wir nicht im *The Cott* zu Mittag?«

»Das ist doch mal ein Wort«, antwortet er beifällig. »Lass mir ein paar Minuten Zeit, um mich zu säubern, dann bin ich bei dir.«

»Wir müssen aber um drei wegen Honey zurück sein«, ruft sie ihm ins Gedächtnis.

»Und wird Honey beim Tee immer noch da sein?«, murmelt er, und sie lacht ihn aus.

Mit einem Mal ist sie wieder fröhlich und fühlt sich zuversichtlicher, dass für Sam, für sie alle, alles gut werden wird.

8. Kapitel

»Du führst dich kindisch auf«, meint Alistair.

Cosmo weiß das, aber er kann nicht anders. Er marschiert auf und ab, sieht über den Batson Creek hinaus, presst das Handy ans Ohr und will unbedingt, dass Al ihn versteht. »Es ist hier so ganz anders«, sagt er, hört den flehenden Unterton in seiner Stimme und verachtet sich dafür. »Es ist sowieso nichts für Rebecca. Nicht wirklich.«

Nicht einmal das ist richtig wahr. Es wäre etwas Neues für sie, obwohl sie sich schnell langweilen würde. Sie würde alles recherchieren, bevor sie London verlässt, und mit einer kompletten Besichtigungsroute hier auftauchen. Er könnte Begegnungen mit Menschen, mit denen er langsam Bekanntschaft schließt, nicht vermeiden – mit Menschen, die ihn schon mit Amy in Verbindung bringen.

»Was ist das für ein Kreischen?«, fragt Al.

»Möwen«, gibt Cosmo zurück. »Im Haus ist der Empfang nicht besonders gut. Textnachrichten gehen, aber Anrufe muss ich vom anderen Ende des Gartens aus machen.«

»Du willst Rebecca also erzählen, du hättest schon geplant, nächstes Wochenende nach London zu kommen. Aus was für einem Grund?«

Darüber hat Cosmo lange nachgedacht. Rebecca weiß genau, dass er so viel Musik und Bücher downloaden kann, wie er will, und in der Lage ist, sich Kleidung zu kaufen, wenn er welche braucht. Doch endlich ist er auf etwas gestoßen, für das sie weder Verständnis noch Interesse hat: Er testet es an Al aus.

»Ich brauche einen Teil meiner Kameraausrüstung«, erklärt er. »Ich hätte nie gedacht, dass es hier so toll ist. Ich habe inzwischen einen Blog, und jemand hat mir von Newsflare erzählt. Diese Leute kaufen Videos und so, wenn sie wirklich gut sind. Ich habe im Café mit einem Typen darüber gesprochen.«

»Yeah, okay«, sagt Al.

Cosmo seufzt vor Erleichterung. Auch Al interessiert sich nicht für Fotografie. »Ich brauche wirklich deine Hilfe, Kumpel«, sagt er in einem Ton, den er für gewöhnlich benutzt, wenn Al ihm aus der Klemme helfen muss. »Ich habe dir einen Gefallen getan, indem ich hergekommen bin, damit deine Mum und dein Dad ihre Reise antreten konnten. Du bist mir etwas schuldig.«

»Und was hast du diesem Mädchen erzählt?«, fragt Al. »Was hast du noch gesagt, wie sie heißt?«

Inzwischen wünscht sich Cosmo, er hätte Amy nicht erwähnt, obwohl er Al ihren Namen verschwiegen hat. Aus irgendeinem Grund trägt diese Geheimnistuerei dazu bei, alles weniger real erscheinen zu lassen. Als wäre es eine Art Spiel und gehörte in die Welt, in der er jetzt lebt.

»Ich habe ihr nicht von Rebecca erzählt«, gibt er ziemlich mürrisch zurück, »aber sie weiß, dass ich in London eine eigene Wohnung habe. Hör mal, so eine große Sache ist das auch nicht. Musst du mich deswegen ins Kreuzverhör nehmen?«

»Okay«, sagt Al widerstrebend. »Wahrscheinlich könnte ich übers Wochenende runterkommen. Ich fahre Freitagabend. Ich suche mir einen Zug raus, aber es wird bestimmt ziemlich spät. Wann wolltest du denn fahren?«

»Ich schaue, dass ich Samstagmorgen einen Zug bekomme«, sagt Cosmo. »Kannst du mich dann zum Bahnhof bringen?«

Al beginnt zu lachen. »Warum nicht? Aber nur, wenn du

mich vorher diesem Mädchen vorstellst. Und du hast mir immer noch nicht verraten, wie sie heißt.«

Auch Cosmo lacht und fühlt sich ganz schwach vor Erleichterung. Es verblüfft ihn, wie wichtig es ihm das ist: Rebecca davon abzuhalten, in dieses neue Leben zu platzen, das er sich aufbaut, während er trotzdem noch an allem festhält, was er in London hat.

»Sie heißt Amy«, sagt er. »Vielleicht kennst du sie ja sogar.«

»Unwahrscheinlich«, gibt Al zurück. »Meine Eltern haben das Haus erst vor einem halben Jahr gekauft, als Dad in Pension gegangen ist. Ich bin kaum dort gewesen. Aber okay, ich mach's. Nur dieses eine Mal.«

»Danke, Kumpel. Dann gebe ich Rebecca Bescheid. Bye.« Er beendet den Anruf, bleibt aber weiter am Bach stehen, beobachtet einen Reiher, der in dem seichten Wasser am alten Kalkofen patrouilliert, und lauscht dem Kreischen der Möwen. Ein Teil von ihm fragt sich, ob er ein gutes Foto des weißen eleganten Vogels vor den schwarzen Steinen aufnehmen kann, und der Rest von ihm formuliert Sätze, die Rebecca davon abhalten sollen, nach Westen zu reisen. Er weiß, dass sie immer noch gewinnen kann, wenn sie miteinander sprechen. Sie ist so schnell, so entschlossen. Am besten schickt er ihr eine E-Mail. Dann kann er erklären, dass er seine Kameraausrüstung braucht und sich darauf freut, mit ihr ins Kino und irgendwo essen zu gehen. Oder ins Theater, wenn sie noch Karten bekommen. Sie wird verstehen, dass er für Reggie etwas organisieren musste, aber Al ohnehin vorhatte, herunter nach Salcombe zu kommen. Er wird sie vor vollendete Tatsachen stellen.

Cosmo geht wieder zum Haus hinauf und fragt sich, warum Al sich deswegen so aufgeplustert hat. Schließlich haben Rebecca und er sich nie gut verstanden. Alistair findet, dass sie zu kontrollierend ist und keinen Humor hat. Rebecca hält Al für unreif und einen schlechten Einfluss. Cosmo versucht, den Frieden zu wahren, und erlaubt den beiden nicht, übereinander herzuziehen.

Als er hineingeht, um seine Mail an Rebecca zu formulieren, fragt sich Cosmo, ob Al vielleicht Amy über den Weg laufen wird und was dann passiert. Als er ihr gegenüber erwähnt hat, er müsse kurz nach London, hat sie behutsam angedeutet, sie habe ebenfalls an einen Ausflug in die Hauptstadt gedacht. Er hat es geschafft, sie davon abzubringen, indem er sie fragte, ob sie schon einmal dort gewesen sei. Das Gespräch hatte sich dann einer Ausstellung zugewandt, die sie in der Hayward-Galerie gesehen hat. Jetzt muss er auf diesen Fall vorbereitet sein; vielleicht kann er den Geburtstag eines Verwandten vorschieben.

Reggie begrüßt ihn schwanzwedelnd, und Cosmo bückt sich, um ihn zu streicheln.

»Fast Zeit für deinen Spaziergang«, erklärt er ihm. »Lass mich das noch erledigen, und dann sind wir unterwegs. Um den Bach herum und danach eine Tasse Kaffee. Dieses Wochenende bekommst du Al zu sehen. Das wird dir gefallen, oder?«

Amy betritt das Café, winkt Lydia zu, die hinter der Theke steht, und sieht sich nach Cosmo um. Keine Spur von ihm, und sie geht mit sich zurate, ob sie sich einfach etwas zum Mitnehmen bestellen oder sich setzen und hoffen soll, dass er auftaucht. Noch während sie darüber nachdenkt, tritt er hinter ihr ein. Sein Lächeln, sein Blick drohen sie zu verwirren, doch sie bringt es fertig, ruhig zu bleiben, bückt sich und tätschelt Reggie.

»Ich wollte mir schnell etwas mitnehmen«, sagt sie, »aber da du jetzt hier bist …«

»Ich bestelle«, erklärt er, »wenn du bei Reggie bleibst.«

Amy setzt sich an einen Tisch, zieht den Hund zu sich herüber und ermuntert ihn, sich dicht neben ihr hinzulegen. Sie sieht Cosmo an, der in der kurzen Schlange steht. Merkwürdig, welche Vitalität er ausstrahlt, wie er es schafft, doppelt so lebendig zu wirken wie alle anderen! Als er sich umdreht, wendet sie rasch den Blick ab, und er gesellt sich mit einem Teller Krokant-Toffees zu ihr.

»Magst du die?«, fragt er. »Sollen wir teilen? Ich habe zwei Gabeln mitgebracht.«

Sie lacht. »Ich liebe die Toffees. Danke.«

Er beginnt, ihr von etwas zu erzählen, das »Newsflare« heißt, und dass diese Leute sich für einen Teil seiner Fotos interessieren. Sie zahlen für Videos und wären daran interessiert, wenn er Clips drehen könnte, die man in den Lokalnachrichten im Fernsehen bringen könnte. Alles, was von Interesse sein könnte wie besondere Veranstaltungen, Unwetter, Unfälle. Er ist begeistert, und sie hört zu, beobachtet ihn und fragt sich, was wohl passieren wird, wenn seine Zeit als Haussitter am Batson Creek vorbei ist. Er erzählt nicht viel von London, und sie überlegt – und hofft –, dass er darüber nachdenkt hierherzuziehen. Vielleicht wäre dieses Fotoprojekt ja eine Möglichkeit, ihn dazu zu ermuntern.

»Ich muss dieses Wochenende ja kurz nach London«, erklärt er ihr gerade noch einmal. »Eine Familienfeier, die ich besuchen muss. Und wenn ich schon dort bin, kann ich mir ein paar Dinge aus meiner Ausrüstung holen.«

Eine Familienfeier. Amy denkt darüber nach. Sie sieht ein, dass es noch viel zu früh ist, um darin einbezogen zu werden, daher gibt sie es auf, ihm vorzuschlagen, sie könnte ihn begleiten. Außerdem ist das alles ein wenig knifflig; sie kennt ihn eigentlich noch nicht gut genug, obwohl die Idee verlockend ist.

»Was ist mit Reggie?«, erkundigt sie sich.

Ihr fällt auf, dass kurz etwas in seinen Augen aufblitzt – Erleichterung? Ist er froh, weil er nicht zu erklären braucht, warum er sie nicht einlädt? Ein Schauer überläuft sie, und sie richtet sich stolz auf und hofft, dass sie nicht zu eifrig gewirkt hat.

»Der Sohn seines Besitzers kommt, um auf ihn aufzupassen«, erklärt Cosmo. »Er ist ein Freund von mir. Deswegen bin ich eigentlich hier. Ich glaube, ich habe dir schon erzählt, dass die Frau, die ihr Haus hüten sollte, in letzter Minute verhindert war. Außerdem ist es nur für eine Nacht. Ich fahre am Samstag hoch und hoffe, Sonntag wieder zurück zu sein.«

»Vielleicht sehe ich ihn ja irgendwo«, meint sie beiläufig. »Wie heißt er denn?«

Ein merkwürdiger Ausdruck tritt auf Cosmos Miene, als wollte er ihr den Namen seines Freundes nicht verraten, und sie fragt sich, ob er Angst hat, sie könnte ihn mögen.

»Alistair«, sagt er. »Doch du erkennst ihn ohnehin nicht.«

»Aber ich kenne Reggie«, erwidert sie. Diese kleine Einlage von Eifersucht amüsiert sie. »Vielleicht kommt er mit ihm hierher zum Kaffeetrinken.«

»Seine Eltern sind erst vor einem halben Jahr hergezogen«, sagt Cosmo, »daher weiß ich nicht, ob Al sich schon auskennt.«

»Dann ist er nicht so ein alter Hase wie du.«

Er grinst ihr zu. »Du musst zugeben, dass ich schnell lerne. Apropos, ich finde, die Gin-Schule hier in Salcombe sieht interessant aus. Jedes Mal, wenn ich spazieren gehe, komme ich daran vorbei, und ich hatte mich gefragt, ob du mich vielleicht herumführen magst. Ihre Verkostungen klingen spannend.«

Amy entspannt sich, sie schmieden einen Plan, und dann steht sie auf, tätschelt Reggie und geht eilig wieder an die Arbeit.

9. Kapitel

Jack macht sich für seinen Opernabend fertig. Als er Cara warnte, dass sich niemand für das Kino in der Scheune herausputzen würde, tat sie enttäuscht.

»Sie meinen, Abendkleidung ist nicht vorgeschrieben?«, fragte sie. »Und ich hatte mich wirklich darauf gefreut, Sie im Smoking zu sehen.«

»Damit werden Sie leben müssen«, sagte er. »Es ist nett und locker. Aber ich lade Sie in der Pause zu einem Glas Wein ins *Roundhouse-Café* ein.«

Jetzt zieht er sich seine Moleskin-Jacke über das karierte Baumwollhemd und die Jeans und mustert sich in dem Spiegel über der Kommode. Er fragt sich, ob er eine Krawatte umbinden soll – normalerweise trägt er keine –, und widersetzt sich dem Gefühl, sich besondere Mühe geben zu müssen. Außerdem weiß er, dass Amy ihn dann aufziehen wird. Als sie ihn bat, sie nach Totnes mitzunehmen, um Charley zu besuchen, war er überrascht über seine leise Enttäuschung, dann nicht allein mit Cara im Auto zu sitzen. Er freut sich wirklich auf diesen Abend, doch Amys Anwesenheit wird die Atmosphäre verändern.

»Es macht dir doch nichts aus, oder?«, hat sie ihn vorhin gefragt. »Es ist eine gute Gelegenheit, Charley zu besuchen, und es wird nett sein, Cara wiederzusehen.«

»Was meinst du mit ›wiedersehen‹?«, wollte er erstaunt wissen.

»Ich habe sie im Café kennengelernt«, gab Amy beiläufig zurück. »Sie ist herübergekommen und hat sich vorgestellt. Anscheinend hatte Max ihr gesagt, wer ich bin. Ich kann sie wirklich gut leiden.«

Als er jetzt nach seiner Brieftasche greift und nachsieht, ob er ein Taschentuch und seine Schlüssel hat, ruft Amy vom Fuß der Treppe: »Halt dich ran, Dad. Wenn du dich nicht beeilst, kommst du zu spät.«

Als er hinunterkommt, mustert sie ihn kritisch, und er ist froh, die Krawatte nicht angezogen zu haben.

»Dann komm«, sagt er. »Wir holen Cara auf dem Weg zur Werft ab.«

Es ist verrückt, so nervös zu sein wie ein Junge vor seiner ersten Verabredung, aber er kann nichts dagegen tun. Vielleicht wird Amy dazu beitragen, dass alles normal bleibt. Sie sehen Cara, die unten in der Buckley Street an der Treppe wartet, die zum *Fortescue Inn* hinunterführt, und sie winkt ihnen zu. Erfreut sieht er, dass sie wie üblich Jeans trägt und dazu eine lange Samt-Tunika; nichts Übertriebenes, doch sie schafft es trotzdem, chic auszusehen. Zusammen gehen sie gesellig plaudernd weiter, und Amy erzählt Cara von Charley.

Im Auto ist Jack erleichtert darüber, dass das Gespräch ungezwungen verläuft, und er entspannt sich allmählich. Es ist töricht, nervös zu sein, aber schließlich kennt er Cara nicht besonders gut. Gleichzeitig ist er sich einer Unsicherheit bei ihr bewusst. Vielleicht liegt es einfach daran, dass sie so frisch verwitwet ist und außerdem keinen festen Wohnsitz hat, doch etwas sagt ihm, dass mehr dahintersteckt. Das macht ihn neugierig, und er reagiert zwar auf ihr oberflächliches Geplänkel und ihren Humor, aber er ertappt sich bei dem Gedanken, dass er mehr über sie erfahren will.

»Ich weiß nicht, ob Sie Sam schon kennengelernt haben«, sagt sie gerade zu Amy. »Er ist Max' Patensohn. Er hat mich herumgefahren und mir all diese herrlichen Orte gezeigt, in der Hoffnung, dass ich etwas finde, wo ich leben möchte. Es ist alles so wunderschön, dass ich gar nicht weiß, wie ich mich entscheiden soll.«

»Sie sollten darüber nachdenken, sich etwas zur Miete zu suchen«, meint Amy. »Lassen Sie sich Zeit. In Salcombe werden demnächst einige Objekte über den Winter frei.«

»Sind Sie sich denn sicher, dass Sie hierbleiben wollen?«, fragt Jack. »Die Lichter der Großstadt werden Ihnen nicht fehlen?«

»Ich weiß es nicht«, erklärt Cara ehrlich. »Ich fühle mich vollkommen ratlos. In London wollte ich nicht bleiben, schließlich habe ich dort keine Freunde. Wir sind viel zu viel umhergezogen, um echte Freundschaften zu schließen. Deswegen bin ich wahrscheinlich auch zu Max geflüchtet. Aber ich will mich den beiden nicht aufdrängen. Ich muss unabhängig sein.«

Jack spürt einen neuen Anflug von Mitgefühl für sie und erinnert sich an diese erste einsame Zeit. Wenigstens konnte er sich damals auf Amy konzentrieren. »Natürlich«, pflichtet er ihr bei, »doch es ist trotzdem klug, vorsichtig an einen Kauf heranzugehen. Amy hat recht. Es wird fast mit Sicherheit etwas angeboten werden, das Sie für ein paar Monate mieten können.«

Er setzt Amy in Bridgetown ab und lehnt ihren Vorschlag ab, hineinzugehen und Charley zu begrüßen. »Vielleicht, wenn wir dich abholen«, sagt er. »Wir wollen nicht zu spät kommen.«

Als sie in die untere Auffahrt einbiegen, die zum Anwesen Dartington Hall führt, wird es schon dunkel, doch Cara ist entzückt von dem wunderschönen mittelalterlichen Herrenhaus, seinem Hof und dem Theater mit seinem Café, das ins Torhaus und die umgebenen Wände hineingebaut ist.

»Lassen Sie uns die Drinks bestellen«, schlägt Jack vor, »dann stehen sie in der Pause für uns bereit.«

Er ist angenehm berührt davon, wie Cara sich über alles freut, und froh, dass er sie eingeladen hat, ihn zu begleiten. Sie betreten das kleine Kino und suchen sich ihre Plätze, und er reicht ihr das einzelne Blatt Papier, das als Programm dient und die Aufführung beschreibt, die aus dem Metropolitan-Opernhaus in New York gestreamt werden wird. Sie lächelt ihm zu, und er grinst zurück.

»Nicht ganz so gut wie das echte Erlebnis«, sagt er und kann ein leichtes Unterlegenheitsgefühl nicht abschütteln – etwas, das ihm ziemlich fremd ist. Er hofft jedoch, dass sie es wirklich genießen wird.

»Es ist großartig«, meint sie. »So intim. Eher wie in einem Privatkino. Und so wundervoll, erstklassige Produktionen zu sehen.«

»Eine brillante Idee«, pflichtet er ihr bei.

Sie unterhalten sich über andere Produktionen, die während dieser Herbstsaison übertragen werden, und Jack ist sich eines zunehmenden vergnügten Gefühls bewusst, wie der Aussicht auf einen Neubeginn. Die Lichter verlöschen, und sie lehnen sich voller Vorfreude auf ihren Plätzen zurück.

Als sie in die Dunkelheit hinaustreten, bleibt Cara einen Moment lang unter dem Steinbogen stehen, um das große mittelalterliche Herrenhaus zu betrachten, das in einem von Außengebäuden umgebenen Hof liegt. Aus den Sprossenfenstern scheint Licht und wirft schräge Schatten über den Rasen; das Ganze wirkt wie ein College in Cambridge.

»Magisch«, meint sie. »Ich muss mir das noch einmal bei Tageslicht ansehen.«

Er zieht sein Handy aus der Tasche und schaltet es ein. »Ich will Amy nur Bescheid geben, dass wir unterwegs sind«, erklärt er, doch sofort kommt mit einem »Pling« eine Nachricht herein, und er hält inne, um sie zu lesen. »Ach so. Amy hat beschlossen, bei Charley zu übernachten. Vielleicht auch noch morgen. Sie fährt sie dann am Samstag nach Hause.«

Er tippt eine Antwort und steckt das Telefon wieder ein.

»Das ist doch nett«, meint Cara. »Ich mag spontane Entscheidungen, Sie nicht? Funktioniert oft viel besser als vorausgeplante Ereignisse. Man hat keine Zeit, große Erwartungen aufzubauen, daher kann auch weniger schiefgehen.«

Jack lacht. Er schließt das Auto auf, und sie steigen ein. »Und da wollte ich gerade vorschlagen, dass Sie und Sam am Samstag zum Kaffee oder auf einen Drink vorbeikommen. Dann können Sie Amy richtig kennenlernen … und Charley auch, falls sie so lange bleibt.«

»Tja, das ist auch ein wenig anders.« Cara legt ihren Gurt an. »Eigentlich meinte ich große Ereignisse wie Weihnachten oder runde Geburtstage. Drinks am Samstag sind nett und zwanglos.«

Sie reihen sich in die Autoschlange ein, die den Parkplatz verlässt, und fahren über die lange Zufahrt zur Hauptstraße hinunter. Cara ist erstaunt darüber, wie sehr sie den Abend genossen hat: In der Pause sind sie die Treppe hinunter und ins *Roundhouse-Café* mit dem riesigen Balken und den weiß getünchten Wänden gegangen, wo ihre Weingläser schon auf einem Tisch auf sie warteten, zusammen mit einem Blatt Papier, auf dem ihre Namen gedruckt standen. Sie haben zusammen auf einem Sofa gesessen, über die künstlerische Leistung der Papagena und der Königin der Nacht diskutiert und waren sich einig darüber, dass es in besonderen Momenten unmöglich war, nicht zu klatschen wie das Live-Publikum. Doch obwohl sie mit Jack lachte und plauderte, war ihr in jedem Moment bewusst, dass sie sich nicht erlauben durfte, sich zu stark zu ihm hingezogen zu fühlen. Sie hütet zu viele Geheimnisse und Lügen, hat zu viel zu verbergen. Sie weiß, dass Jack ihr leicht unter die Haut gehen könnte. Er ist so ungezwungen, so unterhaltsam, so selbstbewusst. Mit Philip hatte sie leben, lieben und lachen und über die Dunkelheit hinweggleiten können – das unterdrückte, stets verdrängte Chaos, das sie sonst vielleicht überwältigt hätte. Jetzt kann sie sich nicht vorstellen, jemandem so weit zu vertrauen, dass sie ihm die Wahrheit über ihr Leben erzählt, obwohl sie sich gelegentlich vorstellt, was für ein Luxus solch ein Geständnis wäre.

»Also haben wir einen Plan, oder?«, fragt Jack gerade und biegt auf die Hauptstraße nach Totnes ein. »Samstag? Kaffee und Mittagessen im Pub? Oder Drinks und Abendessen? Ist Max bis dahin zurück?«

»Ja«, antwortet sie und ist froh, von ihren Gedanken abgelenkt zu werden. »Er kommt morgen nach Hause. Ich muss mich mit ihm und Sam absprechen. Für mich klingt beides großartig.« Dann kommt ihr ein anderer Gedanke. »Haben Sie Cosmo inzwischen kennengelernt?«

»Nein.« Sie hört ihn im Dunkeln leise lachen. »Bei Cosmo lässt sich Amy nicht in die Karten schauen.«

Cara erinnert sich an den kleinen Schock im Café, als sie Cosmo zum ersten Mal sah und er sie an Giovanni erinnerte. Plötzlich spürt sie das Bedürfnis, die Hand nach Jack auszustrecken und sie auf seinen Arm oder seinen Schenkel zu legen, wie um sich an jemandem festzuhalten, der sie vor ihren Dämonen schützen kann. Bewusst verschränkt sie die Arme und klemmt sich die Hände unter die Achseln.

»Wie vorhin schon gesagt, ist Sam ein großartiger Fremdenführer«, meint sie leichthin, indem sie absichtlich das Thema wechselt, »und ich amüsiere mich wunderbar, aber ich bin immer noch vollkommen verwirrt und weiß nicht, wo ich hinziehen soll. Ich glaube schon, dass alle recht haben, die mir raten, erst einmal irgendwo zur Miete zu wohnen. Die Millionen-Dollar-Frage ist nur, wo.«

»Salcombe«, antwortet er sofort. »Warum nicht? Sie haben dort Familie und sind dabei, Freundschaften zu schließen. Warum ein Risiko eingehen? Besonders, da …«

Er unterbricht sich, und sie lächelt in die Dunkelheit hinein.

»Merkwürdig«, sagt sie, »wie schwierig es ist, über Trauer zu sprechen, nicht wahr?«

Sie hört ihn seufzen, und das Schweigen zwischen ihnen zieht sich in die Länge.

»Nach Sallys Tod hat es mir irgendwann davor gegraust, das Haus zu verlassen«, erklärt er schließlich. »Manche Leute haben die Straßenseite gewechselt, weil sie einfach keine Ahnung hatten, was sie zu mir sagen sollten, und andere setzten sofort betrübte Mienen auf, redeten auf eine bestimmte Art leise und erklärten mir, wie furchtbar ich mich fühlen müsse.«

»Ja«, meint sie zustimmend. »Es ist für alle schwierig, ich weiß, und unmöglich, alles richtig zu machen. Aber mir sind die Menschen lieber, die mich umarmen und sagen: ›Gott, ist das Leben nicht ein Mist? Lass uns etwas trinken gehen.‹«

Jack nickt. »Ja, genau. Man braucht Leute, die einen aus dem Elend hervorlocken und einen nicht bedauern, bis man am liebsten schreien möchte oder zutiefst deprimiert wird. Ich hatte Glück, Amy zu haben. Sie war der Grund, aus dem ich weitergemacht habe.«

»Tja, und ich habe den guten alten Max«, sagt Cara leichthin. »Zumindest, bis Judith wiederkommt. Sie hält nicht besonders viel von mir. Ich war immer die lästige kleine Schwester und werde es für alle Zeit bleiben. Verstehen Sie, wir waren nur zu zweit, und unsere Eltern waren ziemlich gestört, daher neigte Max dazu, auf mich aufzupassen. Arme Judith! Das muss sie ziemlich irritieren. Und sehen Sie, jetzt bin ich zurück und bin bedürftig und unzureichend.«

»Widerstrebt es Ihnen deswegen, sich in Salcombe etwas zu suchen? Sie wirken immer ein wenig zurückhaltend, wenn jemand davon anfängt.«

Sein Scharfblick rührt Cara. »Schon möglich. Ich habe nicht vor, sie zu ärgern, es passiert einfach. Dass ich in derselben Stadt lebe wie sie, muss Judiths schlimmster Albtraum sein.«

»Okay, dann müssen Sie sich Ihren eigenen Freundeskreis schaffen, damit sie sich nicht bedroht fühlt.«

»So, wie Sie es sagen, klingt es so einfach«, bemerkt Cara staunend. »Also, bis jetzt habe ich Sie, Amy, Sam … und ich bin dabei, Cosmo kennenzulernen.«

»Cosmo?« Er ist offenbar verblüfft. »Sie kennen Cosmo?«

»Ja, ich bin ihm begegnet. Und er sieht ziemlich gut aus. Ich habe ihn im Café getroffen.«

»Fanden Sie ihn sympathisch?«

»Er war sehr kommunikativ. Hatte einen Hund bei sich. Reggie, glaube ich. Ja, er war amüsant und freundlich. Sie wissen ja, wie es in dieser Gegend zugeht. Jeder redet mit vollkommen Fremden. Er ist nur für kurze Zeit hier, um einen Hund und ein Haus zu hüten. Hat sich eine Weile freigenommen und muss irgendwann wieder zu seinem Job zurück.«

Während sie die Worte ausspricht, fühlt sie sich erleichtert. Bald wird Cosmo fort sein, und vielleicht kann sie dann ihren Abwehrmechanismus, diese innere Ruhe, wiedergewinnen, die sie im Lauf der Jahre so sorgfältig aufgebaut hat. Cara wirft Jack einen Seitenblick zu. Sie vermutet, dass er nachdenkt und versucht, einen Weg zu finden, wie sie in Salcombe bleiben kann, ohne Probleme mit ihrer Schwägerin zu bekommen, und noch einmal fühlt sie sich von seinem Mitgefühl angerührt. Sie gibt sich Mühe, die Atmosphäre aufzuhellen.

»Dann sollten Sie vielleicht jede Menge nette Leute zu Ihrer Party einladen«, meint sie, »damit ich all diese neuen Freundschaften schließen kann.«

Sie sieht, wie er lächelt. »Ich überlege es mir«, sagt er.

Sam sitzt an seinem Laptop. Als er die Haustür hört, dreht er sich um und sieht auf seine Armbanduhr. Es ist noch früh, sodass Cara kaum von der Oper zurück sein kann. Er schaltet seinen Laptop aus, steht auf und geht zur Treppe. Oscar steht schon dort und wedelt erwartungsvoll mit dem Schwanz.

»Ich bin's nur«, ruft Max. »Dachte, du wärst vielleicht in den Pub gegangen.«

»Wir haben erst morgen mit dir gerechnet«, erklärt Sam und tritt zurück, als sein Patenonkel zu ihm heraufsteigt.

»Ja, tut mir leid. Ich habe Cara eine SMS geschrieben und ganz vergessen, dass sie in die Oper wollte. Als es mir wieder einfiel, war ich schon fast hier, also erschien es ziemlich sinnlos, mich zu melden. Paul ist von der Konferenz in Harvard zurück, und es wurde ein wenig eng. Daher haben wir entschieden, dass ich jetzt, da er wieder zu Hause ist, überflüssig wie ein Kropf bin.« Er streichelt Oscar. »Hallo, alter Knabe. Bist du brav gewesen?«

»Tee?«, bietet Sam an. »Kaffee?«

»Eigentlich könnte ich etwas Stärkeres gebrauchen«, antwortet Max. »Das war eine lange Fahrt.«

Sam grinst. »Jetzt klingst du wie Hal. Lass mich raten. Gin Tonic?«

»Das ist mal ein Wort.« Max lässt sich am Tisch nieder. »Ich fühle mich gerade sehr, sehr alt. Der Gin steht dort drüben. Tonicwater und Zitrone sind im Kühlschrank.«

Sam bereitet den Gin Tonic nach Hals exakter Anweisung zu – viel Gin, nicht zu viel Tonic – und reicht das Glas Max, der es dankbar annimmt und trinkt.

»Ah. Ich halte viel von Menschen, die einen anständigen Gin Tonic mixen. Offensichtlich hat Hal dich angelernt. Guter Mann. Also, was gibt's Neues?«

Sam nimmt ihm gegenüber Platz und überlegt, was passiert ist, seit sein Pate nach Oxford aufgebrochen ist.

»Ach, komm schon«, meint Max aufmunternd, streckt behaglich die Beine unter dem Tisch aus und legt eine Hand auf Oscars Kopf. »Also, ich hatte euch auf The Keep abgesetzt …«

Erwartungsvoll sieht er Sam an, der nickt. »Okay. Wir haben mit Fliss und Hal Kaffee getrunken. Die beiden haben sich wirklich gut mit Cara verstanden, und sie ist für nächste Woche zum Mittagessen eingeladen. Du natürlich auch, wenn du willst. Und dann habe ich Cara nach Dartmouth und an der Küste entlanggefahren.« Er fragt sich, ob er das Frühstück am Strand von Blackpool Sands erwähnen soll, entscheidet sich jedoch dagegen. »Eigentlich habe ich nur dafür gesorgt, dass sie ein Gefühl für die Gegend bekommt. Es hat großen Spaß gemacht.« Kurz unterbricht er sich. »Wann kommt Judith denn jetzt nach Hause?«

Max nippt noch einmal an seinem Gin Tonic. »Habe nicht wirklich eine Ahnung. Es ist jetzt einfacher, nachdem Paul zu Hause ist und Freyas Knöchel heilt, aber es ist immer noch schwierig mit Poppy, die sehr anspruchsvoll ist, und dem Baby, das jede Minute kommen kann. Ich habe das Gefühl, Judith will noch ein wenig bleiben, wenn es ihnen recht ist.« Er lächelt Sam zu. »Familien, was? Und wie geht's dir?«

Sam sieht seinen Patenonkel an und sehnt sich danach, sich ihm anzuvertrauen, doch er widersteht dem Drang. »Ich amüsiere mich prächtig«, antwortet er. »Mir war gar nicht klar, wie schön es ist, Plätze, die ich wirklich liebe, jemandem zu zeigen, der sie noch nie gesehen hat.«

Sam zögert. Es liegt nicht in seiner Natur, seine Seele zu entblößen, aber einer der Gründe, die ihn nach Salcombe geführt haben, war das Bedürfnis, seine Verwirrung zu offenbaren. Dieses Gefühl, mit seinem Eintritt in die Marine die gleiche Art Verhängnis herauszufordern, die seinen Großvater und seinen Vater getroffen hat. »Um ehrlich zu sein«, sagt er, »klingt es ein wenig eigenartig, doch seit ich die Aufnahmeprüfung bestanden habe, ist mir, als kehrte meine ganze Vergangenheit zurück. Verstehst du, Mole, der in die Luft gesprengt wurde, und der Mord an meinen Großeltern in Kenia. Ich habe das Gefühl, als hörte ich zum ersten Mal davon und müsste damit fertigwerden. Und gleichzeitig habe ich keinen von ihnen gekannt und habe nichts, woran ich mich halten kann. Es war immer ein Teil meines Lebens, und ich bin damit groß geworden, doch plötzlich habe ich ein Problem damit.«

Max dreht sein Glas wieder und wieder und sieht starr darauf hinunter, während er über Sams Worte nachdenkt. »Ich vermute«, erklärt er schließlich, »dass wir alle diesen Moment erleben, in dem wir die Grenze zwischen Kindheit und Erwachsensein überschreiten. Plötzlich übernimmt man Verantwortung für sich selbst, bildet sich eine eigene Meinung, trifft seine eigenen Entscheidungen. Dabei spielt es eine große Rolle, wer wir sind. Mir scheint, du hattest in letzter Zeit zwei einschneidende Erlebnisse. Lizzie, die immer dein ruhender Pol war, hat geheiratet und ist weggezogen, und du hast deine Aufnahmeprüfung bestanden. Richtig bisher?«

Sam nickt. Er fühlt sich unbehaglich und wünscht sich schon jetzt, er hätte nicht davon angefangen. Doch nun muss er mitspielen.

»Bisher«, sagt Max, »hast du einem großen, lauten Clan angehört und bist von all den Aktivitäten und Aufregungen, die es bedeutet, ein kleiner Teil einer großen Familie zu sein, mitgerissen worden. Doch jetzt, mit einem Mal, ist es Zeit, vorzutreten und allein dazustehen. Oh, die Familie wird immer da sein und dir den Rücken freihalten. Aber es ist an der Zeit, unabhängig zu werden.«

Ein Schweigen tritt ein. Sam weiß, dass viel Wahres in Max' Worten liegt, und spürt eine starke Zuneigung zu seinem Paten. Er weiß nicht recht, was er sagen soll, doch Max hilft ihm darüber hinweg.

»Und all diese geschwollenen Reden«, meint er nachdenklich, »nach nur einem Gin Tonic.«

»Aber nach dem Mischungsverhältnis der Marine gemixt«, erklärt Sam lächelnd. »Noch einen?«

»Vielleicht nehme ich wirklich noch einen.«

Unter ihnen wird die Tür geöffnet, und sie hören, wie Cara Jack einen Abschiedsgruß zuruft. Die Atmosphäre schlägt um, als Cara die Treppe heraufkommt und bei Max' Anblick verblüfft aufschreit. Nun muss er die Geschichte seiner Fahrt nach Oxford noch einmal erzählen, und Sam kann sich entspannen. Er weiß, dass das, was Max gesagt hat, Hand und Fuß hat: In diesem Moment in seinem Leben ist es notwendig, die Tür in seine Vergangenheit zu öffnen, aber dennoch wird es schwierig werden, sich mit seiner tragischen Familiengeschichte auseinanderzusetzen. Während Cara und Max sich unterhalten, fragt sich Sam noch einmal, warum er seinem Paten nie von Ying Yue erzählt hat. Liegt es daran, dass er glaubte, Max würde ihn nicht verstehen, nicht akzeptieren können, wie tief sein Verlust ging? Und was ist mit dem Lehrerberuf? Wie soll er Max, seinem Rollenvorbild bei der Marine, dem Freund seines Vaters, erklären, dass er an seinem Eintritt in die Marine zweifelt und sich zu etwas anderem berufen fühlt; vor allem, weil seine Erinnerungen an seinen Unterricht in Shanghai und die Freude, die er daran fand, so unentwirrbar mit seiner Liebe zu Ying Yue verbunden sind? Ein tief sitzender Instinkt warnt ihn davor, mit jemandem über seine Verwirrung zu reden, und sagt ihm, dass er allein damit fertigwerden muss. Wer sonst würde schließlich sein Dilemma verstehen können?

Cara erzählt ihnen von der Oper, von Jacks Einladung zu einer Party, und Sam lehnt sich auf seinem Stuhl zurück und schickt sich an, sich in das Gespräch einzuschalten.

10. Kapitel

Bis Alistair Cosmo am Bahnhof in Totnes abgesetzt hat, zurück nach Salcombe gefahren ist und Reggie ausgeführt hat, ist es beinahe Zeit zum Mittagessen. Cosmo hat für ein paar Grundnahrungsmittel wie Milch und Brot gesorgt, und im Tiefkühlschrank lagern einige Fertiggerichte, aber Al ist von der Auswahl nicht besonders beeindruckt. Er erinnert sich daran, wie seine Eltern ihn an einem seiner Wochenendbesuche mit in einen Pub in der Stadt genommen haben. Daher macht er es Reggie gemütlich und sieht nach, ob Wasser in seinem Napf ist. Dann umrundet er den Bach und geht in die Stadt.

Der Vormittag war grau, und das weite Flussdelta spiegelt die Wolken und wirkt wie in weißes Licht getaucht. Die Werft ist belebt; die Menschen lagern ihre Boote über den Winter ein, und Al kommt es merkwürdig vor, einen Parkplatz voller Boote statt Autos zu sehen. In der Stadt ist es ohne die Touristen ruhig; nur ein paar Einheimische kaufen im Süßwarenladen Cranch's und der Bäckerei Bake House ein. Am Bootsverleih Whitestrand vorbei geht er weiter und hält nach der Treppe Ausschau, die zum Pub hinunterführt. Da ist sie ja schon. Er eilt sie hinunter, tritt in die Bar und sieht sich um: niedrige Deckenbalken, und im Holzofen brennt ein Feuer. Noch ist es nicht voll. Er bestellt ein Bier, nimmt sich eine Speisekarte und setzt sich an eins der großen Fenster.

Al schaut hinaus und fühlt sich von dem Anblick angezogen, der sich ihm hier selbst an einem so trüben Tag bietet: goldene Strände, steinige Meeresarme, ein paar Boote, die noch an ihren Ankerplätzen liegen, lose an ihren Rahen hochgezogene Segel.

Er trinkt einen Schluck von seinem Bier und studiert die Speisekarte. Eine Gruppe kommt herein; ihre Mitglieder reden, lachen und grüßen das Personal hinter der Theke. Offensichtlich sind es Einheimische. Kurz beneidet Al sie. Es muss schön sein, denkt er, in eine solche kleine Stadt zu gehören, wo man Teil ihres Lebens ist und mit ihrer Vergangenheit, Gegenwart und Zukunft zu tun hat. Doch wenn er es recht überlegt, fragt er sich, ob die Anonymität einer Großstadt nicht vielleicht der erstickenden Atmosphäre eines kleinen Ortes vorzuziehen ist. Wie es wohl seinen Eltern hier gefallen wird und wie lange es dauern wird, bis sie akzeptiert werden? Doch sie sind bereits dem Segelklub beigetreten. Cosmo scheint jedenfalls dabei zu sein, sich in das alles zu verlieben … und nicht nur in Salcombe und seine magische Umgebung. Er war in einer sehr merkwürdigen Stimmung – scherzhaft, aber schwankend – und hat immer wieder von Rebecca oder diesem Mädchen, Amy, abgelenkt. Stattdessen hat er von seiner Fotografie erzählt und Al gefragt, wie es zu Hause aussehe, in der Bank. Merkwürdigerweise hat das ihn stärker beunruhigt, als wäre Cosmo bereit gewesen, über seine Gefühle zu reden und den wahren Grund, aus dem er Rebecca davon abgebracht hat, ihn hier zu besuchen. Schließlich ist es kein Geheimnis, dass Cosmo sich immer noch nicht fest an Rebecca binden will. Dass er Vorbehalte hat, den letzten Schritt zu tun, seine kleine Wohnung aufzugeben und endlich zu ihr zu ziehen. Trotzdem fühlt sich Al mit der neuen Lage unwohl. Er kann Rebecca nicht besonders gut leiden, doch er bewundert ihre Intelligenz und ihr Engagement für ihre Arbeit, und er hofft, dass Cosmos romantischer Traum angesichts der Realität verfliegt, wenn er Rebecca wiedersieht.

Al wirft einen Blick auf die Gruppe an der Bar. Er versucht, die Leute in Kategorien einzuordnen, doch sie passen nicht hinein. Ihr Alter reicht von jung bis alt, aber niemand scheint richtig zu jemand anders zu gehören. Niemand legt ein besitzergreifendes oder vertrauliches Verhalten an den Tag, das darauf hinweisen würde, dass unter den drei Männern und drei Frauen ein Paar wäre, und ähnlich sehen sie einander auch nicht. Er fragt sich, welche Beziehung zwischen ihnen besteht. Vielleicht gehören sie alle einem Klub an. Und er denkt an das Mädchen, Amy, und fragt sich, ob sie sich in Cosmo verliebt hat. Offensichtlich weiß sie nicht über Rebecca Bescheid, und einen kurzen Moment lang ist Al zornig auf Cosmo. Er überlegt, ob Amy Rebecca wohl ähnelt: Ende zwanzig, kultiviert, klug und zielstrebig. Vielleicht ist sie jünger, hübsch, lässig, so ähnlich wie das Mädchen in der Gruppe an der Bar mit den langen braunen Locken und der lebhaften Miene, das sich mit einem dunkelhaarigen jungen Burschen unterhält.

Die Gruppe setzt sich in Bewegung und nimmt an einem Tisch Platz, und Al steht auf und tritt an die Theke, um sein Essen zu bestellen.

Von der anderen Seite der Bar aus hat Amy den Mann beobachtet, der allein an dem Tisch am Fenster sitzt, und sich gefragt, ob das Cosmos Freund sein könnte. In der Stadt ist sie ihm noch nie begegnet, und es ist ungewöhnlich, einen jungen Mann allein im Pub sitzen zu sehen, vor allem außerhalb der Feriensaison. Während sie sich alle unterhalten, Drinks bestellen und sich ihre Gerichte aussuchen, wünscht sie, sie hätte den Mut, hinüberzuschlendern und ihn zu fragen, ob er Al ist.

Sie wendet sich wieder ihrem Gespräch mit Sam zu und fragt ihn nach der Marine, doch er lenkt ab und beschreibt eine Wohnung, die sich Cara in Dartmouth angesehen hat.

»Es ist hart«, meint er, »sich zu entscheiden, wo man leben soll, wenn man die Gegend nicht wirklich kennt.«

Amy lächelt ihm zu, seine Besorgnis macht ihn sympathisch. Unter anderen Umständen hätte sie sich vielleicht eher für Sam interessiert. »Ich habe gerade einen Renovierungsauftrag hereinbekommen, für eine Wohnung, die demnächst neu vermietet werden soll«, erklärt sie. »Kommen Sie doch vorbei und sehen Sie mal, was Sie davon halten. Es erscheint mir dumm, nach Dartmouth zu ziehen, obwohl Caras Familie hier lebt.«

Charley schaltet sich ein und fragt Sam, wie lange er vorhat, bei Max zu bleiben, und das Gespräch wendet sich ihrer Teilzeitstelle an einer Grundschule zu. Und dann erzählt er ihnen von dem Jahr, das er an der Universität in Shanghai verbracht hat, und den Wochen, in denen er Englischunterricht für chinesische Kinder gegeben hat. Charley ist aufrichtig beeindruckt und stellt eine Menge Fragen, und Amy sieht, dass Sam diese Erfahrung zutiefst genossen hat.

»Klingt, als hätten Sie Ihre Berufung gefunden«, meint Charley. »Haben Sie überlegt, ob Sie nicht Lehrer werden sollten?«

Sam wirkt verlegen. »Er hat es dir doch gerade erzählt«, sagt Amy. »Er geht zur Marine.«

Charley zieht nur die Augenbrauen hoch, als wäre die Frage noch nicht entschieden, und Sam zuckt mit den Schultern.

»Nein«, antwortet er, aber bedächtig, als stimmte das nicht ganz. Amy, die weiß, wie hartnäckig Charley sein kann und wie sehr sie ihren Lehrerjob liebt, schlägt vor, dass sie bestellen, falls sie etwas essen wollen. Sam wirft ihr einen dankbaren Blick und ein leises Lächeln zu, als wollte er sich bedanken.

»Kommen Sie und sehen Sie sich die Wohnung an«, sagt sie spontan. »Und bringen Sie Cara mit. Ich fange am Montag dort an. Vielleicht ist sie ja genau das Richtige für Cara.«

»Danke.«

Er wirkt erstaunt und ein wenig schüchtern, und ihr geht durch den Kopf, wie nett er ist. Max fragt sie jetzt, was sie essen will, und dann setzen sie sich alle an einen Tisch vor einem der großen Fenster. Sie wirft dem Mann, der allein dasitzt und die Speisekarte studiert, einen Blick zu und überlegt, wie verblüfft er wohl wäre, wenn sie auf ihn zutreten und ihn fragen würde, ob er Cosmo kennt. Wahrscheinlich würde er sie für verrückt halten. Morgen wird sie vielleicht einen Spaziergang zum Batson Creek unternehmen, bis zur Landspitze von Snape's Point gehen und Ausschau halten, ob er Reggie dort ausführt. Die Vorstellung belustigt sie, und sie setzt sich und beginnt eine Unterhaltung mit Cara.

Sam ist erleichtert darüber, neben Jack zu sitzen. Er hat sich selbst ein wenig überrascht, als er Charley gegenüber so offen über seine Zeit in China gesprochen hat. Aber schließlich ist das kein Geheimnis, obwohl es immer schwieriger wird, sich wegen seiner Aufnahmeprüfung zu verstellen und einzugestehen, dass die Aussicht, ausländische Kinder Englisch zu lehren, sich allmählich tatsächlich wie eine Berufung anfühlt. Er weiß, dass es töricht ist, ein Geheimnis daraus zu machen, schließlich zwingt ihn niemand, der Marine beizutreten. Doch alle gehen schon so lange davon aus, dass er sich nicht in der Lage sieht, das zu ändern und seinen neueren Traum zu verfolgen. Aber angenommen, er irrt sich und lässt sich die enorme Chance einer Karriere bei der Marine entgehen? Merkwürdig, dass Charley seine Abwehr so leicht überwunden hat, obwohl es ihm bisher so gut gelungen ist, diese Idee zu verbergen. Dabei weiß er nicht einmal genau, warum er nicht bereit ist, darüber zu diskutieren. Fürchtet er, man könnte ihn davon abbringen? Oder hat er eigentlich Angst davor, ernst genommen und dazu ermuntert zu werden, obwohl er sich noch so unsicher über seine wahren Gefühle ist?

Sam rutscht ein wenig nach hinten, als das Essen serviert wird und Teller am Tisch herumgereicht werden. Ihm wird klar, dass die Entscheidung, in Moles Fußstapfen zu treten, eine Art ist, eine Verbindung mit diesem Vater aufzubauen, den er nie gekannt hat, und die Beziehung realer zu machen. Damals, als er nach The Keep kam, gab man ihm Moles Zimmer, das noch die Erinnerungen an die Kindheit seines Vaters beherbergte – einschließlich eines ganzen Regals voller *Tim-und-Struppi*-Bücher – und von der Leidenschaft seines Vaters für die Marine und besonders für die U-Boot-Flotte zeugte. Als kleiner Junge war Sam fasziniert von den Büchern und Fotos, besonders von dem symbolträchtigen großen Schwarz-Weiß-Foto, das seinen Vater auf der Brücke eines Atom-U-Boots zeigt, das gerade nach Faslane einläuft, und das gerahmt und in einem Passepartout in der Halle hing. Weder Fliss noch Hal haben Sam besonders ermuntert, zur Marine zu gehen – diese Laufbahn hat auch keines ihrer eigenen Kinder eingeschlagen –, und doch wurde das nach und nach zur allgemeinen Meinung, denn schließlich hat nichts anderes Sam in der Schule besonders interessiert. Er war gut in Sprachen, gut im Sport und akademisch begabt genug, um an der Universität in Durham Sprachen zu studieren …

Er wird sich bewusst, dass Jack ihn beobachtet.

»Ich weiß, dass Sie nur ein Halbidiot sind«, meint er freundlich, »aber welchen Teil von ›Könnten Sie mir das Salz reichen‹ haben Sie nicht verstanden?«

Sam lacht, entschuldigt sich und gibt ihm den Salzstreuer. Er greift nach Messer und Gabel und konzentriert sich auf die Menschen um sich herum.

Während Jack seine Pastete von der Tageskarte isst – Steak and Ale Pie –, denkt er über Sam nach und fragt sich, was dem Jungen auf dem Herzen liegt. Er sieht ihm an, dass ihn etwas umtreibt, und seine Neugier ist geweckt. Natürlich könnte es ein Mädchen sein, doch ein Instinkt sagt ihm, dass das nicht der Fall ist. Dazu ist Sam zu abgeklärt, zu eigenständig; und er war zu leicht bereit, Max zu besuchen und Cara für unbegrenzte Zeit seine Dienste als Chauffeur anzubieten. Jack fällt auf, dass Sam nicht auf sein Handy schaut, um nach Nachrichten zu sehen oder SMS zu schicken, und er erzählt auch nicht von seinen Freunden. Was ihn bedrückt, liegt auf einer anderen Ebene, und es ist offensichtlich, dass Sam vorhat, es für sich zu behalten. Der einzige Hinweis ist, wie geschickt er jedes Gespräch über die Marine abbiegt, das über die oberflächlichste Erwähnung hinausgeht. Er will sich offensichtlich auf keinerlei Diskussion über seine Zukunft einlassen.

Jack lehnt sich zurück und trinkt einen Schluck von seinem Bier. Merkwürdig, dass ein junger Mann, der kurz davorsteht, eine neue, aufregende Karriere einzuschlagen, nicht darüber reden will. Jack schaut sich in der Bar um. Als sie hereinkamen und sein Blick auf den Mann fiel, der an dem Tisch am Fenster sitzt, hatte er sich gefragt, ob das Cosmo sein könnte. Er ist Jack unbekannt, aber er wirkt nicht wie ein Urlauber, und niemand hat sich zu ihm gesetzt. Doch es war klar, dass Amy ihn nicht kannte und er sie nicht. Zwischen ihnen war kein Funke eines Erkennens zu beobachten. Jack war enttäuscht: Er möchte Cosmo wirklich kennenlernen und sich ein Bild von ihm machen, doch Amy lässt sich nicht darauf festlegen, ihn mit nach Hause zu bringen oder mit Jack und ihm ein Bier im Pub zu trinken. Er fängt Charleys Blick auf und lächelt ihr zu. Vielleicht hat Amy ja ihr von Cosmo erzählt. Jack fragt sich, wie er das

Gespräch darauf bringen soll, falls es ihm gelingt, Charley allein zu erwischen. Doch im Grunde rechnet er nicht damit, dass sie aus dem Nähkästchen plaudern wird. Es ist einfach so, dass er bei Cosmo ein ungutes Gefühl hat, genau, wie er sich ein wenig Sorgen um Sam macht.

»Alter Esel«, sagt er sich und hebt sein Glas in Charleys Richtung, die ihm gegenüber am Tisch sitzt.

Charley prostet ihm ebenfalls zu.

»Um Himmels willen«, hat Amy gestern gemeint, nachdem sie zu Abend gegessen hatten und noch beim Wein zusammensaßen, »erzähl bloß Dad nichts davon. Er weiß, dass ich mich mit Cosmo treffe, aber er hat keine Ahnung, wie ich wirklich empfinde. Ich meine, es ist verrückt, oder? Ich kenne Cosmo schließlich kaum.«

Charley sagte nicht viel. Sie hörte zu, nickte, gab, wenn nötig, gelegentlich eine Bemerkung ab, ließ Amy sonst aber einfach reden. Sie befindet sich in dem Stadium, in dem man einfach über den geliebten Menschen reden muss: seinen Namen aussprechen, erzählen, was er gesagt hat, und von seinen dummen Scherzen. Charley hatte sie noch nie so erlebt und fühlte sich gerührt und belustigt.

»Er klingt toll«, versicherte sie, als Amy sich unterbrach, um Luft zu holen. »Und was ist das Problem? Er ist doch nicht verheiratet, oder?«

»Nein, natürlich nicht«, gab Amy rasch zurück. »Es ist nur so, dass er in London arbeitet und demnächst zurückgehen wird.«

»Ja, und?«, fragte Charley. »Es ist schon vorgekommen, dass zwei Menschen eine Fernbeziehung unterhalten haben. Oder du könntest nach London gehen. Vielleicht könnte er umziehen?«

»Er hat so etwas erwähnt«, erwiderte Amy. »Er interessiert sich wirklich für Fotografie und würde das gern zum Beruf machen, doch das ist ein riesiger Schritt.«

»Aber wo liegt das große Problem?«, wollte Charley wissen. »Wieso die ganze Heimlichtuerei und die Verschwiegenheit? Warum willst du nicht, dass Jack ihn kennenlernt?«

Amy zuckte mit den Schultern und zog eine Grimasse. »Du kennst doch Dad. Er redet Unsinn und behauptet, Cosmo sei ein todschicker Vorname. Ich habe Angst, dass er vor Cosmo seine Landei-Nummer abzieht und mich in Verlegenheit bringt.«

Charley lachte. »Natürlich wird er das nicht tun. Und selbst wenn, sollte das Cosmo nichts ausmachen. Er ist doch groß genug, um auf sich selbst aufzupassen, oder? Willst du ihn mir zuerst vorstellen? Wäre das eine Hilfe?«

Amy überlegte und biss sich auf die Lippen, und Charley fragte sich, was hinter dieser Verschlossenheit stecken mochte. Vielleicht war Cosmo ja nicht bereit, sich so stark zu engagieren, noch nicht so weit, Amys Vater oder ihre Freunde kennenzulernen.

»Na, wir werden sehen, wie es läuft«, meinte Charley locker. »Ich bin hier, falls du mich brauchst. Aber ich muss schon sagen, was immer dies ist, es steht dir gut.«

Das brachte Amy zum Lächeln. Sie entspannte sich, und sie tranken die Flasche aus, wünschten einander eine gute Nacht und gingen schlafen.

Als Charley jetzt ihre Tarte mit Ziegenkäse aufgegessen hat und die Gabel weglegt, dreht Max sich zu ihr um, und sie lächelt ihm zu. »Amy hat mir erzählt, Sie bekämen bald noch ein Enkelkind«, sagt sie. »Ich glaube, sie hat erwähnt, dass Ihre Familie in Oxford lebt. Ich war am St. Catherine's College.«

Max lauscht Charleys Erzählungen von ihrem Studentenleben in Oxford. Sie berichtet, wie sie später ständig das Fach gewechselt hat, eine ewige Studentin. Ihre lockere Herangehensweise an das Leben fasziniert Max, obwohl ihm klar ist, dass Judith das nicht billigen würde. Der Gedanke irritiert ihn. Er fragt sich, ob andere Paare auch so sind: ob sie neue Bekannte durch die Augen ihres Partners betrachten und sich von deren Urteil beeinflussen lassen. Judith macht ihre Gefühle immer überdeutlich klar, obwohl sie grundsätzlich hinzusetzt, dass er sich seine eigene Meinung bilden soll. Das ist nicht so einfach, wie es klingt. Wenn sie jemanden nicht leiden kann oder ihn missbilligt, ist es fast unmöglich, sich dessen nicht bewusst zu sein; und irgendwie schafft sie es, auf subtile Art anzudeuten, dass es illoyal von ihm wäre, anders darüber zu denken. Er findet Charley amüsant und intelligent und genießt ihr Gespräch, doch er weiß, dass es keine gute Idee wäre, sie zum Kaffee einzuladen, wenn Judith zurück ist. Er hat allerdings gesehen, dass Cara sich gut mit ihr versteht, und als Charley von Caras Wohnungssuche spricht, kommt ihm eine Idee.

»Amy sagt, dass Sie in Totnes leben«, bemerkt er beiläufig. »Sie müssen uns Bescheid geben, wenn dort etwas auf den Markt kommt, das gut aussieht.«

»Das werde ich.« Sie lächelt Cara zu, die jetzt in das Gespräch einbezogen ist. »Sie wissen doch, dass Totnes Patenstadt von Narnia ist, oder? Das stimmt wirklich! Ich meine ja nur.«

Sie lachen, und Max seufzt vergnügt und versucht, nicht allzu glücklich über dieses Gefühl von Freiheit zu sein, denn er weiß, dass das schlechte Gewissen ihm auf dem Fuß folgen wird.

Cara beobachtet ihn voller Mitgefühl und Zuneigung. Sie sieht es gern, wenn Max Spaß hat, und sie hat schon zu viel unter Judith gelitten, um ihr gegenüber besonders loyal zu sein.

»Sie ist passiv-aggressiv«, pflegte Philip zu sagen. »Sie spricht nie etwas direkt aus, damit man sie nicht darauf festnageln kann. Nur Anspielungen und Bemerkungen und dazu ein verächtlicher Blick, falls du anderer Ansicht bist. Dieses zurückgenommene Kinn und die zusammengepressten Lippen, um Missbilligung auszudrücken. Sie muss die Kontrolle haben, und sie hat ihre Methoden perfektioniert. Aber sie ist Max eine gute Frau. Sie hat ihn immer unterstützt und sich mit dem Leben mit der Marine arrangiert. Wer sind wir, um sie zu kritisieren?«

Allerdings, denkt Cara, doch sie ist nervös bei dem Gedanken, wie das alles weitergehen soll, wenn Judith nach Hause kommt.

Cara überlegt, in welcher der vielen Wohnungen, die sie besichtigt haben, sie sich sehen kann. Sie weiß, dass es vernünftig ist, für den Anfang zur Miete zu wohnen, doch selbst das kommt ihr im Moment wie ein großer Schritt vor. Sie fragt sich, was Philip ihr raten würde, und weiß, dass er in London geblieben wäre. Aber die Anonymität der Großstadt verstärkt ihr Empfinden, sich im freien Fall zu befinden, und sie hat das Gefühl, dass ihr ein kleinerer Ort lieber ist. Sie liebt die Freundlichkeit der Ladenbesitzer und des Gaststättenpersonals und die Art, wie einige Einheimische sie allmählich wiedererkennen, besonders wenn sie sie mit Oscar sehen.

»Sieh nur zu, dass du keinem Klub beitrittst und kein Ehrenamt übernimmst«, hat Max ihr scherzhaft geraten, »dann kommst du wunderbar zurecht.«

»Keine Angst«, hatte sie lachend erwidert. »Ich kann mich nicht einmal entscheiden, wo ich leben möchte, da wäre ich momentan niemandem von großem Nutzen. Sogar der arme Sam verzweifelt langsam an mir.«

Sie wirft einen Blick zur anderen Seite des Tisches, wo Sam und Jack tief in ein Gespräch versunken sind, und spürt eine merkwürdige und erstaunlich tiefe Zuneigung zu ihnen. Sie sind beide sehr unabhängig und besitzen große innere Kraft, doch sie können auch äußerst amüsant sein. Sie findet, dass sie von Glück reden kann, vorübergehend an diesem magischen Ort zu verweilen, wo sie versuchen kann, sich mit ihrer Trauer und Angst zu arrangieren. Die Panikattacken sind ein wenig zurückgegangen, doch das liegt teilweise daran, dass sie dank all dieser Menschen, die um diesen Tisch sitzen, selten allein ist. Sie blickt sich in dem Lokal um und stellt fest, dass der Mann an dem Fenstertisch immer noch ohne Begleitung ist. Als sie ihn dort allein sitzen sah, fühlte sie sich an Cosmo in dem Café erinnert, daran, wie sie bei seinem Anblick an Joe denken musste und an das Geheimnis, das sie schon so lange hütet. Noch während sie den jungen Mann beobachtet, wendet er sich zum Gehen. Sie fragt sich, ob auch er allein auf der Welt steht und was er heute hier tut, und dann fordert Amy ihre Aufmerksamkeit, und sie vergisst ihn.

Al steht auf, verlässt die Bar und tritt in den sanften Nieselregen hinaus. Er geht zurück zum Bach. Merkwürdig, dass er sich in dieser gemütlichen Bar mit dem Holzfeuer und der großartigen Aussicht einsamer gefühlt hat als je zuvor unter Fremden in der Londoner U-Bahn oder in den Straßen oder Cafés der Hauptstadt. Liegt es daran, dass er kein Einheimischer ist und das Personal hinter der Theke nicht freundlich mit ihm scherzt und nicht weiß, welches Bier er am liebsten trinkt? Hat es daran gelegen, dass alle anderen Gäste in der Bar so viel Spaß zu haben schienen? Al fühlt sich fehl am Platz und fragt sich, was Cosmo hier gesehen hat, was er in den letzten paar Wochen erlebt haben muss, um eine solche heftige Zuneigung zu diesem Ort zu entwickeln. Al hat Salcombe besser gefallen, als es im Sommer von Touristen wimmelte, das Flussdelta mit Wasserfahrzeugen überfüllt war und die Läden aus allen Nähten platzten – und er trotzdem mitten in alldem seine Anonymität wahren konnte. Er war dort, gehörte aber nicht dazu.

Er fragt sich, wie es Cosmo ergeht, und tritt spontan beiseite, um ihm eine SMS zu schicken. Er weiß, dass er sie einfach formulieren muss, für den Fall, dass Rebecca bei ihm ist. Jetzt gerade spürt Al eine Nähe zu Rebecca und ihrer Geradlinigkeit, die immer das Ziel im Blick hat und sich nicht ablenken lässt. Er überlegt, ob sie Cosmo seine Geschichte abnimmt: dass er die Kameraausrüstung braucht und sich nach einer Dosis Großstadtleben sehnt. Schließlich ist sie Anwältin, da sollte sie erkennen können, wenn jemand lügt. Er schreibt:

Reggie vermisst dich. Grüße an Rebecca.

Während Al auf *Senden* drückt, erstaunt es ihn, dass er die letzten drei Wörter hinzugefügt hat; er hat immer darauf geachtet, Rebecca gegenüber den Unbeteiligten zu spielen. Doch jetzt hat sich etwas verändert, als spielten sie alle nach neuen Regeln, und es irritiert ihn ein wenig, dass er dieses Wochenende den Strohmann geben soll. Er steckt das Telefon in die Tasche, geht weiter und schlägt den Kragen hoch, um den jetzt kräftigeren Regen abzuwehren.

Al fühlt sich deprimiert. Der Rest des Wochenendes erstreckt sich leer vor ihm, und er fragt sich einmal mehr, was in aller Welt

Cosmo den ganzen Tag lang zu tun findet. Al fühlt sich inzwischen ein wenig schuldig, weil er Cosmo überredet hat, als Haus- und Hundesitter herzukommen, obwohl dieser bereits beschlossen hatte, seine Sabbatzeit nicht in London zu verbringen, sondern vielleicht reisen wollte. Al fragt sich, was für ein Mädchen eine Bedrohung für Rebecca darstellen könnte. Vielleicht sollte er heute Abend durch die Pubs ziehen und versuchen, Amy aufzuspüren – aber wie soll er sie erkennen?

Der Regen weht weiche Dunstschleier über das Flussdelta, die die weiter weg liegende Küste verbergen und sich in Nebelbänken auf den Hügeln niederlassen. Al steigt die Treppe in den Garten hoch und schließt die Haustür auf. Er zerrt sich die Jacke hinunter, streift die Schuhe ab und ruft Reggie, der ihn begrüßen kommt und glücklich ist, ihn wieder zu Hause zu haben.

Der Rest des Wochenendes vergeht langsam, und Cosmo antwortet nicht auf seine Nachricht, sondern meldet sich erst am Sonntagnachmittag wieder, um zu bestätigen, dass er im Zug nach Westen unterwegs ist und Al am Bahnhof in Totnes treffen wird. Al seufzt erleichtert und beginnt, seine Sachen zusammenzusuchen. Er räumt auf, schaut sich um und bringt dann seine Tasche und Reggie ins Auto. Statt die kleinen Nebenwege einzuschlagen, fährt er zur Hauptstraße hinauf und in Richtung Kingsbridge. Er ist erstaunt darüber, wie erleichtert er sich fühlt, als hätte man ihm eine unangenehme Aufgabe übertragen, die er jetzt erledigt hat. Erst als er sich Totnes nähert, wird ihm klar, dass er eigentlich sehr wütend ist, weil er in den Betrug an Rebecca – und an Amy – hineingezogen worden ist. Das nimmt er übel. Cosmo mag einer seiner besten Freunde sein, doch Al hat das Gefühl, benutzt worden zu sein, und wünscht sich, er hätte sich nie darauf eingelassen.

Noch mehr irritiert es ihn, als Cosmo schwungvoll aus dem Zug steigt und äußerst selbstzufrieden wirkt. Er legt Al herzlich einen Arm um die Schultern und seufzt laut und vergnügt auf.

»Hey«, sagt er. »Es ist großartig, zurück zu sein. Danke, mein Alter. Irgendwann tue ich das Gleiche für dich.«

»Ich hoffe, dass wird niemals nötig werden«, gibt Al zurück. »Hast du meine Nachricht bekommen?«

Cosmo öffnet die Autotür, ruft Reggie einen Gruß zu und hievt seinen Kamerakoffer und die Tasche hinein. Er beginnt zu lachen.

»Ja«, sagt er. »Und ich habe Rebecca deine Grüße ausgerichtet. Sie war gerührt und verblüfft. Aber nicht so sehr wie ich. Was sollte das alles?«

»Vielleicht wollte ich sie bloß für den ganzen Mist entschädigen, den du ihr auftischst«, entgegnet Al scharf.

Cosmo zieht die Augenbrauen hoch. »Ooh«, meint er grinsend. »Spiel dich doch nicht so auf.«

»Ach, um Gottes willen!«, sagt Al. Er holt tief Luft, denn er weiß, dass er seine Zeit vergeudet. »Hör mal, ich gehe über die Fußgängerbrücke auf die andere Seite und warte auf meinen Zug. So lange dauert das auch nicht mehr. Wenn du dich beeilst, kannst du Reggie noch ausführen, bevor es dunkel wird.«

Cosmo zögert und nickt dann. »Okay. Wenn du willst. Danke, mein Alter. Wirklich. Danke. Bist du dir sicher, dass du in Ordnung bist?«

»Mir geht's gut«, gibt Al zurück. »Aber was fängst du an, wenn sie das nächste Mal herkommen will?«

Er sieht zu, wie Cosmo eine Grimasse schneidet und Verzweiflung und Entsetzen vorschützt, dann schüttelt er den Kopf, wendet sich ab und geht davon. Als er die Fußgängerbrücke überquert, wirft er einen Blick zurück zum Auto, das auf die Straße hinausfährt. Er sieht, dass Cosmo aus dem Fenster winkt, während er über die Brücke fährt. Al hebt zur Antwort die Hand und geht die Treppe zum Bahnsteig hinunter, um auf den Zug nach London zu warten.

11. Kapitel

Am Steuer kann Cosmo sein Entzücken kaum zügeln, sein Glück darüber, wieder hier zu sein und über diese schmalen Straßen zu fahren. Er erhascht Blicke auf das Flussdelta und zwei kleine Dingis, die zusammen unter einer niedrigen Steinbrücke festsitzen, als die Flut hereinkommt. Es fällt ihm schwer, diese Emotionen zu verstehen, die ihn im Griff haben. Schließlich hatte er ein schönes Wochenende in London. Rebecca hat sich gefreut, ihn zu sehen – ihre Reaktion hat ihm sogar so geschmeichelt, dass er scherzte, vielleicht solle er öfter wegfahren. Trotzdem, obwohl es Spaß gemacht hat, ins Kino zu gehen und in dem neuen italienischen Restaurant zu Abend zu essen, und trotz eines gemächlichen, erotischen Starts in den Sonntag, konnte er es kaum abwarten, wieder im Zug zu sitzen und gen Westen zu fahren. Er hat Al angesehen, dass dieser verblüfft über sein Verhalten und ungewöhnlich kritisch war, doch Cosmo kann seine gute Laune einfach nicht bremsen.

Die Wolken ziehen nach Osten davon, und die Sonne scheint auf Felder und Hecken und wirft goldenes und rotes Licht über sie. Spontan biegt Cosmo auf die steile Straße ab, die an der Lincombe-Werft vorbei zum Küstenpfad und um die Landspitze von Snape's Point herumführt. Er hält auf dem kleinen Parkplatz und steigt aus, um Reggie herauszulassen. Die Luft ist warm und weich, und vor lauter Vergnügen lacht er leise. Er beschließt, den Weg am Rand des Feldes entlangzugehen – nur ein kurzer Spaziergang, damit er wieder ankommt und Reggie sich etwas Bewegung verschaffen kann. Als sie aus dem Schutz der Hecke treten, schaut er sich um und lässt den Blick um sich schweifen: nach Kingsbridge, das weiter oben im Mündungsgebiet liegt, zum Frogmore Creek gegenüber und dann im Westen nach Salcombe. Er kann es nicht abwarten, Amy wiederzusehen. Sie ist ein Teil von alldem, wie eine Prinzessin in einem Märchen, und gehört in diese Landschaft, die nichts mit der realen Welt zu tun zu haben scheint. Er ist wie besessen, gefangen von ihr und alldem, und er ist nicht in der Lage, etwas davon aufzugeben, noch nicht.

Während er weiter an sie denkt, taucht vom Küstenpfad her eine Gestalt auf. Ein schwarzer Labrador rennt vor ihr her. Es ist nicht Amy, sondern die Frau, die er im Café kennengelernt hat: Cara. Die Hunde treffen aufeinander und wedeln mit dem Schwanz, als wären sie alte Freunde. Cosmo hebt eine Hand in ihre Richtung und ruft ihr einen Gruß zu. Winkend klettert sie über das Feld auf ihn zu, und er lächelt und vollführt eine weit ausholende Geste, die seine Umgebung umfasst.

»Ist es nicht wunderbar?«, fragt er. »Gewöhnt man sich irgendwann daran?«

Sie schüttelt den Kopf. »Ich habe keine Ahnung«, gibt sie zurück. »Ich bin erst seit ein paar Wochen hier. Aber ich glaube, das ist sehr unwahrscheinlich. Die Landschaft ist nie genau gleich.«

Ihm fällt wieder ein, dass sie bei ihrem Bruder lebt und auf der Suche nach einem Wohnsitz ist, und er beneidet sie um ihre Freiheit: weil sie wählen kann, ohne durch eine Arbeit oder Beziehung eingeschränkt zu sein. »Gehört der Hund Ihrem Bruder?«, fragt er.

»Das ist Oscar«, antwortet sie. »Die beiden scheinen einander zu kennen, er und Reggie. Sagten Sie nicht, das sei sein Name, als ich ihn im Café gesehen habe? Vielleicht sind sie auch einfach von Natur aus gesellig.«

»So wie ich«, meint er und lacht auf sie hinunter.

Als sie ihn ansieht, ist er sich bewusst, dass dies mehr ist als nur eine freundliche Begegnung. Sie scheint ihn zu mustern, genau zu beobachten, als versuchte sie, sich an etwas zu erinnern, und sähe durch die oberflächlichen Höflichkeiten hindurch und besäße ein tieferes Wissen über ihn. Er fühlt sich leicht verwirrt und schuldbewusst. Es ist fast, als hätte sie erraten, dass er gerade das Wochenende mit seiner Freundin verbracht hat und jetzt schon wieder ein Treffen mit einem anderen Mädchen plant, mit Amy.

»Ich musste mir nur ein wenig die Beine vertreten«, sagt er aufs Geratewohl und wendet den Blick von ihr ab. »Ich habe ein paar Stunden im Zug gesessen und wollte wieder diese wunderbare Luft atmen.«

»Im Zug?«, fragt sie. »Sie waren verreist?«

Er sieht über die Flussmündung hinaus und verflucht sich für seine Dummheit. Niemand außer Amy konnte wissen, dass er fort war, und er möchte gegenüber dieser ungewöhnlichen Frau, die sich benimmt, als hätte sie seine Geheimnisse schon erraten, weder sich noch sein Leben rechtfertigen.

»Ein kurzer Ausflug zurück nach London«, erklärt er leichthin. »Um einen Teil meiner Kameraausrüstung zu holen. Ich hatte ja keine Ahnung, wie viel es hier zu fotografieren gibt.« Während er spricht, wendet er sich schon ab und geht zum Wagen zurück, und sie begleitet ihn. Die Hunde laufen hinter ihnen her.

»Haben Sie Reggie mitgenommen?«, fragt sie.

»Nein«, antwortet er. Er ärgert sich über sich selbst und über sie. Jetzt muss er erklären, wer Al ist. »Der Sohn der Besitzer ist über Nacht geblieben«, sagt er.

Das ist schließlich die Wahrheit. Nicht nötig, ihr zu verraten, dass Al ein alter Freund ist, dass sie Kollegen sind. Es geht sie nichts an, und er möchte den Abstand zwischen Salcombe und London aufrechterhalten, zwischen Romantik und Realität.

Auf dem Parkplatz reden beide ihren Hunden beim Einsteigen gut zu, lächeln dann einander zu, und Cosmo lässt sich auf den Fahrersitz nieder und startet den Motor. Er wirft Cara einen Blick zu, um zu sehen, ob sie auch losfährt, doch sie steht noch mit offener Tür da, also setzt er zurück und fährt davon. Er winkt ihr dabei zu, stößt einen Seufzer der Erleichterung aus und fragt sich, wieso er sich verunsichert fühlt. Sein Hochgefühl von eben ist verschwunden, und er ist entschlossen, es sich zurückzuholen. Sobald er nach Hause kommt, wird er Amy eine SMS schreiben, einen Plan schmieden.

Nachdem er fort ist, sitzt Cara noch einen Moment da, schaut über das Steuer hinweg und denkt über Cosmo nach. Ganz offensichtlich hält ihn ein heftiges Gefühl im Griff. Die Landschaft mag ja spektakulär sein und seine Leidenschaft für die Fotografie aufregend, doch das alles erklärt nicht ganz die pure Freude, die in seinen Augen blitzt und seine Miene strahlen lässt.

Was kommt es darauf an, ob er Amy begehrt? Warum sollte sie das nervös machen? Und warum spürt Cara, dass ihre eigene Vergangenheit sich regt und sie sich an den gleichen Ausdruck auf Joes Gesicht erinnert, als er sie vom Flughafen Fiumicino zu seiner Wohnung in der Stadt fuhr? Sie fasst das Steuer ein wenig fester. Jetzt erkennt sie diese Miene wieder, den Gesichtsausdruck eines Mannes, der von einer tief empfundenen, unvernünftigen Leidenschaft ergriffen ist und glaubt, damit durchzukommen, beides haben zu können. Cosmo hat sich unbehaglich gefühlt, als sie London erwähnte; er wollte nicht über seinen kurzen Ausflug reden. Seine Körpersprache verriet ihr, dass er etwas verheimlichte. Aber warum? Es geht sie nichts an, also weswegen sollte er argwöhnisch sein?

Cara lehnt sich zurück, legt den Gurt an und startet den Motor. Sie hat Cosmo mit Amy gesehen. Daran, wie Amy ihn anschaut, erkennt sie, dass sie dabei ist, sich zu verlieben. Aber es ist verrückt, diese Verbindung zu Joe und ihr zu ziehen.

Das war damals, und das hier ist heute, sagt sie sich – doch die Erinnerungen beginnen, sie zu bedrängen, und mit ihnen steigt auch die altvertraute Panik in ihr auf, die ihr den Magen umdreht.

Rasch lässt sie den Motor an und fährt auf die Straße hinaus. Sie wird nicht daran denken; sie muss es in sich verschließen, doch sie sehnt sich nach Philip, nach ihm, der zwischen ihr und der Finsternis stand. Aus dem Nichts heraus steigt die Erinnerung daran auf, wie er sie gelassen in den Armen hielt, während sie schluchzte und den Kopf an seiner Brust barg. Es hatte ihn nicht verblüfft, sie zu sehen. Max hatte ihn angerufen und ihm mitgeteilt, sie würde in Rom sein. Sie klammerte sich an diesen Mann, den sie schon ihr Leben lang kannte, Max' besten Freund, und wusste, dass er ihr helfen würde.

»Um Gottes willen«, hatte Max gemeint, als sie ihm von ihrem Plan erzählte, Joe in Rom zu besuchen, »das klingt ein bisschen verrückt. Wie gut kennst du diesen Mann denn? Wirst du bei seiner Familie wohnen? Was sagt Vater denn dazu? Weiß Hermione, dass du einfach blindlings ins Blaue fährst?«

»Sie findet es ein tolles Abenteuer«, gab Cara lachend zurück. »Sie ist absolut dafür. Sei nicht so spießig, Max.«

»War ja klar, dass sie so denkt«, antwortete er grimmig. »Hör mal, lass dir zur Sicherheit Philips Adresse geben. Du weißt doch, dass er an der Britischen Botschaft in Rom arbeitet, oder? Ist inzwischen Erster Sekretär. Versprich mir, seine Adresse mitzunehmen, Cara. Ich rufe ihn an und erkläre ihm, dass du dort sein wirst. Ich bin bis dahin wieder auf See. Ich wünschte, du würdest dir das noch einmal überlegen …«

Wie aufgeregt sie gewesen war, als Joe sie anrief und sie einlud, ihn in Rom zu besuchen, wie erleichtert! Sie hatte schon beinahe geglaubt, sich seine Liebe zu ihr nur eingebildet zu haben, doch in dem Moment, als sie seine Stimme hörte, als er lachte, debattierte und darauf bestand, sie solle kommen, lösten sich all ihre Zweifel auf wie Rauch. Er liebte sie. Er würde sie bitten, seine Frau zu werden, und sie würden für immer zusammen sein.

An den Flug erinnert sie sich nicht, aber daran, wie er sie in seinen kleinen Fiat gesteckt hat und sie an diesem Abend im Frühsommer durch die Stadt fuhren. Sie hatte damit gerechnet, dass sie zum Stadthaus seiner Eltern fahren würden – oder sogar in ihre Villa –, doch stattdessen brachte er sie in eine Wohnung im obersten Stockwerk eines alten Hauses, die eindeutig sein Junggesellenapartment war. Sie konnten es nicht abwarten, sich zu lieben, und sie wollte es genauso wie er. Erst als es vorüber war und sie über die Zukunft redeten, wurde ihr klar, dass Joe gar nicht daran dachte, sie zu heiraten. Er räumte sogar ein – und rechnete mit ihrem Verständnis dafür –, dass er bereits mit einem italienischen Mädchen verlobt war, dessen Eltern Wein exportierten wie seine eigenen. Cara sollte seine Geliebte werden.

Die Szene, die darauf folgte, blendet ihr Gedächtnis aus. Danach flüchtete sie zu Philip. Er hörte ihr ruhig zu, stellte mehrere Fragen und ging dann, um am Flughafen anzurufen und noch einige andere Telefonate zu erledigen. Und die ganze Zeit über verbrachte sie einfach in einem Schockzustand, zitterte, brach in Tränen aus, bis er wieder in den Raum kam, ihr Brandy einflößte und erklärte, er habe sich ein paar Tage freigenommen, und sie würden beide im nächsten Flugzeug nach Hause sitzen …

Vor Cara setzt ein Land Rover aus einer Einfahrt, und sie geht kräftig in die Bremsen, als ihr klar wird, dass sie zu schnell fährt. Sie lässt den anderen Wagen vor und folgt ihm langsamer. Durch den Schreck hat sie den Faden verloren, und mit gewaltiger Anstrengung schiebt sie die Erinnerungen weg und fragt sich, ob Max und Sam schon zurück sind. Sie haben Max' Boot von seinem Sommerliegeplatz in dem »The Bag« genannten Flussarm heraufgesegelt, um es für den Winter an Land zu bringen, und sie hofft, dass sie fertig und wieder zu Hause sind. Sie braucht Gesellschaft, Ablenkung.

In dem Moment, in dem sie mit Oscar durch die Haustür tritt, wird ihr klar, dass sie sie bekommen wird. Betriebsamkeit liegt in der Luft; ein Gefühl von Dringlichkeit. Max' Tasche steht fertig gepackt da, und sie hört ihn telefonieren. Als sie die Treppe hochsteigt, die in die Küche führt, dreht Sam sich um und sieht sie an. Er verzieht das Gesicht zu einer Art belustigter Grimasse, und sie zieht fragend die Augenbrauen hoch.

»Gerade herrscht ein wenig Panik«, sagt er. »Freya liegt in den Wehen, und ihre Mum ist aus Dänemark gekommen. Anscheinend haben sie nicht genug Platz für alle. Daher fährt Max hin und kommt mit Judith zurück, sobald das Baby auf der Welt ist. Sie werden in einem Hotel absteigen oder so. Scheint ein schönes Durcheinander zu sein. Judith regt sich ziemlich auf.«

»Sie versteht sich nicht besonders gut mit Freyas Mum«, erklärt Cara ihm. »Aber ich denke mir, Freya wird froh sein, ihre Mutter bei sich zu haben.«

»Ich schätze«, meint er ziemlich verlegen, »dass ich mich verdrücken werde, wenn Judith wieder nach Hause kommt. Dann wird es etwas eng.«

Sie lächelt ihm zu und ist froh, dass er da ist. »Sie wollen mich also im Stich lassen?«

Er lacht. »Nein. Aber verstehen Sie, was ich meine? Es wird dann nicht mehr dasselbe sein.«

Sie fällt ein. »Mit Sicherheit nicht. Max und Sie werden nicht mehr bis spät aufbleiben und sich betrinken, während er Seemannsgarn aus seiner Zeit bei der Marine spinnt, und wir werden nicht mehr im Pub zu Abend essen.«

»Ich hatte eine Idee«, erklärt er schüchtern. »Ich hatte mich gefragt, ob Sie vielleicht gern mit mir nach The Keep kommen und ein paar Tage bleiben wollen. Ich weiß, dass Fliss und Hal begeistert wären. Habe ich Ihnen erzählt, dass sie beschlossen haben, einen Golden Retriever aus dem Tierheim zu holen, ein Weibchen? Sie müssen den Hund kennenlernen.«

»Das ist sehr nett von Ihnen«, gibt sie gerührt zurück. »Aber wenn Max nach Oxford fährt, muss ich hierbleiben und mich um Oscar kümmern.«

»Das verstehe ich. Nein, ich meinte, wenn die beiden zurück sind. Wir könnten weiter auf Erkundung ausziehen.«

Merkwürdig, wie sein zuvorkommender Vorschlag sie bewegt. Heutzutage, seit Philips Tod, rühren kleine, uneigennützige Handlungen sie fast zu Tränen. »Sehr gern«, sagt sie. »Danke, Sam.«

Max taucht auf und wirkt gereizt und nervös. »Bei Freya haben die Wehen eingesetzt«, erklärt er Cara. »Judith will, dass ich sofort komme, falls es dir nichts ausmacht, bei Oscar zu bleiben. Freyas Mum ist eingetroffen. Da ist es einfacher, wenn Judith und ich in ein Hotel ziehen. Wir kommen nach Hause, sobald das Baby auf der Welt ist. Das tut mir wirklich leid, Cara.«

»Rede keinen Unsinn«, gibt sie schnell zurück. Sie tätschelt Oscar, der bei ihnen sitzt und sie ängstlich ansieht, weil er spürt, dass es Probleme gibt. »Niemand ist schuld. Ich bleibe gern hier bei dem Hund. Fährst du jetzt sofort?«

»Das habe ich Judith gesagt. Anscheinend sind alle ein wenig panisch.« Er wirft Sam einen Blick zu. »Dein Besuch hat sich nicht ganz so entwickelt, wie wir geplant hatten, was?«

»Ehrlich, das ist kein Problem. Babys gehen vor. Ich bleibe bei Cara, und wir sehen uns weiter Häuser an, bis ihr nach Hause kommt. Zum Mittagessen fahre ich mit ihr nach The Keep. Fliss und Hal sitzen mir schon lange im Nacken, sie einzuladen.«

Max wirkt erleichtert. »Das ist großartig. Passt aufeinander auf. Ich gebe euch Bescheid, wie es weitergeht.«

»Schick eine SMS, wenn du gut angekommen bist«, sagt Cara und küsst ihn. »Grüß alle schön von mir.«

In dem Schweigen, das auf Max' Abgang folgt, sehen Sam und Cara einander an.

»Haben wir Pläne fürs Abendessen?«, fragt sie ihn.

Er grinst. »Ja«, antwortet er. »Gehen wir in den Pub.«

Dort sitzt Jack an der Bar und trinkt ein Bier mit seinen Freunden. Er wirkt erfreut, die beiden zu sehen, und winkt sie zu sich.

»Amy hat mich schon wieder sitzen gelassen. Sie hatte in letzter Minute eine Verabredung. Wo steckt Max?«

Cara erklärt es ihm. »Wir haben keine Lust zu kochen, daher wollen wir hier zu Abend essen«, setzt sie hinzu. »Möchten Sie sich uns anschließen? Sie sind schließlich auch versetzt worden.«

»Klingt nach einem guten Plan«, erwidert er. »Was trinken Sie?«

Als sie später in die stille Stadt hinaustreten, geht ein riesiger Mond hinter der Landspitze auf.

»Er ist so hell«, meint Cara bei dem Anblick staunend.

»Das ist der Jägermond«, erklärt Jack ihr.

»Was bedeutet das?«, fragt sie.

»Dazu kommt es jeden Herbst, meist im Oktober. Man nennt ihn den ›Jägermond‹, weil er so hell scheint, dass sich nicht einmal die kleinste Beute vor einem Raubtier verstecken kann.«

Ein Schauer überläuft Cara. »Das ist ziemlich beängstigend.«

Jack sieht sie an. »Nur für Tiere«, meint er. »Kommen Sie doch noch mit auf einen Schlaftrunk. Sie kennen beide unser kleines Haus noch nicht. Vielleicht ist Amy ja inzwischen zurück.« Und alle gehen in Richtung Courtenay Street davon.

Cosmo kann nicht schlafen. Kalter, heller Mondschein ergießt sich in sein Schlafzimmer, und er steht auf und tritt wie von unsichtbaren Gezeiten angezogen ans Fenster. Er schaut auf die schwarz-weiße Landschaft hinaus, und spontan beschließt er, sich anzuziehen. Er muss hinaus in diese merkwürdige nächtliche Welt, in dieses unheimliche Licht.

Als Cosmo in die Küche tritt, hebt Reggie den Kopf, macht aber keine Anstalten, sich zu erheben. Cosmo zieht seine Jacke an und tritt in die Nacht hinaus. Er geht zum Küstenpfad hinauf und schaut sich ehrfürchtig staunend um. Eine leichte, kühle Brise kraust das Wasser des Flussdeltas, sodass das Spiegelbild des Mondes in tausend spitze Silberpartikel zerfällt, die einer zerschmetterten Glaskugel gleichen. Im Gehen steckt er die Hände tief in die Taschen. Er bemerkt, wie jeder Zweig und jeder Stein scharf umrissen wirkt, und hört den schrillen Schrei eines verwundeten kleinen Tieres und das unheimliche Kreischen einer Eule. Dieses Licht, das unbarmherzig jedes Versteck erhellt und jedes Geheimnis enthüllt, hat etwas Beglückendes. Es scheint tief in sein Herz einzudringen und zeigt ihm seine Schwächen, seine Treulosigkeit.

Cosmo bleibt stehen, ballt die Fäuste und prüft sein Gewissen.

Schließlich kommt niemand zu Schaden, redet er sich heraus.

Er begreift diese Leidenschaft nicht, die es absolut notwendig macht, dass er sich diesem Augenblick ergibt, der ihm ein außerordentliches Paralleluniversum mit diesem magischen Ort – und Amy – bietet. Er muss ihn annehmen, erforschen, erleben, während er gleichzeitig London, seine Arbeit und Rebecca in einer anderen Zeitkapsel konserviert. Dieser Abend mit Amy war so schön: Wie herzlich sie war, wie sie sich gefreut hat, ihn zu sehen – und er erinnert sich, wie sie »Ich glaube, ich liebe dich« geflüstert hat, als er sie fest in den Armen hielt.

Übergossen von dem strahlenden Licht des Mondes steht Cosmo da. In diesem gnadenlosen Licht erkennt er sich deutlich, doch er kann die Wahrheit nicht akzeptieren. Er weiß, dass er lügt und betrügt, aber er kann nicht auf diese Aufregung verzichten, dieses Gefühl, so vollkommen lebendig zu sein.

In der Hecke hinter ihm raschelt etwas, trockenes Gras knistert, und ein Zweig bricht. Er dreht sich um und erkennt gerade noch einen Schatten, der den Graben entlangflitzt und in einem Erdloch verschwindet. Cosmo blickt um sich und hört in der Nähe wieder den Schrei der Eule. Wenigstens ein Wesen ist vor diesen Klauen und diesem grausamen gebogenen Schnabel sicher, und Cosmo lächelt in sich hinein. Er sieht das als Zeichen, als Omen. Der Erfolg gehört den Schnellen, die ihre Chance sehen und sie ergreifen. Irgendwie wird alles gut werden, das weiß er. Er schlägt den Kragen hoch und geht nach Hause.

In der Buckley Street sagt Sam Gute Nacht und verschwindet ins Bett, doch Cara ist nicht müde. Der Mondschein, der ins Haus fällt, wirkt wie eine unentrinnbare Gezeitenströmung, zieht sie an und zerrt sie über die Treppe hinauf in die Küche. Einen Moment lang steht sie reglos da, sieht hinaus und öffnet dann ganz zögerlich die Tür, die auf den Balkon führt. Sie klammert sich am Türpfosten fest und betrachtet die schimmernden Reflexionen auf den Dächern und dem Wasser. Sie wagt nicht, nach unten zu sehen, doch sie fühlt sich gezwungen, einen Schritt zu tun, die sichere Küche zu verlassen und auf den mit Holzfliesen ausgelegten Balkon zu treten. Unter ihr ist alles schwarz, und sie spürt die nur allzu vertraute Sehnsucht, sich hineinzustürzen. Sie lässt den Türrahmen los und macht einen Schritt nach vorn. Alles ist Finsternis und Licht, helles Leuchten und Schatten.

Cara stößt ein leises Schluchzen aus und streckt eine Hand aus, als könnte dort jemand sein, der sie halten kann. Ihr ist schwindlig, sie verliert jedes Gefühl dafür, wo sie sich befindet, und plötzlich stürzt sie beinahe. Ihre Beine sind auf etwas Festes, Warmes gestoßen. Als ihre Knie nachgeben, sinkt sie zusammen und trifft auf Oscar, der ihr mit seinem massiven Körper den Weg versperrt. Cara geht in die Hocke, schlingt die Arme um seinen Hals und sieht, wie sich der schimmernde Mondschein in seinen freundlichen, besorgten Augen spiegelt. Sanft schiebt er sie zurück in die Küche, und sie folgt ihm dankbar, klammert sich an sein Halsband und schließt hinter ihnen die Tür. Dann sackt sie auf einem Stuhl aus Weidengeflecht zusammen, während Oscar neben ihr steht und sie vorwurfsvoll betrachtet. Cara streichelt ihm die Ohren und legt kurz die Wange an seinen warmen, harten Kopf. Dann steht sie auf, und sie gehen gemeinsam nach unten.

Amy liegt hellwach und munter da und beobachtet den Mondschein, der langsam über die Decke ihres Zimmers zieht. Sein Licht erhellt jeden einzelnen vertrauten Gegenstand, glitzert in dem kleinen Spiegel und umreißt die Bücher in dem hohen, schmalen Bücherregal, das ihr Dad ihr gebaut hat, als sie klein war. Sogar aus dieser Entfernung erkennt sie jedes Buch an seinem Rücken: *Der Wind in den Weiden*, *Pu der Bär*, *Der Hobbit*. Sie erinnert sich daran, wie Mum ihr vorzulesen pflegte, als sie klein war, und Amy fragt sich müßig, was ihre Mutter von Cosmo halten würde.

Es ist unmöglich, dass jemand Cosmo nicht mag, sagt sie sich beinahe abwehrend, als ob es irgendeinen Zweifel daran gäbe. Er ist so lustig, so voller Leben und Energie.

Bei der Erinnerung daran, wie sehr sie sich vorhin gefreut hat, ihn zu sehen, fühlt sie sich ein wenig verlegen. Sie hatte seine Textnachricht bekommen, in der er sie auf einen Drink und zum Abendessen zu sich einlud. Das war ihr erster Besuch dort. Normalerweise gingen sie spazieren oder fuhren nach Dartmouth oder Kingsbridge, doch sie beschloss, die Einladung anzunehmen. Es war, als entwickelte sich damit ihre Beziehung ein wenig weiter. Sie hat ihn schon zu sich nach Hause eingeladen, doch irgendwie windet er sich immer heraus. Nie mit einer eindeutigen Ablehnung, sondern indem er das Gespräch in eine etwas andere Richtung lenkt, sodass es ihr peinlich ist, die Einladung zu wiederholen.

Amy dreht sich auf die Seite und schaut durch ihr Fenster in das grellweiße Licht hinaus. Als sie vorhin zum Bachlauf hinaufging, hat sie sich gefragt, ob sie sich ein wenig schüchtern fühlen würde. Doch sein bloßer Anblick, wie er die Tür aufriss und sie mit Reggie im Schlepptau anstrahlte, ließ ihre Nervosität verfliegen. Sie erwiderte sein Lächeln, und dann lag sie irgendwie in seinen Armen und küsste ihn, und das war ein himmlisches Gefühl. Er schenkte ihr ein Glas Wein ein, nahm etwas aus dem Tiefkühlschrank, um es in den Ofen zu geben, und sie fielen einfach in das Muster all ihrer bisherigen Begegnungen zurück. Als er sie küsste, war ihr klar, dass er mehr wollte – und sie ebenfalls –, doch etwas hielt sie zurück. Er war sehr lieb, drängte sie nicht oder versuchte, das Tempo zu forcieren, und so umarmte sie ihn nur fest und flüsterte ihm zu, sie glaube, ihn zu lieben. Doch dann kehrten ihre Schüchternheit und Unsicherheit zurück, und sie sagte, sie müsse nach Hause, sonst würde Dad sich Sorgen machen. Die Ausrede war ein wenig schwach, aber er ließ sie gehen und begleitete sie zurück in die Stadt. Doch an der Ecke Buckley Street verabschiedete er sich von ihr. Er hat nicht gesagt, er liebe sie auch, und jetzt fühlt sie sich noch stärker verunsichert.

Rastlos dreht Amy sich wieder auf die andere Seite und zieht sich die Bettdecke über den Kopf. Sie sehnt sich danach, sich bei ihm sicherer zu fühlen, doch er redet nie über die Zukunft, und sie weiß nicht, wie sie die Frage formulieren soll, wie er ihre gemeinsame Zukunft sieht.

Im Westen geht der Mond unter, und von einem Gedanken zum anderen schlummert sie ein.

Zweiter Teil

12. Kapitel

Als Fliss erwacht, ist Hal schon aufgestanden, und das Laken neben ihr fühlt sich kühl an. Sie bleibt noch einen Moment mit geschlossenen Augen liegen, in einem Zustand zwischen Schlaf und Wachen, und ihre Gedanken irren zwischen Gegenwart und Vergangenheit hin und her. Erinnerungen blitzen hinter ihren geschlossenen Augen auf wie bewegte Bilder, und alles mischt sich mit anderen, späteren Erlebnissen. Sie schüttelt den Kopf wie ein Schwimmer, der an die Oberfläche kommt, und öffnet die Augen der Gegenwart.

Mit einem Mal fällt ihr wieder ein, warum Hal aufgestanden und leise davongegangen ist, und sie setzt sich auf, schiebt das Oberbett weg und schwingt die Beine aus dem Bett. Dann zieht sie den Morgenmantel über, fährt mit den Füßen in die Hausschuhe und geht hinaus, den Flur entlang und die Treppe hinunter. In der Küche sitzt Hal seitwärts am Tisch und redet mit Honey, deren Schwanz gegen das Tischbein schlägt.

Beim Anblick der beiden lächelt Fliss, und Honey sieht sich sofort nach dem alten, abgewetzten Teddy um, der ihr ständiger Begleiter ist, und bringt ihn eilig zu Fliss.

»Braves Mädchen«, sagt sie und streichelt ihr den glatten, weichen Kopf. »Gutes Mädchen. Ist das für mich?«

»Nein, das weißt du doch«, sagt Hal, steht auf und füllt den Wasserkocher nach. »Sie zeigt ihn dir nur.«

Fliss tut, als nähme sie ihr das Spielzeug weg, und zieht, doch Honey zerrt schwanzwedelnd daran und genießt das Spiel.

»Noch eine gute Nacht?«, erkundigt sich Fliss. »Keine Probleme?«

»Mustergültig«, antwortet Hal. »Was für ein Glückstreffer! Sie kaut nicht auf Dingen herum, die sie in Ruhe lassen soll, und ihr passieren keine ›Unfälle‹. Ich habe sie nach draußen gelassen, damit sie ihr Geschäft erledigen kann, und sie scheint sehr zufrieden zu sein.«

»Im Tierheim hat man mir erzählt, sie sei an Spaziergänge im Park gewöhnt«, erklärt Fliss, »aber nicht an viel mehr. Ihre Besitzerin war schon älter, daher war sie ziemlich eingeschränkt. Es wird gut sein, ihr etwas Freiheit beizubringen. Wir fahren mit ihr aufs Moor. Sie muss ein Landhund werden.«

Er reicht ihr Kaffee, und Honey geht zu ihrem Korb, um nach ihren anderen Spielzeugen zu sehen.

»Erinnerst du dich an Mrs. Pooter?«, fragt Fliss unvermittelt. »Und an Mugwump?«

Er lacht. »Ich habe nie begriffen, warum wir meiner verrückten Schwester erlaubt haben, die Hunde zu taufen.«

»Sie hat sie so geliebt! Und sie hat immer ins Schwarze getroffen. Sie wird Honey lieben.«

»Gott sei Dank hat sie schon einen Namen«, meint Hal. »Kit ist irre.«

»Aber sie ist so eine nette Irre«, sagt Fliss. »Also, findest du, dass Honey bereit für Dartmoor ist? Niemand weiß, wie sie sich anderen Tieren gegenüber verhält. Wird interessant werden, wie sie sich anstellt, wenn sie zum ersten Mal ein Schaf oder ein Pony sieht.«

»Sie ist sehr gut erzogen«, sagt Hal. »Aber sie ist ein Stadthund, und ich habe nicht vor, ein Risiko einzugehen. Wir leinen sie an, bis wir uns ganz sicher sind. Übrigens habe ich gestern Abend noch eine SMS von Sam bekommen. Ich habe sie gerade erst gesehen. Er fragt, ob Cara und er zum Mittagessen kommen können. Anscheinend haben bei Freya die Wehen eingesetzt, und Max ist schon wieder nach Oxford gebraust.«

»Ach herrje! Armer Max. Jetzt geht's rund, was? Ich hoffe, mit Freya ist alles in Ordnung. Ja, natürlich können sie kommen. Das wäre großartig. Vielleicht können wir danach alle mit Honey spazieren gehen.«

Sie setzt sich an den Tisch, trinkt Kaffee und fragt sich, was sie für die beiden zum Mittagessen kochen soll, während Hal durch seine Nachrichten scrollt und Bemerkungen über verschiedene Familienmitglieder abgibt: was sie tun, die neuesten Nachrichten. Sie sieht ihn an und überlegt, ob Hal und sie so glücklich sind, weil sie so spät zusammengekommen sind – jeder mit den Misserfolgen, den Enttäuschungen und den Lehren aus einer ersten Ehe. Sie sind in der Lage, einander Freiraum zu lassen, die Gefühle des anderen zu achten und so große Freude an dieser Liebe zu finden, die ihnen so lange verweigert worden war. Vielleicht trägt dazu auch bei, dass sie einander schon ihr ganzes Leben lang kennen und im Schoß dieser Großfamilie so viel miteinander geteilt haben.

Fliss fragt sich, was ihre gemeinsame Großmutter jetzt von ihnen halten würde.

»Du bist ja ganz woanders«, meint Hal, der sie beobachtet, und schiebt sein Tablet beiseite. »Einen Penny für deine Gedanken.«

»Ach, die sind viel mehr wert«, protestiert sie. »Sollen wir das Mittagessen einfach halten oder ein Festmahl auftischen?«

»Einfach«, gibt er sofort zurück. »Vor allem, wenn wir nachher Honey ausführen wollen. Sam wird am Steuer sitzen, also kann er nichts trinken, und ich auch nicht, wenn wir noch aufs Moor fahren wollen.«

»Soll mir recht sein«, sagt sie. »Ich habe noch Suppe im Tiefkühlschrank, doch vielleicht fahre ich rasch nach Riverford und besorge richtig leckeren Käse.«

»Ich gehe mit Honey auf den Hügel«, erklärt er. »Sam hat geschrieben, dass sie am späten Vormittag kommen. Dann bin ich hier, falls sie doch ein wenig früher da sind.«

»Schön«, sagt sie. »Also Frühstück und danach duschen, oder umgekehrt?«

»Zuerst Frühstück.« Er steht auf. »Frühstück nach Art des Admirals, denke ich.«

Fliss lacht. Es war Hals Sohn Jolyon, der das legendäre komplette englische Frühstück seines Vaters so getauft hat. Hal räumt schon den Kühlschrank aus: Speck, Eier, Pilze, Tomaten.

»Mach voran damit, und dann sehe ich, was ich zum Mittagessen auftreiben kann«, sagt sie.

Die Schatten der Vergangenheit sind verflogen; und vor ihr liegt ein verheißungsvoller Tag.

Draußen auf dem Hügel folgt Hal den ausgetretenen Wegen, die sich mit Schafspfaden kreuzen, und lauscht dem rauen Schrei einer Krähe. Honey trottet gehorsam bei Fuß, obwohl sie aufmerksam wirkt. Ab und zu ermuntert er sie, vorauszulaufen und auf Erkundung auszugehen, doch sie hält sich dicht neben ihm, als wäre sie verblüfft, ja sogar nervös angesichts von so viel offenem Land. An einer Granitplatte, die unter einem Weißdorn liegt, bleibt er stehen und sieht über das Tal aufs Moor hinaus, und dann abwärts zu dem Gehölz aus Buchen und Eichen, das unter ihm am Fuß des Hügels liegt. Als Mole klein war, war es ein Spiel, um das Gehölz zu rennen. Susanna und er sprinteten um die kleine Baumreihe herum, und Fox stand hier, wo Hal jetzt steht, und stoppte mit der Uhr in der Hand ihre Zeit. Das wurde zu einem Test und einem wichtigen Teil ihres kindlichen Tagesablaufs. Zeiten wurden überprüft, verbessert, niedergeschrieben. Doch die wirkliche Prüfung bestand darin, dass Mole irgendwann allein um das Gehölz laufen sollte. Das Grauen des Massakers an seiner Familie in Kenia hing ihm noch nach, und diese wenigen Minuten, in denen er außer Sicht war und weder Fox auf dem Hügel über sich noch The Keep auf dem gegenüberliegenden Hang sehen konnte, erfüllten Moles Herz mit Schrecken. Die ganze Familie wusste Bescheid und wartete geduldig auf den großen Moment, in dem Mole sich sicher genug fühlen würde, um allein um das Gehölz zu laufen.

Nun steht Hal auf dem Hügel, und Honey wartet geduldig neben ihm. Hal hat die Arme vor der Brust verschränkt und denkt über Sam nach. Was für eine Tragödie, dass Mole nie erfuhr, dass er einen Sohn haben würde! Was für eine sinnlose Vergeudung eines wunderbaren Mannes und erstklassigen Offiziers! Hal denkt an Sam und hofft, dass Mole, falls er von irgendwo zusieht, zufrieden damit ist, wie Fliss und er versucht haben, dafür zu sorgen, dass Sam sich sicher, zuversichtlich und geliebt fühlt. Könnten sie nur absolut überzeugt sein, dass bei dem Jungen alles gut ist! Dass seine Zurückhaltung einfach das natürliche genetische Erbe seines Vaters darstellt und keinen tieferen Grund hat.

Hal bemerkt eine Bewegung und blickt nach unten. Honey sieht hoffungsvoll zu ihm auf. Sie steht auf dem kurzen, von den Schafen abgeweideten Gras und wedelt mit dem Schwanz.

»Bedaure«, sagt er. »Tut mir leid, altes Mädchen. Komm weiter. Wir müssen uns ranhalten, sonst sind Sam und Cara schon da. Los. Lauf zu. Kaninchen! Hol sie dir!«

Doch Honey bleibt bei Fuß. Sie ist offensichtlich genauso nervös bei der Vorstellung, seine Seite zu verlassen, wie Mole bei seinem Lauf um das Gehölz.

»Aber Mole hat es geschafft«, erklärt er ihr, »und das wirst du auch irgendwann. Es hat keine Eile, aber es wird passieren.«

Honey wedelt wieder freundlich mit dem Schwanz, und sie gehen auf dem Weg, den sie gekommen sind, zurück, den Hügel hinunter und heim nach The Keep.

Nur wenige Minuten nachdem Fliss nach Hause gekommen ist, fährt Sams Mini durch den Torbogen und auf den Hof.

»Ich hoffe, es macht dir nichts aus, dass wir früher da sind«, sagt er beim Aussteigen. »Wir müssen nach dem Mittagessen zurück, wegen Oscar.«

»Herrje, Oscar hatte ich vollkommen vergessen«, ruft Fliss und begrüßt Cara mit einem Kuss auf die Wange. »Ihr hättet ihn doch mitbringen können.«

»Ich war mir nicht sicher, ob das mit Honey gut gehen würde«, erklärt Sam und holt Fliss' Einkäufe aus ihrem Wagen. »Sie steht noch ganz am Anfang, und es wäre ein Jammer, ihr unnötigen Stress zu bereiten.«

»Wir dachten, wir könnten alle mit Honey ihren ersten Spaziergang auf dem Moor unternehmen«, sagt Fliss, während sie in die Küche gehen. »Wie schade. Das wäre so ein Spaß geworden.«

»Na ja, und vielleicht ein wenig zu viel für den armen Oscar«, meint Cara. »Er hatte schon einen ordentlichen Spaziergang, und er ist jetzt ein alter Herr.«

»Das bin ich auch«, sagt Hal und steht aus dem Schaukelstuhl am Herd auf, »aber um *mich* scheint sich niemand groß Gedanken zu machen.«

Sam grinst ihn voller Zuneigung an, knufft ihm freundlich gegen die Schulter und beugt sich vor, um Honey zu begrüßen.

»Hier ist sie«, sagt er zu Cara. »Ist sie nicht genauso süß wie ihr Name?«, fragt er und lacht über seinen dummen Scherz.

Während Fliss ihre Einkäufe auspackt, macht Hal Kaffee und schlägt dann vor, Cara einen Teil des Gartens zu zeigen. Sie nehmen ihren Kaffee mit und schlendern mit Honey im Schlepptau hinaus. Sam wirft Fliss einen Blick zu, um sich zu vergewissern, dass die überstürzte Verabredung zum Mittagessen ihr nichts ausmacht.

»Max ist ziemlich unerwartet abgereist«, erklärt er ihr, »und ich dachte, es wäre gut, mit Cara herzukommen. Kann ich noch etwas tun?«

»Es ist vollkommen in Ordnung«, versichert sie ihm. »Natürlich. Nein, setz dich und trink deinen Kaffee. Wie steht es denn in Oxford?«

Er zuckt mit den Schultern, setzt sich an den Tisch und nimmt seine Kaffeetasse. »Ich habe den Eindruck, dass alles nach Plan läuft. Judith ist bald wieder zurück, dann komme ich ohnehin nach Hause.«

»Findest du es nicht etwas unhöflich, so schnell wieder zu fahren?«

»Ich meine nicht. Schließlich ist es ein wenig eng, weil Cara auch da ist, und nach den letzten paar Wochen wird Judith wahrscheinlich etwas müde sein.«

Fliss zögert. Sie stellt Essen auf den Tisch, trinkt schnell einen Schluck von ihrem Kaffee und sieht ihn an. »Du hast Cara doch gesagt, dass sie herkommen kann, wenn sie will, oder? Wir haben jede Menge Platz. Da braucht sie nicht das Gefühl zu haben, im Weg zu sein.«

Er nickt. »Ich habe es ihr weitergegeben, und ich glaube, sie zieht es in Betracht. Das ist einer der Gründe, aus denen ich heute mit ihr hergekommen bin, damit sie sich an die Idee gewöhnen kann. Ich fürchte, Judith und sie verstehen sich nicht besonders gut.«

»Niemand versteht sich wirklich gut mit Judith«, versetzt Fliss knapp. »Tut mir leid. Das hätte ich nicht sagen sollen. Judith hat viele gute Eigenschaften, aber Empathie gehört nicht dazu. Na, die Entscheidung darüber überlasse ich dir. Cara wünscht sich vielleicht etwas Freiraum, um zu entscheiden, was sie tun wird, und davon haben wir hier reichlich. Es ist noch sehr früh für sie nach dem Tod ihres Mannes, und es ist gut und schön, eine tapfere Miene aufzusetzen und sich kämpferisch zu geben. Aber wenn man gerade einen besonderen Menschen verloren hat, kann man nicht richtig denken.«

Sam sieht auf seinen Kaffee hinunter. Ja, darüber weißt du allerdings Bescheid, denkt er.

Für Fliss empfindet er die gleiche Art von Zärtlichkeit und Liebe wie vorhin für Hal. Er verdankt den beiden so viel. Plötzlich überfällt ihn eine seltene Sehnsucht, sich zu öffnen, ihr von seinem Dilemma zu erzählen, aber er hört, dass Cara und Hal durch die Passage zurückkommen, und unterdrückt diesen Drang.

Während sie über vertraute Landstraßen fahren, vorbei an Buckfast Abbey, durch den Hembury-Wald und hinauf zum Holne-Moor, denkt Fliss an vergangene Zeiten und daran, wie Hal und sie vor zwanzig Jahren dieselbe Strecke zurückgelegt haben. Damals war es ein Frühlingstag. Ein Zilpzalp schaukelte an einem Ast eines knospenden Holzapfelbaums. Auf einer grasbewachsenen Böschung blühte ein Büschel frühes lilafarbenes Knabenkraut, und über einer Stelle, an der Veilchen sich in einen Spalt in einer Bruchsteinmauer klammerten, flatterten zwei Distelfalter. Sie parkten am Venford-Stausee, spazierten zum Felsmassiv von Bench Tor hinaus und schauten nach White Wood hinunter. Tief unten, zwischen den Ästen der Bäume hindurch, die sich an die steilen Abhänge des Tales klammerten, sahen sie Wasser glitzern. Sie hörten den Kuckuck rufen, und mit einem Mal entdeckten sie ihn und beobachteten ihn, wie er hinunter nach Meltor Wood flog. Dann zog Hal sie in die Arme und küsste sie; und als sich am Nachmittag des nächsten Tages die Familie zum Tee in der Halle versammelte, kurz bevor er wieder auf sein Schiff ging, verkündete er allen, dass Fliss und er heiraten würden.

Der Wagen rumpelt über ein Viehgitter und fährt auf das offene Moor hinaus. Fliss streckt eine Hand aus und legt sie auf Hals Oberschenkel. Er wirft ihr einen schnellen Seitenblick zu.

»Womit habe ich diese Zuneigungsbezeugung verdient?«, fragt er.

Sie lächelt. »Es ist schön, wieder einmal einen Hund zum ersten Mal aufs Moor zu bringen«, erklärt sie. »Wir hatten schon so viele. Mrs. Pooter, Mugwump, Rex, Rufus. Und jetzt Honey.«

»Ich finde, wir haben gut daran getan, uns gegen einen Welpen zu entscheiden«, meint Hal. »Ich denke, ein sieben Jahre alter Hund hat ein gutes Alter für uns.«

Fliss sieht auf das herbstliche Moor hinaus, einen Flickenteppich aus rostrotem Farngestrüpp, ausgebleichten Grasflächen und hohen, mit goldenen Blüten überzogenen Ginsterbüschen. Der Venford-Stausee ist jetzt zu erkennen: ein leuchtendes blaues Juwel, das den klaren Himmel spiegelt und dessen Ufer mit Rhododendren und Bäumen bewachsen ist.

Es verblüfft sie, wie schnell Cara und sie eine Beziehung aufgebaut haben. Als Grund vermutet Fliss, dass sie beide Trauer erlebt haben; jede erkennt in der anderen das Ausmaß ihres Schmerzes und achtet es. Doch es steckt mehr dahinter. Sie spürt bei Cara, dass es ihr schwerfällt, sich anzuvertrauen – eine eingebaute Barriere, die ihr nicht den Luxus gönnt, über Dinge zu sprechen, die ihr am Herzen liegen. Ob diese Barriere ihr von außen aufgezwungen oder natürlich für sie ist, kann Fliss nicht ganz entscheiden, doch diese Verbindung hat Fliss' eigene Abwehrmechanismen geschwächt. Cara hat Sam offensichtlich sehr lieb gewonnen, und als Hal und er nach dem Mittagessen aufräumten, war Fliss selbst überrascht, dass sie über Mole und ihre Trauer und ihr Entsetzen über seinen Tod sprach. Sie saßen zusammen auf einer Bank im Hof, und Honey schmiegte sich an ihre Beine. Es war, als stellte der Hund eine Verbindung dar, durch die sie ihre Gedanken teilen konnte. Während sie Honey streichelten, fiel es ihnen leichter, über Verlust, Trauer und Einsamkeit zu reden. Zum ersten Mal seit vielen Jahren sprach Fliss von ihrem geliebten großen Bruder Jamie und erzählte, wie er zusammen mit ihren Eltern in Kenia umgekommen war. Wie sie versuchte, Mole und Susanna eine kleine Mutter zu sein, obwohl sie sich nicht in der Lage sah, die Verantwortung zu tragen, und dann ihre Erleichterung, als sie nach Hause kamen, nach The Keep und zu ihrer Großmutter. Und sie durchlebte noch einmal den Schrecken, als Mole in den Wochen nach dem Massaker vollkommen stumm blieb.

»Heute würde man ›Posttraumatische Belastungsstörung‹ dazu sagen«, erklärte sie Cara. »Aber damals wusste niemand darüber Bescheid, und wir haben uns alle solche Sorgen gemacht. Ich hatte furchtbare Angst, Mole würde nie wieder sprechen können.«

Sie dachte an diese schreckliche Zeit, beugte sich vor, um Honey über den Kopf zu streichen, und spürte ihre Angst wieder frisch im Herzen. Tränen traten ihr in die Augen.

»Was ist passiert?«, fragte Cara nach kurzem Schweigen behutsam. »Hat Mole nach und nach die Sprache wiedergefunden oder durch eine Art Schock?«

Fliss sah über den Hof, blinzelte Tränen weg und ließ die Szene noch einmal vor sich ablaufen. »Fox war zum Bahnhof in Staverton gefahren, um Hal, Kit und Tante Prue vom Zug abzuholen«, erklärte sie. »Hal war im selben Alter wie Jamie, und die beiden sahen sich sehr ähnlich. Mole war in der Halle eingeschlafen, als sie auf den Hof fuhren. Ich muss ›Sie sind da‹ oder so etwas gerufen haben, und Mole wachte auf. Hal stieg zuerst aus dem Wagen und sah zum Haus auf, und dann kletterte Prue heraus, und plötzlich schrie Mole: ›Es ist Mummy. Mummy und Jamie sind da.‹ Er rannte hinaus und schlang die Arme um Hal … Und dann wurde es ihm klar.« Sogar sechzig Jahre später erinnert sich Fliss an ihre Schuldgefühle. »Verstehen Sie, ich hatte ihm erzählt, dass sie kommen, aber ich glaube, als er aufwachte, hatte er es einen Moment lang vergessen. Vielleicht dachte er, alles sei nur ein furchtbarer Traum gewesen, und niemand sei gestorben. Es war grauenhaft. Aber seine Stimme war wieder da.«

Auch Cara traten Tränen in die Augen, während sie zuhörte, und kurz berührte sie mitfühlend Fliss' Hand. Und dann tauchte Sam auf und erklärte, Cara und er müssten zurück, zu Oscar.

Als Fliss jetzt über das Moor hinaussieht, sehnt sie sich danach, diese ganze Herrlichkeit mit Cara zu teilen.

»Ich hoffe, Cara kommt uns besuchen«, sagt sie zu Hal. »Es wäre so schön, ihr Dartmoor zu zeigen.«

»Selbst wenn nicht«, meint Hal, »wird Sam bestimmt irgendwann mit ihr hinfahren. Er liebt auch alles hier. Aber du hast recht. Es wäre eine Freude, wenn sie sich entschließt, einige Zeit bei uns zu verbringen.« Er zögert. »Ich hatte das Gefühl, dass der Junge etwas weniger in sich gekehrt wirkt, was meinst du? Mehr wie sein altes Ich. Beim Mittagessen hat er praktisch von innen heraus gestrahlt.«

Lächelnd nickt Fliss. »Ich glaube, er ist bald so weit, uns zu erzählen, was ihn bedrückt. Mole war auch so, nicht wahr? Immer ängstlich darauf bedacht, einem mit einem Geständnis keine Sorgen zu bereiten. Als wäre es eine Art Schwäche, nicht allein mit allem fertigzuwerden.«

Hal nickt. »Der liebe gute Junge«, meint er betrübt. »Und Sam sieht exakt aus wie er. Manchmal stutze ich richtig.«

Er fährt auf den Parkplatz gegenüber dem Stausee, schaltet den Motor ab und wirft einen Blick in den Rückspiegel. Honey hat sich aufgesetzt und betrachtet ziemlich nervös das weite, offene Moor und mehrere Ponys, die in der Nähe herumstreichen. Hal dreht sich um und greift nach ihrer Leine.

»Ich bin mir nicht sicher, ob wir sie brauchen, und normalerweise weicht sie mir nicht von der Seite, aber ich will kein Risiko eingehen. Die Ponys könnten plötzlich durchgehen und davonstürmen, und dann erschreckt sie sich. Ich habe nicht die geringste Lust, ihr quer durch das Dartmoor nachzujagen.«

Fliss öffnet ihre Tür und steigt aus. Die Luft ist sauber und frisch, und sie atmet tief ein. Hier ergreift einen ein Gefühl von Unendlichkeit wie ein kurzer Blick in die Ewigkeit. Hal ist ausgestiegen, lässt Honey heraus und befestigt ihre Leine.

»Regel Nummer eins«, erklärt er ihr. »Wir jagen keine Personen mit vier Beinen. Das reicht für den Anfang.«

Fliss geht zu ihnen. Sie nimmt Hals Hand, und zusammen brechen sie zum Bench Tor auf.

13. Kapitel

Cara steckt alle Blätter mit den Immobilienangeboten, die Sam ihr ausgedruckt hat, in eine Mappe, versetzt Oscar einen Klaps und nimmt die Mappe mit hinunter in ihr Zimmer. Dabei lauscht sie ständig darauf, ob die Haustür geöffnet wird und Judith aus Oxford zurück ist. Sam ist schon nach The Keep gefahren, und jetzt ist Cara wieder allein.

Sie ist auf der Suche nach einem neuen Wohnort keinen Schritt weiter, obwohl die Landschaft ihr langsam vertraut wird. Vor innerer Unruhe schlägt ihr Herz schnell. Wer wird ihr nun den Spiegel halten, nachdem Sam fort ist und Max in seine Rolle als aufmerksamer Ehemann zurückkehrt? Wie soll sie sich ihrer Existenz vergewissern? Sie erinnert sich an den Spiegel auf dem Dachboden ihres Elternhauses und spürt wieder die Freude und Erleichterung, mit der sie ihr Spiegelbild begrüßte. Sie war real, sie existierte und war nicht länger allein in dem großen, stillen Haus mit ihrer gleichgültigen, unberechenbaren Mutter. Sie lachte, tanzte und redete und beugte sich vor, um die kalten Lippen des kleinen Mädchens zu küssen, das in dem Spiegel lebte und Cara davon überzeugte, eine Freundin zu haben. Wie alt mochte sie gewesen sein, als ihre Mutter sie ertappte? Sie war schockiert über das gewesen, was sie Caras »Angeberei« nannte, und zornig über ihre Eitelkeit, und der Spiegel wurde verhängt. Nicht lange danach wurde sie aufs Internat geschickt.

Cara wendet sich von der Kommode ab und setzt sich auf die Bettkante. War je ein Mädchen glücklicher darüber gewesen, ins Internat zu kommen? Die Kinder – sogar die, die sie schikanierten – überzeugten sie davon, real zu sein. Keine Mühen, keine Entbehrungen konnten das Glück zunichtemachen, das es bedeutete, mit Freundinnen zusammen zu sein, die sie liebten, und Lehrern, die sie ermunterten. In den Ferien kam Max von der Universität nach Hause, und dann, als er zur Marine ging und ihre Mutter starb, war Hermione in ihr Leben getreten.

Wie erleichtert ihr Vater war, wie erfreut, dass Cara seine Geliebte so rückhaltlos akzeptierte! Später sollte sie sich fragen, ob die Beziehung ihres Vaters zu Hermione ein Ergebnis der kalten, zurückgezogenen Distanziertheit ihrer Mutter war, ihrer Alkoholexzesse und Tränenausbrüche, oder ob sie der Grund dafür gewesen war. So oder so blühte Cara durch Hermiones Herzlichkeit und unter ihrer Führung zu einem glücklichen Teenager auf. Max, der sich unterdessen mit Judith verlobt hatte, war erleichtert, wenngleich er sich mit Hermione nicht vollkommen wohlfühlte. Langsam wurde klar, dass Judith sein Verantwortungsgefühl gegenüber seiner kleinen Schwester irritierte, dass sie darauf brannte, ihre Hochzeit zu planen und in ein Quartier für verheiratete Offiziere in Gosport zu ziehen. Dass Cara Brautjungfer wurde, hatte sie mit einem deutlichen Mangel an Begeisterung aufgenommen.

»Judith ist genau wie ihre Mutter«, hatte Cara Hermione nach der Hochzeit unter vier Augen anvertraut. »Ziemlich herrschsüchtig und nicht besonders lustig.«

»Hm«, meinte Hermione. »Dann kann Max nicht behaupten, er wäre nicht gewarnt gewesen. Wie die Mutter, so die Tochter.«

Hermione nahm Cara in Boutiquen mit, ins Theater, in Ausstellungen. Sie besuchte sie im Internat – »sie ist so eine Art Cousine«, erklärte Cara ihren Freundinnen –, und als Hermione

Philip kennenlernte, nahm sie ihn ebenfalls herzlich in ihren Freundeskreis auf.

Cara verkrampft die Hände zwischen ihren Knien. Philip war loyal, freundlich, treu. Wie soll sie ohne ihn zurechtkommen? Sie waren ein großartiges Team, und unter ihren Kollegen am Außenministerium waren ihre Partys legendär. Er ist mit einem Aortenaneurysma zusammengebrochen und war sofort tot. Von einem Moment auf den anderen nicht mehr da. Jeden Morgen, wenn sie aufwacht, vergeht der Bruchteil einer Sekunde, bevor die Realität sie trifft. Etwas Schreckliches ist passiert, denkt sie in dieser Zeit. Was ist es bloß?

Als sie ihm gestand, dass sie schwanger von Joe war, schlang er die Arme um sie und drückte sie an sich.

»Was soll ich nur machen?«, fragte sie ihn und konnte vor Schock und Angst nicht aufhören zu weinen.

»Heirate mich«, sagte er, das Gesicht in ihrem Haar verborgen. »Werde meine Frau, und wir ziehen das Baby gemeinsam groß. Es wird mein Kind sein.«

Sie klammerte sich an ihn, den lieben, vertrauten Philip, der in jeder Krise für sie da war. Sie hatte ihn schon immer geliebt, warum sollte sie dann nicht seine Frau werden? Unvorstellbar, einen anderen zu heiraten. Er hielt sie immer noch fest umschlungen und sagte ihr, sie müsse sein Angebot sorgfältig abwägen. Dann erklärte er ihr, er sei homosexuell, wünsche sich aber eine stabile Beziehung, um seine Laufbahn zu verfolgen. Sie hatte niemals geahnt, dass er homosexuell war. Er hatte mehrere Freundinnen gehabt, wenn auch nie eine ernste Langzeitbeziehung, und er war bei Frauen sehr beliebt. Doch nach dem ersten kurzen Schreck umarmte sie ihn instinktiv nur noch fester. Sie würden einander beschützen, und jeder würde die Geheimnisse des anderen hüten. Später, als sie miterlebte, wie ihre Freunde ihren Partnern untreu wurden, sich scheiden ließen oder unbeabsichtigt in einen Zustand rutschten, in dem sie gleichgültig nebeneinanderher lebten, wurde ihr klar, dass Philip und sie glücklicher als die meisten waren.

Die Haustür wird geöffnet, sie hört Stimmen, Oscar bellt, und Cara erhebt sich instinktiv. Einen Moment lang steht sie dort, spitzt die Ohren und fragt sich, wann sie hinausgehen soll. Dann hört sie Max ihren Namen rufen, und sie öffnet die Zimmertür und tritt hinaus, um Judith zu begrüßen.

Obwohl Judith guten Willens ist, fühlt sie sich beim Anblick ihrer Schwägerin leicht gereizt. So war das immer schon. Von Anfang an fand sie Max' Zuneigung zu seiner jüngeren Schwester übertrieben und seine ständige Sorge um sie unnötig und leicht peinlich. Judith lächelt und umarmt Cara, doch sie bemerkt mit kritischem Blick, dass ihre Schwägerin in der Jeans und dem Oversize-Pullover kaum wie eine trauernde Witwe wirkt. Aber andererseits, denkt Judith verärgert, hat sie schon immer ausgesehen wie ein Teenager und sich auch so benommen. Philip und Max haben sie noch angestachelt, und natürlich haben die Jungs sie geliebt. Sie genossen die seltenen Gelegenheiten, zu denen sie sie besuchte – und bei denen sie sich lieber mit den Kindern als mit den Erwachsenen zu beschäftigen schien. Später, als Christopher im Internat und dann an der Universität war, bestand er immer darauf, einen Teil seiner Sommerferien bei ihr und Philip zu verbringen, wo immer sie auch gerade postiert waren. Wenn er zurückkam, erzählte er nur von den Ausflügen, die sie unternommen, und dem verrückten Zeug, das sie getrieben hatten, und schwärmte, wie viel Spaß er gehabt hatte. Cara war einfach über alles erhaben.

»Wie lange will sie bleiben?«, hat sie Max auf dem Heimweg im Auto gefragt, nachdem sie sich über das Baby ausgetauscht hatten und darüber, wie lieb Poppy zu ihrer neuen kleinen Schwester war.

»Ach, komm schon«, sagte er müde, als wäre ihre Frage unangebracht. »Ich habe sie nicht darauf angesprochen. Sie braucht Zeit, um darüber nachzudenken, wo sie in Zukunft leben will.«

»Ich habe nicht die geringste Ahnung, warum sie das Haus in Fulham verkauft hat«, gab Judith zurück und fühlte sich wie üblich gereizt, weil er sofort Partei ergriff. »Das war doch optimal für sie. Geschäfte. Theater. Sie hätte sich mit all ihren alten Freunden aus dem Außenministerium treffen können, wenn sie auf Heimaturlaub gekommen wären.«

»Ich bin mir nicht sicher, ob sie London als ihre Heimat betrachtet.«

»Ich glaube nicht, dass sie sich irgendwo zu Hause fühlt, aber du musst zugeben, dass es verrückt war, das Haus zu verkaufen, ohne einen neuen Wohnsitz zu haben.«

Er schwieg, und sie hatte das Gefühl, einen Punkt gemacht zu haben. Nur Cara würde ihr Haus verkaufen, ohne die geringste Ahnung zu haben, wohin sie gehen soll – außer natürlich zu ihrem großen Bruder Max. Wortlos genießt Judith ihren kleinen Sieg, doch sie möchte gleichzeitig über eine Idee nachdenken, die sie Max gegenüber noch nicht erwähnt hat. Sie muss den richtigen Moment abwarten und sie ihm dann präsentieren.

Als sie jetzt alle die Treppe zur Küche hinaufsteigen, erkundigt sich Cara nach dem Neugeborenen, nach der kleinen Familie in Oxford, doch Judith antwortet ihr ziemlich kurz angebunden. Wenn sie ehrlich ist, ärgert sie sich immer, wenn sie zugunsten von Freyas Mutter beiseitegeschoben wird und ihr weichen muss, und natürlich stellt sich Paul nie vor seine eigenen Eltern. Er hat zu große Angst vor Freyas scharfer Zunge, denkt Judith verdrossen.

Sie blickt sich in der Küche um. Alles sieht sauber und ordentlich aus, alles ist an seinem Platz. Max trägt die Taschen in ihr Schlafzimmer, und Cara setzt Wasser auf und sucht Tassen zusammen.

»Tee?«, fragt sie.

Noch etwas, das sie aufregt: dass Cara ihr in ihrem eigenen Haus Tee anbietet. Aber Judith sieht ein, dass es unhöflich wirken würde, wenn sie ablehnt. Sie gibt sich Mühe, sich zusammenzunehmen, daran zu denken, dass Cara ihren Mann verloren hat – obwohl die beiden ihrer Meinung nach eine eigenartige Beziehung geführt haben. Trotz Philips verantwortungsvoller Stellung haben sich die zwei wie Teenager aufgeführt. Vielleicht, weil sie keine Kinder hatten. Judith hat nie so recht den Mut aufgebracht, sie nach dem Grund zu fragen, obwohl sie ein paar Anspielungen hat fallen lassen. Anscheinend konnte Cara nach einer Fehlgeburt sehr früh in ihrer Ehe keine Kinder mehr bekommen, obwohl sich keiner der beiden über Einzelheiten ausließ.

»Das geht uns nichts an«, pflegte Max zu sagen, wenn sie davon sprach. Aber wenn Cara Kinder gehabt hätte, denkt Judith bitter, könnte sie jetzt anderswo unterkommen.

»Was macht die Haussuche?«, erkundigt sie sich und lässt ihre Stimme fröhlich und interessiert klingen. »Hast du schon etwas Nettes entdeckt?«

Während Cara einige der Häuser beschreibt, die sie gesehen hat, hofft Judith, dass sie sich kein Haus in Salcombe kauft – obwohl es darauf kaum ankommt, wenn ihr Plan aufgeht. Der Gedanke daran muntert sie auf, und sie fühlt sich ihrer Schwägerin gegenüber gnädiger aufgelegt. Sie nimmt ihren Teebecher entgegen und zieht ihr Handy aus der Tasche, um ihr Fotos des Neugeborenen zu zeigen.

Cara bewundert die Kleine angemessen, und einstweilen herrscht Harmonie.

Als Max in die Küche tritt, bemerkt er das erleichtert. Er hat den Grund für die Feindseligkeit zwischen seiner Frau und seiner Schwester nie richtig verstanden. Judith, die Lehramt studierte, als er sie kennenlernte, hat immer missbilligt, dass Cara keine formelle Ausbildung hat, doch der Konflikt geht tiefer. Wie es aussieht, lehnt Judith Cara auf die gleiche Art ab, wie manche Frauen ihre Schwiegermütter hassen. Das enge Verhältnis zwischen Max und seiner Schwester, dieses Band, das sie in ihrer frühen, einsamen Kindheit geschmiedet haben, war Judith von Anfang an ein Dorn im Auge. Er hat zu erklären versucht, warum er sich um die kleine Cara sorgte, die mit ihrer unzuverlässigen und gelegentlich hysterischen Mutter allein war, doch Judith konnte das nie richtig nachvollziehen. Sie lebt in ihrer eigenen Realität und kann mit Gefühlen und Handlungen, die nicht mit ihren eigenen übereinstimmen, nichts anfangen – und tut sie als wertlos oder Zeichen der Schwäche ab.

Während Max seinen Tee trinkt und die beiden Frauen beobachtet, fragt er sich, ob ihre Fähigkeit, Verantwortung zu übernehmen, ihre Verlässlichkeit, ihn damals zu Judith hingezogen haben. Nach seiner gleichgültigen, uninteressierten Mutter waren Judiths Kraft und Tüchtigkeit neu für ihn. Sie muss die Kontrolle haben, was als Marine-Ehefrau und Mutter zweier Söhne für sie von Vorteil war. Doch seit Max im Ruhestand ist, findet er es strapaziös, täglich damit zu leben. Er hat seine kurze

Auszeit mit Sam und Cara genossen, die Scherze und das Gelächter, die spontanen Besuche im Pub. Sein jüngerer Sohn Christopher fehlt ihm sehr, seit er nach Dubai gezogen ist. Chris ist sprunghafter und risikobereiter als Paul, aber mit ihm hat man auch viel Spaß. Er kommt jeden Sommer nach Hause – er nennt es »Fronturlaub« –, und sie gehen segeln, spazieren und an ihre alten Lieblingsplätze. Sein Besuch ist der Höhepunkt von Max' Jahr.

Im Auto hat Judith ihn ins Kreuzverhör darüber genommen, wie lange Cara bleiben und wo sie hinziehen wird, doch sie scheint noch etwas anderes im Kopf zu haben, etwas, das sie ablenkt, und er kann sich nicht wirklich denken, was das ist. Vielleicht geht ihr einfach die Geburt ihrer zweiten Enkeltochter im Kopf herum – und der übliche Ärger darüber, von Freyas Mutter verdrängt zu werden, obwohl das eigentlich nicht so ist. Es ist nur natürlich, dass Freya in solch einer Zeit ihre Mutter bei sich haben möchte.

Max trinkt seinen Tee aus, spült seine Tasse unter dem Wasserhahn ab und stellt sie auf das Abtropfbrett. Er ist besorgt, die nähere Zukunft fühlt sich unsicher an. Er weiß, Judith wird nicht wollen, dass Cara allzu lange bei ihnen bleibt. Aber wie in aller Welt kann er sie aus dem Haus weisen?

»Ich gehe mit Oscar spazieren«, erklärt er. »Bin bald wieder da«, und dann poltern der Hund und er die Treppe hinunter und treten in den sonnigen Spätnachmittag.

Er geht die Buckley Street hinunter, streicht mit der Hand über das Mutterkraut, das auf der Steinmauer gegenüber immer noch blüht, und sieht zwischen den Häusern hindurch zum Hafen, der dahinterliegt. Die Abende werden jetzt kürzer, und die Sonne versinkt schon hinter dem Hügel. Er beschließt, zur Quelle des Baches und wieder zurück zu gehen. Immer noch fühlt er sich unruhig, weil er den wahren Grund für Sams Besuch nicht herausgefunden hat, und macht sich weiter Sorgen um Cara.

Als er die Island Street hinter sich lässt, sieht er Amy vor sich hergehen. Er will ihr schon etwas zurufen, als ein junger Mann zwischen zwei Booten hervortritt, die an der Werft stehen, und auf sie zugeht. Ihre zärtliche Begrüßung macht deutlich, dass sie verabredet sind. Amy bückt sich, um den Hund zu streicheln, und sie gehen alle zusammen weiter.

Max verlangsamt seinen Schritt. Er kennt den jungen Mann nicht, aber er ist sich ziemlich sicher, dass er kein Einheimischer ist. Er weiß, dass er ihn schon gesehen hat, im Café oder im Süßwarenladen Cranch's, und fragt sich, ob Jack ihn kennt. Max folgt den beiden am Bachlauf entlang und kann sich nicht entscheiden, ob er umkehren oder zu ihnen aufschließen und sich vorstellen lassen soll. Aber eigentlich geht es ihn nichts an. Trotzdem folgt er ihnen langsam weiter, bis sie das Ende des Bachs umrunden, eine kleine Treppe hinuntersteigen und im Garten einer ausgebauten Scheune verschwinden.

Immer noch verwundert, ruft Max nach Oscar und geht nach Hause.

Jack schließt die Haustür auf, überzeugt sich davon, dass Amy nicht zu Hause ist, und setzt sich dann an den Küchentisch, um das Programm des Barn Theatre zu studieren. Er hofft, dass Cara eine neue Einladung, nächste Woche mit ihm in die Oper zu gehen, annehmen wird, und fragt sich, ob sie schon entschieden hat, wohin sie ziehen wird. Er begreift nicht, warum sie sich nicht über den Winter eine Ferienwohnung nimmt und die endgültige Entscheidung aufschiebt, aber sie will sich nicht festlegen.

»Sie fackeln zu lange«, hat er ihr erklärt. »Dabei kommt nie etwas Gutes heraus. Treffen Sie eine Entscheidung und bleiben Sie dabei.«

Sie lachte ihn aus. »So, wie Sie es sagen, klingt es so einfach.«

»Das ist es auch. Was kann schon schiefgehen, wenn Sie sich für ein halbes Jahr irgendwo einmieten und sich weiter umsehen? Sie haben doch gesagt, dass Sie nicht mehr bei Max wohnen wollen, sobald Judith zurück ist.«

»Nur, weil ich mich dann überflüssig fühle«, erwiderte sie schnell. »Drei sind einer zu viel. Sie wissen schon, was ich meine.«

Er grinste und zog die Augenbrauen hoch, um ihr zu signalisieren, dass er genau wusste, wie schwierig es sein konnte, mit Judith zusammenzuleben, und sie versuchte, sein Lächeln nicht zu erwidern. Jack wusste, dass sie nicht illoyal sein wollte, und wechselte das Thema.

»Nächste Woche zeigen sie den *Rosenkavalier*«, erklärte er beiläufig. »Haben Sie Lust auf einen weiteren Opernabend?«

»Ja, bitte«, antwortete sie sofort – und ihm gefiel ihre prompte Reaktion. Es erstaunt ihn, wie wichtig sie ihm inzwischen ist, wie die Aussicht auf ihre Gesellschaft seinen Tag erhellt.

»Ich sehe die Termine nach und gebe Ihnen Bescheid«, sagte er.

Jetzt greift er nach seinem Handy und schickt ihr eine Textnachricht mit dem Datum. Er wirft einen Blick auf die Post, die Amy auf den Tisch gelegt hat, und fragt sich, was er zu Abend essen könnte und ob sie heute zu Hause sein wird. In letzter Zeit ist Amy in einer merkwürdigen Stimmung, aber es war schon immer schwer, sie festzunageln. Trotzdem macht er sich Sorgen um sie.

»Triffst du dich noch mit Cosmo?«, hat er vor ein paar Tagen beiläufig gefragt.

Sie zuckte mit den Schultern. »Ab und zu«, gab sie zurück. »Wieso?«

»Dachte nur, es wäre nett, ihn kennenzulernen«, erwiderte er beiläufig. »Warum bringst du ihn nicht mit? Oder wir könnten uns im Pub auf ein Bier treffen.«

Sie zögerte und schaute unbehaglich drein, und er hatte ein schlechtes Gefühl.

»Was hast du noch gesagt, wo er wohnt?«, fragte er. »Arbeitet er nicht als Hundesitter?«

Sie nickte. »Am Oberlauf des Batson Creek.«

Seine Nervosität wuchs. Er hoffte, sein Mädchen würde sich nicht in diesen jungen Mann verlieben, der wahrscheinlich wieder nach London verschwinden wird, wenn der Job als Hundesitter vorbei ist. Er wollte nicht, dass sie verletzt wurde, hatte aber nicht die Macht, etwas dagegen zu tun.

»Bring ihn doch zum Quiz-Abend mit«, schlug er leichthin vor.

»Ich frage ihn«, sagte sie, und damit war das Gespräch zu Ende.

Mit einem »Pling« kommt eine Textnachricht herein, und Jack schaut auf sein Handy. Sie stammt von Cara:

Klingt gut. Könnte ich auf einen Drink vorbeikommen? Jetzt?

Jack lacht leise in sich hinein und tippt eine Nachricht.

So schlimm? Selbstverständlich.

Er schickt sie ab und steht auf. Aufgeräumt ist es einigermaßen, doch er schaut sich kurz um und überlegt dann, was er ihr zu trinken anbieten kann. Ein paar Minuten später klopft es an der Tür. Er eilt hin, um sie ihr zu öffnen. Dann lässt er Cara an sich vorbei in die Küche treten und schließt die Tür hinter ihr.

»Sie sind geflüchtet?«, fragt er. »Das hat nicht lange gedauert.«

Schuldbewusst verzieht sie das Gesicht. »Ich habe behauptet, wir hätten uns verabredet, bevor ich wusste, wann Judith zurückkommt. Ich muss sagen, sie war ziemlich verblüfft. Keine Ahnung, was da über mich gekommen ist.«

»Judith ist eine sehr Respekt einflößende Lady«, bemerkt Jack und hält eine Flasche Shiraz in die Höhe. »Hätte allerdings gedacht, Sie wären nach all den Jahren an sie gewöhnt.«

»Die Sache ist die«, erklärt Cara, »dass wir eigentlich nicht viel Zeit miteinander verbracht haben, da mein Mann und ich meist im Ausland waren und Max auf See. Ja, bitte. Ich hätte gern ein Glas. Das ist sehr freundlich von Ihnen. Ich hatte so eine Art Panikattacke.«

»Ich fürchte, das ist ein Teil des Ganzen.« Er schenkt ihnen Wein ein. »Nichts ist mehr wie früher, und man bewegt sich auf unbekanntem Terrain. Manchmal ist es hart«, setzt er hinzu, »mit verheirateten Paaren zusammen zu sein. Man fühlt sich so schrecklich allein.«

»Ja.« Sie sieht ihn an. »Genau das Gefühl ist es.«

Er sieht, dass ihr Tränen in die Augen treten, und verflucht seine Taktlosigkeit.

»Es tut so gut«, sagt sie, »mit jemandem zusammen zu sein, der das wirklich versteht. Danke, Jack.«

Er hebt sein Glas und sucht nach einer Ablenkung. »Erzählen Sie mir etwas«, meint er. »Wissen Sie etwas über diesen jungen Burschen, Cosmo?«

Cara nippt an ihrem Wein. Sie möchte nicht über Cosmo

reden. »Tja, ich bin ihm im Café begegnet. Er hütet das Haus der Eltern seines Freundes oder so. Wieso?«

»Ich frage mich, ob zwischen Amy und Cosmo etwas läuft. Ich hoffe, sie lädt ihn zum Quiz-Abend ein.«

»Dann komme ich auch. Wir nehmen ihn ins Kreuzverhör«, sagt Cara und versucht, einen leichteren Ton anzuschlagen. »Also, an welchem Tag wird noch mal der *Rosenkavalier* übertragen?«

Jack lässt sich ablenken, greift nach dem Programm und redet über Daten, und sie trinkt noch einen Schluck Wein und entspannt sich.

14. Kapitel

Sam legt den Parkschein auf das Armaturenbrett, schlägt die Tür zu und schließt sie ab. Dann blickt er sich um, als jemand seinen Namen ruft. Er sieht eine Frau, die ihm lächelnd zuwinkt, und erkennt Amys Freundin Charley. Sie verriegelt ihren eigenen Wagen und kommt dann auf ihn zu.

»Hi«, sagt sie. »So sieht man sich wieder. Was machen Sie denn in Totnes?«

»Ich wohne in der Nähe von Staverton«, antwortet er. »In Salcombe war ich nur zu Besuch.«

»Ach ja. Jetzt erinnere ich mich. Bei Max. Ihrem Patenonkel, nicht wahr?«

»Genau.« Er lächelt ihr zu. Sie sieht gut aus in ihrer leicht hippiehaften Aufmachung, die aus einem langen, weit schwingenden Rock und Stiefeln sowie einer Art zotteliger Wolljacke besteht. »Seine Frau ist aus Oxford zurück, da bin ich wieder nach Hause gefahren. Man hat mich zum Einkaufen abgeordnet.«

»Haben Sie vorher noch Zeit für einen Kaffee?«, schlägt sie vor. »Ich bin ein bisschen früher zur Arbeit gekommen, und im Terrace Café gibt es ein sehr leckeres Frühstück.«

»Klingt gut«, antwortet er. Er ist ein wenig erstaunt, lässt sich aber gern mitziehen. »Ich dachte, Sie sagten, Sie seien Lehrerin. Kunstlehrerin.«

»In Teilzeit«, erklärt sie, während sie zusammen den Parkplatz überqueren. »Ich arbeite auch im Potting Shed.«

Sie zeigt auf das Gartencenter, an dem sie zwischen Gestellen mit Töpfen und Pflanzen vorbeigehen, die zum Verkauf stehen.

Während Sam ihr die Treppe hinauf folgt und Rob und Andy ein »Guten Morgen« zuruft, versucht er, sich daran zu erinnern, was er über Charley weiß. Fliss kommt oft zum Kaffeetrinken her, nachdem sie eingekauft hat. Daher kennt er die Betreiber gut. Und er mag dieses Café mit seinem massiven, aus Stein gemauerten Kamin, das auf den Ruinen des alten Klosters errichtet ist und hoch über dem Gehweg liegt. Sie setzen sich an einen Tisch am Fenster und bestellen Frühstück für Charley und Kaffee für sie beide.

»Und«, sagt sie und streift ihre Jacke ab, »haben Sie schon eine Entscheidung getroffen?«

Verblüfft starrt er sie an. »Entscheidung?«

Sie lächelt ihm zu. »In Salcombe hatte ich das Gefühl, dass Sie nicht hundertprozentig hinter dieser Marinegeschichte stehen. Viel stärker schien Sie der Englischunterricht für chinesische Kinder zu begeistern. Oder habe ich das falsch verstanden?«

Sam ist so bestürzt, dass er nicht antworten kann. Niemand sonst hat bisher seine Entscheidung, nach Dartmouth zu gehen, hinterfragt, nicht einmal Fliss und Hal. Und doch sieht diese Frau, die er nur ganz kurz getroffen hat, hinter seine Fassade und errät seine Geheimnisse. Er wendet den Blick von ihr ab und schaut aus dem Fenster, aber sie lässt nicht locker und wechselt auch das Thema nicht.

»Die Sache ist die«, meint sie nachdenklich, »als Sie an diesem Mittag davon gesprochen haben, hatte ich das Gefühl, jemanden mit einer Berufung vor mir zu haben. Wie die zum Geistlichen oder zum Arzt. Das Unterrichten ist so wichtig, nicht wahr? Und entweder kann man es, oder man kann es nicht.«

Er sieht sie wieder an. Sie erwidert seinen Blick aus ihren klaren braunen Augen.

»Aber woher soll ich das wissen?«, fragt er schließlich. »Wie kann ich ganz sicher sein, dass ich dazu berufen bin? Ich meine, ich war nur ein Jahr dort. Alles war anders. Aufregend. Diese Kinder waren so lernbegierig, wollten sich entwickeln. Wie kann ich mir sicher sein, dass das nicht nur ein einmaliges Zusammentreffen war? Reicht das aus, um das Risiko einzugehen, eine Karriere bei der Marine aufzugeben?«

Als Andy den Kaffee bringt, lehnt Charley sich auf ihrem Stuhl zurück. Sam dankt ihm. Er ist froh über die Unterbrechung. Auf eine Art ist es eine Erleichterung, das Thema offen anzusprechen. Ein- oder zweimal hätte er fast mit Cara darüber geredet, aber er hatte das Gefühl, das sei ein wenig unfair, weil sie Max' Schwester ist. Er hatte das Gefühl, dass Max mit seiner Vergangenheit bei der Marine enttäuscht wäre, wenn sein Patensohn diese Gelegenheit ausschlüge. Es tut gut, mit dieser ungewöhnlichen Frau darüber zu diskutieren, die kein persönliches Interesse an dieser Frage hat und ihn kaum kennt.

»Ich habe darüber nachgedacht«, räumt er ein und rührt Zucker in seinen Kaffee. »Aber ich kann mich einfach nicht entscheiden.«

»Wann beginnt Ihre Ausbildung bei der Marine?«, fragt sie.

Während sie ihren Kaffee trinkt, wobei sie die Tasse mit beiden Händen hält und die Ellbogen auf den Tisch setzt, ist sich Sam ihrer Persönlichkeit bewusst. Mit ihren braunen Augen scheint sie in ihn hineinzusehen, ihn herauszufordern, das Risiko einzugehen. Doch da ist noch etwas anderes, das ihn zögern lässt, diese Herausforderung anzunehmen.

»Im Januar«, antwortet er. »Es sind noch ein paar Monate bis dahin. Eine knifflige Angelegenheit, was? Wahrheit und Schein zu unterscheiden.«

Nur einen Moment lang schlägt ihre Miene um, und sie

wirkt verblüfft, als hätte er sie auf dem falschen Fuß erwischt. Als hätte er den Spieß umgedreht und forderte jetzt sie heraus. Als hinterfragte er ihr eigenes Leben.

»Was meinen Sie?«, will sie beinahe abwehrend wissen.

Er zuckt mit den Schultern. »Ich meine nur, dass es leicht ist, sich von etwas ablenken zu lassen, das fast ein Egotrip ist«, erklärt er. »Es war eine tolle Erfahrung, aber sie fand auch in einer ungewöhnlichen Umgebung statt, unter außergewöhnlichen Bedingungen. Ob ich auf lange Sicht damit glücklich würde? Es ist schrecklich verlockend, doch ich muss wissen, was davon real ist, um meinetwillen. Wie kann man sich da sicher sein?«

Sam verstummt, mustert sie und versucht, sich daran zu erinnern, was sie ihm über sich erzählt hatte. Er weiß noch, dass sie unterrichtet, dass sie Amy an der Uni in Falmouth bei irgendeinem Studium kennengelernt hat, aber sonst? Er spürt, dass er irgendwie einen Nerv getroffen hat, als er sie umgekehrt herausgefordert hat. Sie wirkt erleichtert, als ihr Frühstück gebracht wird und eine Ablenkung eintritt. Sam hat das Gefühl, sich auf dünnem Eis zu bewegen. Etwas an ihr könnte ihn dazu bringen, sich ihr anzuvertrauen, und das wird er später bereuen. Sein Instinkt rät ihm, sich zurückzuziehen, solange er im Vorteil ist. Rasch trinkt er den Kaffee aus und lächelt ihr zu.

»Das war gut, aber jetzt muss ich los. Ich habe Fliss versprochen, einiges für sie einzukaufen, und sie wartet darauf. Man sieht sich.«

»Ja«, sagt sie beinahe abwesend. »Schön. Ja, man sieht sich.«

An der Theke bleibt er stehen und fragt sich, ob er ihr Frühstück zahlen soll. Dann schließt er einen Kompromiss mit sich selbst und bezahlt ihren Kaffee. Er tritt auf die Hauptstraße hinaus und hat immer noch das Gefühl, dass er kurz davorgestanden hat, über seine Verwirrung und Furcht zu reden, obwohl er Charley kaum kennt und er kein Mensch ist, der leicht seine Seele entblößt. Seine privaten Gefühle, besonders die für Ying Yue, sind nichts, worüber er einfach so bei einer Tasse Kaffee mit einer Frau redet, die er gerade erst kennengelernt hat, selbst wenn sie sehr attraktiv und amüsant ist. Er ist froh, ihrem beunruhigenden Einfluss entronnen zu sein.

Charley isst ihr Frühstück, nimmt es aber nicht wirklich wahr. Sam hat sie verblüfft. Sie hatte wirklich geglaubt, bei diesem Mittagessen im Pub in Salcombe bei ihm einen Nerv getroffen zu haben. Er hatte ganz enthusiastisch von seiner Erfahrung in China erzählt, und sie merkte ihm an, dass er nicht bereit war, über irgendeinen Aspekt einer Marinelaufbahn zu diskutieren, obwohl alle anderen ihn bestärkten und ihm erklärten, wie wunderbar das für ihn sei.

Um die Wahrheit zu sagen, stachelt sie gern andere zur Rebellion an, dazu, gegen die Regeln zu verstoßen. Bei ihren jungen Schülern hat sie das immer beliebt gemacht, bei ihren Vorgesetzten allerdings nicht, was wahrscheinlich der Grund dafür ist, dass sie noch nie eine Stelle an einer Schule lange halten konnte. Sie war sich sicher gewesen, in Sam eine Art Widerstandsgeist gegen seine massive militärische Familiengeschichte wecken zu können, ihn dazu ermuntern zu können, mit der Tradition zu brechen. Es bereitet ihr immer eine merkwürdige heimliche Freude, wenn sie anderen Mut macht, Grenzen zu sprengen, Risiken einzugehen.

»Du bist ein Freigeist«, sagen andere bewundernd zu ihr.

Aber diese Freigeistigkeit hat auch dazu geführt, dass sie von jeher nur Männer findet, die sich nicht binden wollen, und mehrere Jobs hat. Vielleicht fühlt sie sich ja weniger einsam, wenn sie andere zur Rebellion anstachelt. Sie denkt an Amy und Cosmo. Sie persönlich versteht nicht, was der ganze Wirbel soll. Dass er in London lebt und arbeitet, heißt doch nicht, dass er tabu ist. »Nutze den Tag und lass die Zukunft für sich selbst sorgen«, ist ihr Motto. Nachdem jetzt Simon seinen Aushilfsjob im Norden hat, fühlt sie sich unruhig. Sie braucht eine neue Herausforderung, einen neuen Mann.

Das Radio im Café spielt *Holding out for a Hero.* Charley lächelt über die Ironie, beendet ihr Frühstück, plaudert mit Andy und Rob und geht dann zum Gartencenter.

Während Sam über die Hauptstraße zur Eisenwarenhandlung schlendert, versucht er, einen Sinn in seine Verwirrung zu bringen; diesen stetigen Sog zurück nach Shanghai, zu Ying Yue und den Kindern, die er unterrichtet hat. Er weiß, dass er vollkommen irrational ist. Charley hat seine Gefühle in Worte gefasst. Sie sah diese unwahrscheinliche Version seiner Zukunft als positiv und aufregend, und doch hat er ablehnend reagiert. Seit Wochen verbirgt er die Möglichkeit, diese neue Karriere auszuloten, vor den Menschen in seiner Umgebung, damit sie sie nicht als Unsinn abtun. Doch kaum findet jemand sie lobenswert, rudert er sofort zurück.

»Was ist bloß mit dir los?«, murmelt er vor sich hin. »Reiß dich zusammen, um Himmels willen!«

Er weiß, er sollte mit Fliss und Hal darüber reden, aber es scheint nie der richtige Moment zu sein, um das Thema anzusprechen. Und außerdem ist das Problem, dass man sich immer nur den Rat wünscht, der einen in seinen Entscheidungen bestätigt. Und da er keine Entscheidung getroffen hat, wird das nicht passieren. Er hatte gehofft, Max die Angelegenheit unterbreiten zu können. Doch jetzt sieht er ein, dass er nicht gewusst hätte, wo er anfangen sollte, selbst wenn Cara nicht da gewesen wäre.

Sam erledigt seine Einkäufe und geht zurück zum Parkplatz. Als er am Gartencenter vorbeikommt, ist Charley draußen und räumt die Regale mit Gartengeräten und Topfpflanzen auf. Sie richtet sich auf und lächelt ihm zu; und wieder ist er sich ihrer geradezu magnetischen Anziehungskraft bewusst.

»Mit den Einkäufen fertig?«, fragt sie.

Sie wirkt belustigt, als wüsste sie, dass er vorhin vor ihr geflüchtet ist, um nicht auf ihre peinlichen Fragen antworten zu müssen. Er fühlt sich unbehaglich, nickt aber.

»Ja, danke. Alles erledigt.«

»Und danke für den Kaffee«, sagt sie, als er sich zum Gehen wendet. »Beim nächsten Mal gebe ich Ihnen einen aus.«

»Das wäre nett«, sagt er verlegen. »Man sieht sich.«

Und dann geht er eilig davon, bevor sie eine Verabredung vorschlagen kann. Er hat den Verdacht, dass sie ihm nachsieht und ihn auslacht, und es ist ihm eine Erleichterung, ins Auto zu steigen, den Parkplatz zu verlassen und davonzufahren, in Richtung Staverton.

Charley schaut ihm nach und lächelt leise in sich hinein. Er ist sehr attraktiv, und sie fragt sich, ob er in China ein Mädchen hatte. Ihr Handy vibriert, und sie zieht es aus der Tasche. Es ist eine Textnachricht von Amy.

> Bin in deiner Nähe, um eine Kundin zu besuchen. Sollen wir uns nachher treffen? Ich habe Cosmo dabei!

Mehrere Emojis – ein lachender Smiley, ein ängstlicher, eine Weinflasche – folgen auf die Worte, und Charley prustet laut heraus. Sie tippt eine Nachricht.

Bin um zwei fertig. Gut?

Die Antwort kommt sofort.

Wir treffen uns in der Tapas-Bar. Tu überrascht.

Charley steckt ihr Telefon weg und zieht die Augenbrauen hoch. Sie *ist* überrascht – und erfreut –, dass Amy sich bereit fühlt, ihr Cosmo vorzustellen, obwohl dieser noch nichts ahnt. Innerlich kichert Charley. Die Aussicht entzückt sie; so etwas mag sie. Nicht erstaunt ist sie allerdings darüber, dass Amy diese Begegnung auf neutralem Boden herbeiführen will. Das wird der erste Test. Amy will feststellen, wie Cosmo sich unter diesen Umständen schlägt, bevor sie ihn in ihr engeres Umfeld einführt. Dies ist offensichtlich keine unkomplizierte Beziehung. Nach dem, was Amy ihr erzählt hat, scheint Cosmo Vorbehalte zu haben; er kommt ihr ein wenig glatt vor, schwer zu fassen. Und da kann sie sich nützlich machen. Was wäre natürlicher, als wenn Amys alte Freundin beiläufige Fragen stellt? Vielleicht kann sie ein wenig raffinierter sein als Amy – sie hat schließlich nichts zu verlieren –, und sie vermutet, dass dieser Gedanke zum Teil hinter Amys Plan steckt. Sie wünscht sich Bestärkung, Bestätigung und Mut, um weiterzugehen. Charley holt tief Luft; sie kann es kaum erwarten.

Sobald Charley *Ben's Bar* betritt, ist Cosmo klar, dass er hereingelegt worden ist. Die verwunderten Ausrufe der zwei jungen

Frauen oder ihre Begründungen dafür, dass sie beide hier sind, ohne einander etwas davon gesagt zu haben, können ihn nicht im Mindesten täuschen. Er weiß, dass es eine Falle ist. Man sollte nie versuchen, einen Schwindler mit seinen eigenen Waffen zu schlagen. Auf dem ganzen Weg von Salcombe war er sich eines leisen, aufgeregten Summens knapp hinter Amys natürlicher Gelassenheit bewusst. Sie hat von ihrer Kundin erzählt, der sie nur einen kurzen Besuch abstatten will, um über Kübel und Töpfe für ihren Garten zu reden, und dass Reggie einen Spaziergang am Fluss entlang nach Longmarsh genießen würde. Aber die ganze Zeit über nahm er wahr, dass sie abgelenkt war. Doch darauf war er nicht gekommen: die alte Freundin von der Uni, die hinzugezogen wird, um ihr Urteil abzugeben.

Er ist teils ärgerlich und teils amüsiert. Diese Frau, Charley, ist älter als Amy, Mitte dreißig, und kleidet sich wie ein Blumenkind aus den Siebzigern. Seiner Meinung nach stellt sie keine Bedrohung dar. Er bemerkt sogar ziemlich schnell, dass sie bereit ist, die Sache zu unterstützen und ihre Freundin zu diesem kleinen Abenteuer zu ermuntern. Er vermutet, dass sie ihn ins Kreuzverhör nehmen wird. Daher ist er darauf vorbereitet, als sie alle zusammen an einem Tisch sitzen.

Er spielt mit, gibt sich Mühe, einen guten Eindruck zu machen, ohne dass es zu offensichtlich wird, und ist entschlossen, sich nicht in die Karten sehen zu lassen.

»Das klingt ziemlich cool«, meint Charley, als er ihr von seinem Job erzählt – doch er vermutet, dass sie keine Ahnung hat, was seine Arbeit ausmacht. Stattdessen spricht er darüber, wie überwältigt er von diesem Teil der Welt ist, dass er jede Menge fotografiert und seinen Blog aufbaut. Es fällt ihm leicht, sie zum Lachen zu bringen, so zu tun, als fände er sie witzig und attraktiv, ohne den Bogen zu überspannen. Doch dabei schießen seine Gedanken hin und her und versuchen, sie aus seinem Privatleben herauszuhalten. Seiner Meinung nach ist sie in der Hinsicht auf Amys Seite, dass sie ihre Beziehung begünstigen will, statt irgendwie schützend die Hand über sie zu halten. Sie ist die Art Frau, die es cool findet, Abenteuer zu haben, aber merkwürdigerweise hat das auf ihn die gegenteilige Wirkung. Unerwartet möchte er am liebsten Amy ansprechen und ihr die Wahrheit sagen: dass er in zwei Welten lebt, die für ihn gleichermaßen real sind, und nicht weiß, was er deswegen unternehmen soll.

Das unterlässt er natürlich, so verrückt ist er auch wieder nicht. Doch ihm wird klar, dass diese Charley gefährlich werden könnte. Sie ist wie die Hexe im Märchen, die dem Prinzen verspricht, dass er alles haben kann. Aber obwohl er das erkennt, fühlt er sich zu ihr hingezogen. Er möchte gern glauben, dass sie recht hat, dass sein Wunsch Wirklichkeit werden und er alles haben *kann.*

Als sie auseinandergehen, sind sie alle gute Freunde, und wenn der arme alte Reggie nicht im Wagen festsäße, würden sie den Abend miteinander verbringen.

Gott sei Dank für Reggie!, denkt Cosmo, als sie sich verabschieden. Als sie zurück zum Auto gehen, fragt er sich, was Amy sagen wird, doch zu seiner Überraschung schweigt sie sich über die Situation aus. Stattdessen redet sie über die Party, die sie zum Geburtstag ihres Vaters plant, doch sie lädt Cosmo nicht ein. Das verblüfft ihn ein wenig. Er hatte vermutet, dass Amy nach dem Treffen mit ihrer Freundin bereit sein würde weiterzugehen, aber erleichtert ist er trotzdem. Er hat keine Ahnung, wie er sich ihrem Vater gegenüber verhalten soll.

Cosmo fährt über die inzwischen vertrauten Landstraßen. Der Nachmittag hat ihn ein wenig aus dem Konzept gebracht, und er hofft, dass Amy mit hereinkommen wird, wenn sie zurück sind. Sie könnten was trinken, er wird etwas zu essen zubereiten, und vielleicht bleibt sie diesmal ja länger als beim letzten Mal. Sex kann so viele Probleme lösen.

In Amy, die neben ihm sitzt, brodeln unterschiedliche Gefühle. Sie ist richtig wütend auf sich selbst, weil sie dieses Zusammentreffen arrangiert hat. Fast von Anfang an war klar, dass Cosmo wusste, dass sie ihm eine Falle gestellt hatte, und sie fühlt sich verlegen und im Nachteil. Er hat sich perfekt benommen, hat Charley mit ihren Bemerkungen elegant und charmant auflaufen lassen und alles und nichts erzählt. Jetzt kommt sich Amy wie eine vollkommene Idiotin vor. Falls sie gehofft hatte, damit die Beziehung vorwärtszubringen, hätte sie keinem größeren Irrtum aufsitzen können. Es ist demütigend, dass er ihren Plan durchschaut hat, doch sie versucht, einen Ausweg zu finden und die Situation ins Positive zu wenden. Sie beschließt, dass Ehrlichkeit die beste Strategie ist.

»Tja, das hat nicht funktioniert, oder?«, bemerkt sie munter.

Sie sieht, wie Cosmo leicht erstarrt und das Steuer fester umfasst. Sie liebt seine Hände mit den langen, eleganten Fingern. Er wirft ihr einen Seitenblick zu.

»Wie bitte?«, fragt er vorsichtig.

»Ich dachte, du würdest ausrasten, wenn ich dir sage, dass Charley kommt, deswegen habe ich beschlossen, dich im Dunkeln zu lassen. Du wusstest sofort Bescheid, stimmt's?«

Sie sieht, dass sie ihn überrumpelt hat und er zuerst schockiert und dann amüsiert ist. Er beginnt zu lachen.

»Ist mir durch den Kopf gegangen«, räumt er kühl ein. »Ich hoffe, ich habe den Test bestanden.«

Sie sieht ihren Vorteil; er bewundert sogar ihre Offenheit. Daher beschließt sie, sich weiter vorzuwagen. »Ich bin es leid, wie du mich jedes Mal abwiegelst, wenn ich vorschlage, dass du meinen Dad oder meine Freunde kennenlernst. Deswegen habe ich beschlossen, die Sache selbst in die Hand zu nehmen«, erklärt sie ihm. »Du hast dich nicht schlecht geschlagen, aber bei meinem Dad musst du dir mehr Mühe geben.«

Ihre Waghalsigkeit hat sich ausgezahlt. Cosmo ist beeindruckt von ihrer Ehrlichkeit, und er sieht sie mit belustigt glitzernden Augen an. »Ich finde es immer noch hinterlistig«, sagt er, entschlossen, die Oberhand zu behalten und sie nicht ganz vom Haken zu lassen.

»Ich auch«, räumt sie ein. »Aber gib zu, du hast es herausgefordert.«

»Okay.« Er hebt eine Hand vom Lenkrad, als gäbe er sich geschlagen. »Doch du kannst mir das nicht übel nehmen. Es ist immer beängstigend, die Familie kennenzulernen.«

»Damit hast du viel Erfahrung, was?«, fragt sie schnell.

Er seufzt, gibt aber keine Antwort, und sie lehnt sich, entspannter jetzt, auf ihrem Sitz zurück. Trotzdem muss sie ihre Position festigen, den Vorteil halten, den sie herausgeschlagen hat.

»Vielleicht lade ich dich ja doch zu Dads Party ein«, erklärt sie, »aber ich denke noch darüber nach.«

»Und ich brauche vielleicht noch ein wenig Überredung«, gibt er zurück.

Sie grinst. »Woran hattest du gedacht?«

»Ein Drink, wenn wir zurück sind?«, schlägt er rasch vor. »Abendessen?«

Sie lacht und fühlt sich enorm erleichtert, weil sich alles wieder eingerenkt hat und es aussieht, als hätte er sich damit abgefunden, zu der Party zu kommen. Die Erleichterung macht sie großmütig. »Klingt gut«, stimmt sie beiläufig zu. »Ich habe nichts anderes vor.«

Ihr Zorn und ihre Verlegenheit sind verflogen, und jetzt ist sie froh, das Risiko eingegangen zu sein. Sie wird Charley später schreiben, damit sie weiß, dass alles gut ist. Nun will sie unbedingt wissen, was ihre alte Freundin von Cosmo hält, und beschließt, sie zu Dads Party einzuladen. Sie wirft Cosmo einen Seitenblick zu und ist von allen möglichen Empfindungen erfüllt: Glück, Aufregung, Begehren. Er spürt ihren Blick und streckt eine Hand nach ihr aus, sieht aber weiterhin auf die Straße. Amy hält seine Hand fest und lässt die Szene in der Tapas-Bar noch einmal vor sich ablaufen.

»Wie bist du darauf gekommen, dass ich das so geplant hatte?«, fragt sie.

Cosmo lacht, drückt ihre Hand und lässt sie dann los. »Männliche Intuition«, erklärt er.

Als Amys Nachricht hereinkommt, lächelt Charley; damit hat sie gerechnet. Sie findet es süß, wie sie sich nach Anerkennung sehnt, nach Bestärkung. Vielleicht sucht sie bei der Älteren ja eine Bestätigung für ihre Gefühle, weil sie keine Mum hat. Nachdem sie Cosmo jetzt getroffen hat, kann Charley Amys Befürchtungen verstehen. Er gibt sich zwar freundlich, selbstbewusst und extrovertiert, doch er ist auch sehr geschickt darin, Fragen auszuweichen, die er nicht beantworten will, und seine Privatsphäre zu schützen. Es hat sie frustriert, wie er sich gedreht und gewunden hat. Am Ende des gemeinsamen Nachmittags weiß sie immer noch nicht viel mehr über ihn als das, was Amy ihr schon erzählt hat. Es war unmöglich, ihm irgendeine klare

Aussage darüber zu entlocken, was er vorhat, wenn seine Pflichten als Haussitter vorbei sind.

Charley empfindet einen widerwilligen Respekt davor, wie gewandt Cosmo mit der Lage umgegangen ist, aber sie findet auch nicht, dass Amy sich allzu große Sorgen machen muss. Er hat sich offensichtlich Hals über Kopf in die South Hams verliebt, in Amy, in die ausgebaute Scheune, die er bewohnt – sogar in Reggie. Er ist von dem Gesamterlebnis hingerissen, und Charley findet, dass Amy das weidlich ausnutzen sollte. Sie kann sich nicht vorstellen, dass ihre Freundin irgendwann nach London zieht, doch es ist nicht unmöglich, dass Cosmo nach Bristol oder Exeter übersiedelt.

Als sie Amys Nachricht noch einmal liest – *Also, wie fandest du ihn?* –, fragt sich Charley, ob Cosmo in London eine Freundin hat. Es wäre unwahrscheinlich, wenn er keine hätte – er ist sehr attraktiv und amüsant –, aber wenn, dann ist es merkwürdig, dass er sich allein mehrere Monate unbezahlten Urlaub nimmt. Und wenn er von seiner Wohnung redet und darüber witzelt, wie beengt sie ist, ist klar, dass er sie sich mit niemand anders teilt.

Schulterzuckend tut Charley das Problem der mythischen Freundin ab. Im Krieg und in der Liebe ist alles erlaubt, und Amy sollte ihren Vorteil nutzen. Die Chance ergreifen und die Zukunft sich selbst überlassen. Noch während sie sich ihr Mantra aufsagt, ist sie sich seiner gefährlichen Auswirkungen bewusst, aber dennoch mag sie das nicht zugeben. Das würde heißen, dass sie sich die Schwachstellen und Misserfolge in ihrem eigenen Leben eingesteht. Sie darf sich nicht erlauben, an Simon zu denken, der es schwierig findet, sich auf ein sesshaftes Leben einzulassen, oder an ihre eigene Unfähigkeit, über längere Zeit einen richtigen Job zu halten. Sie muss weiter die Rolle der lockeren, unabhängigen Frau spielen, die ihr Leben im Griff hat. Auf keinen Fall darf sie zulassen, dass jemand ihre Verschleierungstaktik durchschaut, nicht einmal sie selbst. Stattdessen tippt sie eine Antwort an Amy.

Umwerfend. Schnapp ihn dir. xx

Eine weitere Nachricht kommt herein:

Cosmo macht Abendessen. Magst du nächstes Wochenende zu Dads Geburtstagsparty kommen?

Charley freut sich – nicht nur, weil Amy und Cosmo ein intimes Abendessen teilen, sondern auch über die Aussicht auf eine Party. Charley lächelt in sich hinein und schickt schnell eine Antwort. Dann summt sie einen oder zwei Takte aus *Holding out for a Hero* und beschließt, sich ein Glas Wein zu gönnen.

15. Kapitel

Judith tritt aus dem Cranch's und bleibt auf dem Gehweg stehen, um ihre Einkaufsliste zu überprüfen. Max hat vorgeschlagen, dass sie sich im Café treffen, sobald sie fertig ist, aber sie kann sich beim besten Willen nicht vorstellen, warum. Schließlich können sie fünf Minuten entfernt zu Hause Kaffee trinken. Als sie das Max sagte, sah sie einen flüchtigen Ausdruck über Caras Miene huschen: eine Mischung aus Verwirrung, Belustigung und Mitleid.

Es fiel ihr schwer, ihren Ärger über diesen beinahe herablassenden Blick zu beherrschen, doch Judith antwortete einfach, dass sie noch nie etwas für diese Kaffeehauskultur übrig hatte – falls man das so nannte – und es wahrscheinlich zu spät sei, um jetzt damit anzufangen. Soweit sie das erkennen kann, haben Max und Cara die wenigen Tage, die sie fort war, größtenteils im Café oder im Pub verbracht.

»Guten Morgen, Judith.«

Jack Hannaford lächelt ihr zu. Es gab Zeiten, da hätte er sie als Mrs. Watson angesprochen, aber inzwischen betrachtet er sich beinahe als Freund der Familie. Sie sind sogar zu seiner Geburtstagsparty eingeladen. In einer so kleinen Stadt fällt es schwer, die erforderliche Distanz zwischen Nachbarn und den Leuten, die für einen arbeiten, aufrechtzuerhalten. Doch das ist notwendig, um seine Privatsphäre zu schützen.

Sie nickt Jack zu und versucht, sich etwas auszudenken, das freundlich klingt und ihn gleichzeitig in die Schranken weist, aber ihr fällt nichts ein. Und dann steht da noch seine Tochter in einem mit Farbe bespritzten Overall neben ihm und lächelt, als wären sie befreundet.

»Hi«, sagt sie fröhlich. »Wie geht's?«

»Gut, danke«, antwortet Judith kühl, denkt jedoch daran zu lächeln. »Wie geht's Ihnen?«

»Alles im Griff«, gibt Amy zurück, und wieder fühlt sich Judith gereizt. Am liebsten möchte sie darauf hinweisen, dass sie sich nach Amys Gesundheit erkundigt, nicht nach ihrem subjektiven Wohlbefinden – Warum reden die jungen Leute so irritierend? –, doch sie nimmt sich zusammen und nickt noch einmal.

»Und Glückwunsch zum neuen Enkelkind!«, setzt Amy hinzu. »Das ist wirklich toll.«

Judith spürt, wie sie angesichts dieser großmütigen Bemerkung ein wenig auftaut. »Danke«, sagt sie. »Das ist alles sehr aufregend.«

»Wir wollten nur schnell eine Tasse Kaffee trinken gehen«, erklärt Jack. »Möchten Sie mitkommen?«

»Nein, nein«, gibt Judith rasch zurück – ein wenig zu schnell. Sie lächelt noch einmal, für den Fall, dass sie unhöflich gewirkt hat. »Max wird sich fragen, wo ich bleibe. Aber danke.«

»Bis dann also«, meint Amy. »Schön, dass Sie zu Dads Party kommen können.«

Jack Hannaford grinst, als könnte er genau erraten, was Judith denkt. Sie nickt einfach noch einmal und wendet sich ab. Sie hat Max schon gesagt, was sie von der Party hält, aber er bleibt stur. Er hat Jack schon immer gern gemocht. All diese albernen Quiz-Abende und die gemeinsamen Segeltouren! Schließlich hat Max im Segelklub genug andere Freunde, mit denen er sich zusammentun kann.

Judith steigt die Treppe neben dem *Fortescue Inn* hinauf und denkt über die Party nach. Das Problem ist, dass sie sich in Jacks

Nähe immer unbehaglich fühlt. Sie argwöhnt, dass er sie tief im Inneren auslacht, dass es ihm an Respekt fehlt. Das ist natürlich die Schwierigkeit, wenn man in einem kleinen Ort lebt. Die Menschen sind so freundlich – zu freundlich. Max genießt das (und Cara ebenfalls), doch sie persönlich zieht die Anonymität der Stadt vor. Keiner allzu großen natürlich, so etwas wie Oxford. Vor ihrem Haus bleibt Judith einen Moment stehen und sieht an der Fassade hoch. Die Idee in ihrem Kopf ist gewachsen und hat Formen angenommen. Und jetzt kommt ihr ein anderer Gedanke, blendend und klar, und sie steht da, sieht ins Leere, spielt ihn durch, probiert ihn aus.

Oben tritt Max auf den Balkon und schaut zu ihr herunter. »Hast du ein Problem?«, ruft er. »Soll ich ein Seil hinunterlassen und dich hochziehen?«

Er platzt vor Lachen heraus, als hätte er etwas Komisches gesagt, und ruft Cara, die sich hinter ihm in der Küche aufhält, etwas zu. Judith geht auf, dass ihre Schwägerin nie auf den Balkon hinausgeht, obwohl der Gedanke sie nicht von ihrer neuen, aufregenden Idee ablenkt. Sie nickt Max zu, um seinen Witz zu quittieren, und tritt durch das Tor und die Haustür.

»Was hat sie bloß für ein Problem?«, fragt Amy, als sie als Erste ins Café tritt und Lydia, die hinter der Theke steht, zuwinkt. »Sie sieht immer aus, als hätte sie gerade ein Glas Essig getrunken.«

»Sie kann nicht vergessen, dass ich Handwerker bin«, gibt Jack zurück. »Es fällt ihr schwer, mich als gleichberechtigt zu behandeln.«

»Ernsthaft?« Amy starrt ihn an. »Und wer ist sie? Gehört sie zur königlichen Familie oder so?«

»Du darfst nicht vergessen, dass Max als Captain mit vier Streifen in den Ruhestand gegangen ist«, erklärt Jack ihr. »Das ist ein sehr hoher Rang. Nachdem Judith so viele Jahre an der Spitze der Hierarchie verbracht hat, fällt es ihr schwer, einfach wie wir alle zu sein.«

»Max scheint damit kein Problem zu haben«, erwidert Amy.

Jack lächelt. »Max braucht auch nichts zu beweisen. Einen Americano für mich, falls du den Kaffee bestellst. Kalte Milch extra. Danke.«

Er setzt sich, winkt ein paar Freunden zu und fragt sich, ob es klug war, Max und Judith zu seiner Party einzuladen. Nachdem er sich jetzt mit Cara angefreundet hat, ist es kompliziert geworden, das heikle Gleichgewicht zu halten, wie es ihm bisher mit Max und Judith gelungen ist. Max versteht die Situation und ist flexibel, aber jetzt hat sich alles verändert. Jack überlegt, wie Judith wohl reagieren wird, wenn Cara ihr erzählt, dass sie mit ihm in die Oper geht. Es wird ihr sicher nicht behagen. Sie hält gern Abstand zu denen, die sie nicht als ihresgleichen sieht. Eigentlich ist das nicht Judiths Schuld. Sie hat ihre eigene Karriere aufgegeben, um Max an seine Standorte im In- und Ausland zu folgen, und sie ist überzeugt davon, dass ihr Status direkt mit seinem verknüpft ist. Sie war Marine-Ehefrau und ist an eine Hierarchie gewöhnt, die jeder innerhalb dieser eng verbundenen Truppe kennt und respektiert. Aber das war damals, und jetzt ist heute – und außerhalb der Streitkräfte weht ein schärferer Wind.

Jack spürt Mitgefühl für Judith, obwohl er weiß, dass sie darüber entrüstet wäre. Als ein Hund hinter ihm hereindrängt und seinen Ärmel anstupst, dreht er sich um und blickt zu dem Hundebesitzer auf. Der junge Mann ist groß und dunkelhaarig, und Jack weiß mit absoluter Gewissheit, dass er Cosmo vor sich hat. Das wird noch bestätigt dadurch, wie der Mann Amy anstarrt, die mit Lydia plaudert und nicht gesehen hat, wie er hereingekommen ist. Sein Blick wirkt intensiv, erwartungsvoll, und Jack holt tief Luft.

»Hi«, meint er beiläufig, streckt dem Hund eine Hand entgegen und lächelt zu dem Dunkelhaarigen hoch. »Wir sind uns noch nicht begegnet, aber etwas sagt mir, dass Sie Cosmo sind.«

Als Amy sich von der Theke abwendet und sieht, wie Cosmo sich einen Stuhl heranzieht und sich ihrem Vater gegenüber hinsetzt, überkommt sie ein ungutes Vorgefühl. Endlich ist es passiert, ungeplant und spontan, und mit einem Mal weicht ihre Furcht der Erleichterung. Sie hatte ein wenig Angst vor der Party, und sie wollte den Fehler, den sie mit Charley begangen hat, nicht wiederholen und eine Begegnung arrangieren. Also ist es so am besten. Beide Männer wirken gelassen und freundlich, und beiden ist sichtlich klar, dass dies kein einfaches Zusammentreffen zweier Fremder ist.

Ihre entspannte Körpersprache und die belustigte Miene ihres Vaters, der Reggie streichelt, machen Amy Mut, und sie geht zu ihnen.

»Hi«, sagt sie und hofft, dass sie lockerer klingt, als sie sich fühlt. »Ihr scheint euch ja schon selbst vorgestellt zu haben.«

»Dein Vater hat mich erkannt«, sagt Cosmo, steht halb auf und wirft ihr ein Grinsen zu. »Nicht aufgrund deiner überschwänglichen Berichte, wie ich sagen muss, sondern weil ich der einzige Fremde hier bin.«

Seine Augen funkeln, er scheint sich gut zu unterhalten und ist der Lage gewachsen. Als sie sich neben ihren Vater setzt, sieht sie ihm an, dass er nicht ganz auf Cosmos scheinbare Gleichmut hereinfällt, und sie hofft, dass die beiden sich gut verstehen werden. Unerwartet denkt sie daran, wie Cosmo und sie sich gestern Abend geliebt haben, wie aufregend das war. Als sie seinen Blick auffängt und er ihr kaum wahrnehmbar zuzwinkert, läuft ihr Gesicht knallrot an, und am liebsten möchte sie in Gelächter ausbrechen – und gleichzeitig davonlaufen.

Cosmo erzählt ihrem Vater begeistert von der Stadt, dem Bach, der Magie des Ganzen, und lenkt von ihrer Verwirrung ab. Und als Lydia den Kaffee bringt, kann Amy sich schon fast wieder normal benehmen. Cosmo steht auf, um sich auch einen Kaffee zu bestellen, und Amy wartet darauf, dass ihr Vater eine Bemerkung macht.

»Also«, sagt er und gießt Milch in seinen Americano, »ich verstehe jetzt, warum er Cosmo heißt. Das ist absolut der richtige Name für ihn. Kosmopolitisch, glatt und nicht leicht aus der Ruhe zu bringen.«

Ein kurzes Schweigen tritt ein, während Amy sich schlüssig zu werden versucht, ob das ein Kompliment ist.

»Heißt das, du magst ihn?«, fragt sie unsicher.

Ihr Vater lächelt ihr zu, schürzt die Lippen und zieht die Schultern hoch. »Du kennst mich doch. Ich treffe keine spontanen Entscheidungen. Aber er darf gern zu meiner Party kommen.«

Amy beugt sich vor, um Reggie zu streicheln und damit ihre Erleichterung zu überspielen. Für ihren Vater ist das eine ziemlich positive Aussage. »Das ist gut«, meint sie beiläufig. »Es wäre peinlich geworden, hätte ich unsere Einladung zurückziehen müssen.«

Mit einem Mal setzt sich ihr Vater in Bewegung und dreht sich auf seinem Stuhl um, und sie reckt sich, um zu sehen, was seine Aufmerksamkeit erweckt hat. Cara ist hereingekommen und lädt ihre Habseligkeiten auf einem Tisch an der Tür ab. Als sie ihren Kaffee bestellen geht, wird klar, dass sie allein ist, und ihr Vater schiebt seinen Stuhl zurück. Er wirft Amy ein Grinsen zu.

»Drei sind einer zu viel«, erklärt er. »Bis später.«

Und dann nimmt er seine Tasse und geht zu Cara.

Cara kommt gerade aus dem Buchladen, wo sie ein paar Bücher abgeholt hat, die sie bei Jessica, der Besitzerin, bestellt hat, und sie hat noch ein wenig mit ihr geplaudert. Sie ist hocherfreut, Jack zu sehen.

»Darf ich mich zu Ihnen gesellen?«, fragt er. »Ich bin es leid, den Anstandswauwau zu spielen, und verlasse mich darauf, dass Sie mich retten.«

Verwirrt sieht sie sich im Café um und winkt Amy zu, und dann erblickt sie Cosmo, der von der Theke zurückkommt.

»Sie haben Cosmo also endlich kennengelernt?«, fragt sie. »Was halten Sie von ihm?«

»Er ist schwer zu fassen.« Jack setzt sich. »Er hat sich nicht aus der Ruhe bringen lassen.«

»Sie meinen, das Treffen war nicht geplant? Sie sind ihm zufällig begegnet?«

»Richtig. Amy und ich waren schon hier, als er mit dem Hund hereingekommen ist. Hat sich aber gut geschlagen.« Er wirft Cosmo einen Blick zu, der seine Tochter zum Lachen bringt. »Gut aussehender Filou, nicht wahr?«

Cara beobachtet die jungen Leute. Ihr Verhalten strahlt eine neue Zwanglosigkeit aus, eine neue Intimität.

»Ich wünschte, ich wüsste ein wenig mehr über ihn«, bemerkt Jack gerade, »aber wahrscheinlich gibt es einen Punkt, an dem man einfach loslassen muss. Sie erwähnten, Sie seien ihm ein paarmal begegnet. Was halten *Sie* denn von ihm?«

Sie hat nicht vor, ihm zu sagen, dass sie Cosmo keine Sekunde trauen würde, weil er einem Mann ähnelt, den sie vor fast vierzig Jahren kannte. Das würde vollkommen verrückt klingen. Stattdessen sucht sie nach einer unverbindlichen Antwort.

»Der Hund kann ihn gut leiden«, antwortet sie und weist mit dem Kinn auf Reggie, der den Kopf auf Cosmos Knie gelegt hat. »Das ist doch angeblich ein gutes Zeichen, oder?«

»Hunde mögen jeden, der sie füttert«, erwidert er spöttisch. »Da müssen Sie sich schon mehr Mühe geben.«

»Amy mag ihn«, meint sie. »Zählt das denn?«

»Machen Sie Witze? Schauen Sie ihn doch an. Sogar ich sehe, dass er ein äußerst attraktiver junger Mann ist. Er ist älter als sie, kultiviert, der typische Londoner. Was ihr alles garantiert den Kopf verdreht hat.«

Cara lacht. »Was für ein Zyniker Sie sind! Nach allem, was ich gehört habe, wird er ohnehin bald fort sein. Also müssen wir hoffen, dass er ihr nicht das Herz bricht.« Sie fragt sich, wie sie so leichtfertig darüber reden kann. Aber was soll sie sonst tun?

»In Zeiten wie diesen«, meint Jack, »fehlt mir Sally wirklich. Verstehen Sie? Der weibliche Instinkt und all das. Ich weiß, dass Amy mit Charley redet, doch Charley ist eher so etwas wie eine Schwester für sie. Sie hat nicht das gleiche Verantwortungsgefühl wie ein Elternteil. Ich will einfach nur nicht, dass Amy verletzt ist. Natürlich ist das idiotisch, weil jeder auf die eine oder andere Art gelegentlich verletzt wird, oder? Man kann die Menschen, die man liebt, nicht vor dem Leben beschützen.«

Einen Moment lang wirkt er so ernst, so schutzlos, dass sie am liebsten seine Hände nehmen möchte, die ein wenig verkrampft auf dem Tisch liegen – als hielten sie Amy fest und sorgten für ihre Sicherheit. Sie fragt sich, wie sie ihn aufmuntern soll, doch in diesem Moment bringt Lydia ihr den Kaffee, die Spannung löst sich auf, und Jack lehnt sich wieder zurück. Während Cara an ihrem Kaffee nippt, dreht er sich um und sieht seine Tochter und Cosmo an.

Amy steht auf. Sie kommt zu ihnen herüber, lächelt Cara zu und tippt ihrem Vater auf die Schulter. »Wenn du noch nach Kingsbridge mitfahren willst, müssen wir los«, erklärt sie ihm.

Er nickt, steht auf und schaut zu Cara hinunter. »Wir sehen uns alle bei der Party«, sagt er.

Amy und er gehen hinaus, und Cara trinkt ihren Kaffee und schaut Cosmo bewusst nicht an. Als sie ihre Tasse betrachtet, die sie zwischen beiden Händen hält, sieht sie, dass darauf ein kleines blaues Segel aufgedruckt ist, das sie noch nie bemerkt hat. Aus dem Augenwinkel bekommt sie mit, wie Cosmo aufsteht und nach Reggies Leine greift. Die beiden bleiben neben ihrem Tisch stehen, und sie blickt zu ihm auf. Sein Lächeln ist ansteckend und seine Energie fast mit Händen zu greifen. Sie erwidert sein Lächeln und wünscht sich, unrecht zu haben; wünscht mit ganzer Kraft, dass er vertrauenswürdig, loyal und verliebt in Amy ist. Doch als er lächelt, erkennt sie das Glitzern hinter diesem freundlichen Ausdruck, eine Art Hochgefühl, als wäre er ungestraft davongekommen, hätte etwas Riskantes zustande gebracht. Es ist der Blick eines Spielers, der alles auf eine Karte setzt.

»Ich bin auf eine Party eingeladen«, erklärt er. »Werden Sie auch dort sein?«

Sie nickt. Cosmo lacht, zeigt mit einer Kopfbewegung zu den Worten auf der Tafel über ihrem Kopf – *Dolce far niente* – und geht mit Reggie in den Sonnenschein hinaus.

Als sich Cosmo mit großen Schritten vom Café entfernt und die Stadt hinter sich lässt, fühlt er sich immer noch wie berauscht. Es war ein Schock, so einfach mit Amys Vater zusammenzutreffen, aber schließlich war das zu erwarten gewesen. Es musste früher oder später passieren, und besser in dieser natürlicherweise von vielen Menschen bevölkerten Umgebung als offiziell bei der Party unter ihren Freunden und Verwandten. Amy war zu Beginn ein wenig angespannt, was nach ihrem gemeinsamen gestrigen Abend nicht erstaunlich war, doch sie kam darüber hinweg.

Aber als der Rausch nach und nach verflogen ist, fühlt sich Cosmo etwas weniger euphorisch bezüglich seiner Fähigkeit, das alles zusammenzuhalten. Das ganze Abenteuer ist zu schön, um es loszulassen. Amy ist ein Schatz, und er ist eindeutig verliebt in sie, genau, wie er in diesen ganzen Ort verliebt ist. Und es ist klar, dass sie ihn liebt. Doch das heißt noch nicht, dass dies hier eine langfristige Beziehung ist. Das Problem ist, dass er nicht mehr erkennen kann, wo die Realität liegt. Hier bei Amy oder in London bei Rebecca? Schließlich befinden sich seine Arbeit und seine Wohnung in London, und es wäre ein sehr großer Schritt, all das zu ändern. Aber gleichzeitig wäre es furchtbar schmerzhaft, diesen Ort zu verlassen, Amy zu verlassen. Ein Teil von ihm versucht zu glauben, dass sich irgendwie auf magische Weise alles lösen wird. Und einstweilen, während der letzten paar Wochen, die er noch hat, wird er sich einfach treiben lassen.

Noch während er sich das einzureden versucht, kommt mit einem »Pling« eine Nachricht herein, und er zieht das Handy aus der Tasche. Er rechnet damit, dass sie von Amy ist, die eine Bemerkung über das Treffen mit ihrem Vater macht, doch die SMS stammt von Al.

Hi. Ich dachte, ich komme an diesem Wochenende wieder vorbei. Meine Eltern wollen, dass ich etwas für sie überprüfe. Tut mir leid, dass es so kurzfristig ist. Gleiche Zeit, selber Ort.

Cosmo bleibt stehen, um den Text noch einmal zu lesen. Seine Euphorie verfliegt und weicht regelrechter Beklemmung. Reggie zieht an der Leine, und Cosmo geht langsamer weiter und versucht, sich darüber schlüssig zu werden, wie er antworten soll. Schließlich gehört das Haus Als Eltern, Cosmo kann ihm den Zutritt nicht verwehren. Al wird es nichts ausmachen, dass sein Freund am Samstagabend auf eine Party geht. So wie er Alistair kennt, wird er fragen, ob er mitkommen kann. Jetzt sind die Aufregung und die Euphorie verflogen, und Cosmo steht mit einer sehr kalten Realität da. Der Gedanke, dass sein Freund Amy, Jack oder sogar Cara kennenlernt, macht Cosmo sehr nervös. Er versucht, sich Amys Gesicht vorzustellen, falls Al sich verplappert und Rebecca erwähnt, und sein Magen überschlägt sich. Im Gehen schießen seine Gedanken auf der Suche nach einem Ausweg hin und her, und ihm fällt nur eine einzige Lösung ein. Er kann behaupten, wenn Al herkomme, werde er, Cosmo, seinen Besuch ausnutzen, um kurz nach London zu fahren und Rebecca zu besuchen. Al kann sich wieder um Reggie kümmern. Das heißt, dass er Jacks Party verpasst, doch das ist eindeutig das geringere Übel. Rasch schreibt Cosmo eine Nachricht an Rebecca und erzählt ihr von dieser Gelegenheit, sie zu besuchen. Selbst wenn sie ablehnt, wird er nach London fahren und sich in der Wohnung aufhalten. Aber warum sollte sie? Außer natürlich, Al hat ihn bei ihr verpfiffen. Wieder zieht sich alles in Cosmos Innerem zusammen, doch zu seiner enormen Erleichterung antwortet Rebecca fast sofort.

Großartig. Schreib mir die genaue Zeit. Muss in ein Meeting. xx

Cosmo fühlt sich ganz schwach vor Erleichterung. Er schluckt mehrmals, holt tief Luft und tippt dann eine Antwort an Al.

Das heißt, du kannst auf Reggie aufpassen, während ich schnell hinauffahre, um Rebecca zu sehen. Toll! Wir treffen uns am Bahnhof.

Er ist fast zu Hause, als Als Antwort kommt. Sie fällt ziemlich lakonisch aus.

Nicht ganz das, was ich mir vorgestellt hatte, aber in Ordnung.

Als Cosmo die Treppe hinaufsteigt und Reggie von der Leine lässt, fällt ihm ein neues Problem ein. Was in aller Welt soll er Amy sagen? Noch während er darüber nachgrübelt, meldet sein Handy den Eingang einer neuen Textnachricht. Sie ist von Amy.

Das war großartig. Du hast den ersten Test bestanden. Mal sehen, wie du dich auf der Party schlägst! xxx

Auf die Worte folgen mehrere Emojis, die Glück und Spaß zum Ausdruck bringen. Cosmo starrt darauf und stöhnt laut. Mit Reggie auf den Fersen geht er ins Haus, doch er kann nur darüber nachdenken, welche Krise er sich als Ausrede einfallen lassen soll. Die Familienfeier war eine Sache, doch jetzt braucht er etwas vollkommen anderes. Vielleicht ist es das Beste, bis fast zur letzten Minute zu warten, oder bis er im Zug nach London sitzt, damit es auf keinen Fall zu einer richtigen Konfrontation kommt.

Cosmo versucht mehrmals, auf die Nachricht zu antworten, doch schließlich schreibt er einfach:

Es war schön, deinen Vater kennenzulernen.

Das ist lahm, aber etwas Besseres bringt er momentan nicht zustande. Cosmo steht am Küchenfenster und schaut hinaus, doch ausnahmsweise nimmt er die Aussicht nicht wahr. Vor seinem inneren Auge sieht er, wie seine beiden Universen aufeinander zurasen, auf Kollisionskurs.

16. Kapitel

Sam ist auf dem Rückweg nach Salcombe, doch dieses Mal fährt er mit dem Auto. Um diese Jahreszeit müsste er einen Parkplatz finden, und es ist gut, seinen eigenen Wagen bei sich zu haben. Er freut sich, dass Amy ihn zu Jacks Party eingeladen hat. Max hat Sam die Nachricht weitergegeben und angerufen, um festzustellen, ob er Zeit hat.

»Es wird ziemlich genauso werden wie beim letzten Mal«, sagte Max. »Anscheinend ist es bei Jack zu Hause ein wenig zu eng, also gehen wir wieder in den Pub. Dieselbe Gruppe wie beim letzten Mal, plus Judith natürlich.«

Sam fragt sich, wie Judith in die Runde passen wird. Irgendwie kann er sich nicht vorstellen, dass sie sich mit Charley verstehen wird. Bei dem Gedanken muss er ein wenig lächeln. Judith ist korrekt, adrett, selbst wenn sie leger sein will, und außerhalb ihres vertrauten Lebensbereichs nicht besonders entspannt. Charley ist so locker, dass sie sich fast auflöst, und sehr hippiehaft. Doch wenn sie alle im Pub sitzen, sollte es funktionieren; dort befinden sie sich auf neutralem Boden, und niemandem steht ein Urteil über andere zu.

Er denkt an dieses letzte Mittagessen im Pub und daran, wie Charley ihn aus der Reserve gelockt hat, und beschließt, dass das nicht wieder passieren wird. Sie hat ihn wie mit einem Bann belegt und seinen Blick eher vernebelt als geklärt. Jedes Mal, wenn er in den letzten paar Tagen versucht hat, mit Fliss und Hal über seinen Zwiespalt zu reden, schienen ihm die Worte im Hals festzustecken. Er wusste einfach nicht, wie er das Gespräch beginnen sollte, und er fürchtet sich ein wenig vor ihren überraschten, enttäuschten Mienen. Ein Teil von ihm fragt sich, ob er sich möglicherweise wegen des hohen Engagements sorgt, das die Marine verlangt, und ob die Vorstellung, einer Berufung zu folgen, einfach eine Art Aufgeben ist, während es aussieht, als folgte er einem noblen Grund. Sicher, Charley war beeindruckt, doch er ist sich nicht sicher, ob Hal und Fliss die Sache aus diesem Blickwinkel sehen würden.

Während er in der herbstlichen Landschaft über die stillen Straßen fährt, stellt er fest, dass die Spannung von ihm abfällt. Die Natur beginnt, ihr Skelett zu enthüllen: Sprödes gelbes und braunes Laub schwebt von den hohen, fast nackten Bäumen, und im kahlen Geäst der Hecken hängen noch die letzten roten Beeren. Er erhascht Blicke auf die fernen Moore, die vor dem goldenen Himmel im Westen gerade noch als dunkelgrauer Strich zu erkennen sind, und, näher, kleine bräunliche Felder und runde grüne Hügel, auf denen hier und dort Schafe weiden, die wie kleine Granitbrocken wirken.

Er fährt weiter und fühlt sich ruhiger, obwohl er noch keine Entscheidung getroffen hat. Stattdessen denkt er an das kommende Wochenende, an Jacks Party, an das Wiedersehen mit seinen Freunden. Er fragt sich, ob Cara klarere Vorstellungen über ihre Zukunft hat oder ob sie sich so unentschlossen fühlt wie er.

Als er in dem Haus in der Buckley Street ankommt, telefoniert Judith. Max sitzt am Küchentisch und starrt auf den Bildschirm seines Laptops, während Cara ihm gegenübersitzt und eine Geburtstagskarte schreibt. Als er die Treppe hinaufsteigt, drehen sie sich um. Max hebt eine Hand, Cara lächelt strahlend, und Judith wirft ihm einen Blick zu und nickt knapp. Dann geht sie den Flur zu ihrem Schlafzimmer entlang und redet dabei weiter. Oscar steht schwanzwedelnd auf, um ihn zu begrüßen.

»Kleine Krise in Oxford«, erklärt Max ihm, als wollte er sich für Judiths distanzierte Begrüßung entschuldigen. »Schön, dich zu sehen, Sam. Wie läuft es? Wie geht's Fliss und Hal?«

»Alles bestens«, antwortet er. »Wir haben Gäste, am Wochenende kommt Familie. Das Übliche.«

»Es muss wunderbar sein«, meint Cara, »schon sein ganzes Leben am selben Ort zu leben, genau wie seine Vorfahren. Was für ein Gefühl von Kontinuität! Zu wissen, wo man hingehört.«

Sie klingt wehmütig, und Sam sieht, wie Max ihr einen Blick zuwirft.

»In Sussex hättest du nicht bleiben wollen«, sagt er beinahe scharf. »So etwas ist nicht immer so idyllisch, wie es klingt.«

»Nein«, gibt sie rasch zu. »Das hätte ich nicht gewollt. Aber The Keep fühlt sich anders an. Eine wunderbare Atmosphäre.«

Judith kommt wieder in die Küche, begrüßt Sam und erzählt Max von irgendeinem Drama bei der Familie in Oxford. Max steht auf, und die beiden gehen in Richtung Schlafzimmer davon. Cara wirft Sam ein Lächeln zu.

»Familien, was?«, meint sie. »Lust auf einen kleinen Bummel? Oscar hatte noch keinen richtigen Spaziergang.«

»Sehr gern«, stimmt er sofort zu.

Angesichts der Diskussion, die im Flur im Gange ist, fühlt er sich ein wenig wie ein Störenfried, und er ist sich bewusst, dass die Stimmung sich verändert hat, seit Judith wieder zu Hause ist. Das lockere, entspannte Gefühl ist verflogen, und jetzt liegt eine leichte Spannung in der Luft.

»Gut«, sagt Cara. »Ich muss diese Karte einwerfen, und danach können wir mit ihm um den Bach und zur Landspitze gehen. Wir wollen doch nicht mit dem Auto fahren, oder?«

Sie ruft Max und Judith zu, was sie vorhaben, und dann gehen Sam und sie, gefolgt von Oscar, nach unten. Sam fragt sich, ob er Cara nach The Keep einladen soll, doch er kann sich nicht entscheiden, ob das aussehen würde, als ginge er davon aus, dass sie genauso empfindet wie er. Bei früheren Besuchen ist Max mit ihm für gewöhnlich segeln oder in den Pub gegangen. Sam kennt Judith nicht besonders gut. Daher liegt er vielleicht falsch mit seiner Vermutung, dass Cara sich nicht mit ihrer Schwägerin versteht, obwohl sie ein- oder zweimal angedeutet hat, dass die Beziehung zwischen ihnen nicht einfach ist. Besser, er wartet ab, wie sich das Wochenende entwickelt. Er folgt ihr nach draußen und leint Oscar an, und dann brechen sie auf.

Judith hört, wie die Tür hinter ihnen zufällt, und geht wieder in die Küche. Das ist der perfekte Moment, um Max ihren neuen Plan zu unterbreiten. In Oxford tut sich eine neue Reihe von Problemen auf. Freyas Mutter muss wieder arbeiten und hat auch andere Verpflichtungen. Der Zeitpunkt ist richtig.

»Es ist immer solch ein Drama«, meint Max ungeduldig. »Ich begreife nicht, warum Pauls Vortragsreise so ein großes Problem ist. Ich war früher ständig auf See und habe es dir überlassen, dich um die Kinder und die Umzüge zu kümmern.«

»Ich habe aber auch nicht gearbeitet«, ruft Judith ihm ins Gedächtnis. »Dazu sind wir zu oft umgezogen. Aber ich habe nachgedacht, Max. Es wäre schön, mehr am Leben der Kinder teilzunehmen. Und damit meine ich nicht nur, auf sie aufzupassen, sondern davon, Zeit mit der ganzen Familie zu verbringen. Ich finde, wir sollten hier verkaufen und nach Oxford ziehen.«

Er starrt sie verblüfft an. Neben dem Schock nimmt sie Bestürzung bei ihm wahr, und sie spannt sich an, als müsste sie in eine Schlacht ziehen.

»Ist das dein Ernst?«, fragt er. »Ich dachte, du bist hier glücklich.«

»Das waren wir ja auch«, versichert sie ihm rasch. »Doch das Leben geht weiter. Ich möchte sehen, wie meine Enkelkinder groß werden. Sie zu besuchen wird jetzt platzmäßig noch schwieriger, und Oscar ist stets ein Problem. Ich weiß, es ist großartig, wenn sie herkommen, aber das passiert nicht besonders oft, nicht wahr?«

Max ist immer noch völlig überrascht von ihrem Vorschlag. Sie sieht ihm an, dass er sich vorstellt, was an Salcombe er vermissen würde, und macht raffiniert ihren nächsten Schachzug.

»Ich hatte noch eine andere Idee. Cara scheint sich hier so gut einzuleben. Sie schließt Freundschaften und liebt offensichtlich diese Gegend. Warum sollte sie nicht das Haus kaufen? Dann würde sie unter netten Menschen leben, und du könntest sie besuchen, segeln gehen und all deine Freunde treffen.«

Sie sagt mit Absicht nicht »wir«. Sie weiß ganz genau, dass Max und Cara gern zusammen sind, und versucht, ihm ihre Idee schmackhafter zu machen.

»Wir können alle herkommen«, setzt sie schnell hinzu. »Das Haus wäre immer noch in der Familie. Und Cara kann es sich leisten, ich habe Nachforschungen angestellt. Für das Haus in Fulham hat sie ein kleines Vermögen bekommen.«

Max beginnt zu lachen, aber nicht auf amüsierte Art. »Du erstaunst mich immer wieder, Judith«, bemerkt er. »Und, wie lange schmiedest du schon diese Pläne für uns alle?«

»Das habe ich dir doch gesagt. Die Idee kam mir auf der Rückfahrt, obwohl ich in Oxford schon ein wenig darüber nachgedacht habe. Ich bin gern dort, das weißt du. Es liegt so zentral und würde uns diese schrecklich langen Fahrten ersparen, um die Kinder zu besuchen. Das wird auch nicht einfacher, je älter wir werden, verstehst du? Ich finde, es löst eine Menge Probleme auf einmal. Warum ziehst du so eine finstere Miene?«

Er schüttelt den Kopf. »Ich glaube, das liegt daran, wie du so beiläufig über Caras Zukunft bestimmst. Wir wissen ja nicht einmal, ob sie in Salcombe leben will. Sie ist hergekommen, um uns zu besuchen.«

»Dich«, verbessert Judith ihn scharf. »Sei ehrlich: Sie muss auf eigenen Füßen stehen, Max, sich ein ganz neues Leben aufbauen, und das hier könnte perfekt für sie sein. Sie ist gern hier. Und es heißt, dass du das Boot behalten, mit deinen Freunden segeln gehen und Zeit mit Cara verbringen könntest. Und die Kinder könnten sie besuchen. Mach dir das doch mal klar.«

»Wie skrupellos du bist«, meint er staunend, doch sein Blick ist kalt.

»Nein, ich bin nur realistisch«, erwidert sie. »Du magst Oxford, du bist gern mit den Kindern zusammen. Das scheint mir eine sehr gute Lösung für mehrere Probleme zu sein.«

Max setzt sich an den Tisch. Sie weiß, dass er versucht, alle möglichen Argumente gegen ihren Plan anzuführen, ihm aber nichts wirklich Plausibles einfällt – abgesehen davon, dass er in Salcombe bleiben will. Außerdem weiß sie, dass es in seiner Natur liegt, beide Seiten abzuwägen und die Dinge rational zu sehen. Darauf und auf seine Loyalität verlässt sie sich. Sobald Cara und Sam zurück sind, wird es ihm schwerfallen, so offen zu reden wie jetzt unter vier Augen. Das hat sie einkalkuliert und hofft, dass es sich zu ihren Gunsten auswirken wird.

»Wenn du absolut darauf bestehst, den Rest deines Lebens hier zu verbringen«, sagt sie leichthin, »dann war es das. Dann werden wir wohl bleiben. Aber denk wenigstens darüber nach. Wenn Cara zurückkommt, fragen wir sie, was sie meint.«

Beinahe erschrocken sieht er zu ihr auf. »Du willst ihr das sagen?«

Sie erwidert seinen Blick, als verwirrte sie seine Frage. »Natürlich. Warum nicht? Cara ist doch ein Teil des Ganzen. Wir könnten das Haus auf jeden Fall verkaufen, doch ich finde, wir tun ihr einen Gefallen und sparen dabei noch das Geld für Gebühren und so. Möchtest du eine Tasse Tee?«

Er nickt, und sie wendet sich ab, um Wasser in den Kocher zu füllen. Ein Instinkt sagt ihr, dass die erste Runde an sie gegangen ist.

Max lauscht auf die Geräusche, die beim Teekochen entstehen, und in seinem Kopf flattern die Gedanken wie Motten um ein Licht. Seine erste Reaktion ist Entsetzen. Seit sie das Haus in den 1980ern gekauft haben, als sein U-Boot in Devonport lag, liebt er es, hier zu sein. Sie haben nie viel Zeit in Salcombe verbracht. Judith zog es vor, mit ihm umzuziehen, und vermietete das Haus, solange sie in Washington oder Neapel waren. Aber es war hier und wartete darauf, dass sie nach seiner Pensionierung zurückkehrten und auf Dauer hier lebten.

Wenn er ehrlich ist, weiß er, dass Judith nicht ganz so glücklich in Salcombe ist wie er, seit er in den Ruhestand gegangen ist, aber andererseits hat sie auch ganz genaue Anforderungen, und er ist sich nicht sicher, ob er weiß, wo ihr perfektes Haus liegen könnte. Trotzdem ist es ein sehr großer Schritt, und er kann nicht sagen, ob er bereit dazu ist. Und dann vorzuschlagen, Cara solle das Haus kaufen! Angesichts von Judiths Vermessenheit stößt Max ein leises, ungläubiges Schnauben aus. Warum sollte Cara nach nur ein paar wenigen Wochen hier plötzlich einwilligen, sich in Salcombe niederzulassen, während Judith und er sich nach Oxford absetzen? Bei dem Gedanken an Ausflüge hierher, um sie zu besuchen, sein Boot zu behalten und zu segeln, in den Pub und in den Segelklub zu gehen, hatte er sich kurz versucht gefühlt, denn das wäre eindeutig ein Vorteil. Doch die ganze Vorstellung bestürzt ihn. Der Gedanke, die Zelte hier abzubrechen und in eine Stadt zu ziehen, in der sie nur wenige Menschen kennen, erfüllt ihn mit einer Art Panik. Langsam versucht er zu erkennen, was dahintersteckt. Er liebt seine Familie und verbringt gern Zeit mit ihr, doch ihm wird klar, dass er auch seine Freunde braucht. Die Kameradschaft in der Marine hat ihm viel bedeutet; sie fehlt ihm. Er findet es schwierig, keine bestimmte Rolle mehr zu haben, keinen Beruf, der ihn definiert. Dieses Zugehörigkeitsgefühl, das Gefühl, nützlich zu sein, bezieht er jetzt über seine Freunde im Segelklub und Menschen wie Jack Hannaford und einigen anderen, Männern, die er im Pub trifft. Er versucht, sich ein Leben vorzustellen, in dem es kein Entrinnen vor Judiths Gesellschaft gibt, und ihn überläuft ein neuer panischer Schauer – und noch stärkere Schuldgefühle. Judith ist ihm immer eine treue, tüchtige Ehefrau gewesen, und sie liebt Chris und Paul über alles, doch er macht sich Sorgen, sie könnte sich zu sehr darauf verlassen, ihre Enkelkinder zum Mittelpunkt ihres Lebens zu machen. Er fürchtet außerdem, dass sie einen zu starken Einfluss auf ihre Entwicklung nehmen will. Manchmal versucht er, sie taktvoll daran zu erinnern, wie sehr sie ihrer eigenen Mutter ihre Einmischung übel genommen hat, als die Jungs klein waren, doch sie sieht die Verbindung nicht.

Judith stellt einen Becher Tee vor ihn hin, und er blickt zu ihr auf und dankt ihr mit einem Lächeln. Es fällt nicht besonders überzeugend aus, und sie tätschelt ihm die Schulter wie einem aufsässigen Kind.

»Wenn du in aller Ruhe darüber nachdenkst«, sagt sie, »wirst du sehen, dass es das Beste aus beiden Welten sein könnte.«

Sie stellt ihre Tasse neben seine, setzt sich neben ihn und zieht seinen Laptop heran. Dann öffnet sie ihn, und er sieht verwirrt zu, wie sie tippt.

»Nur, um dir eine ungefähre Vorstellung davon zu geben, was wir uns leisten könnten«, erklärt sie ihm, »angenommen, wir beschließen, das so anzugehen. Also …«

Er sieht sie an und fragt sich, ob er sie jemals richtig gekannt hat, und spürt ihre unbeugsame Willenskraft.

»Nur eines«, sagt er und verschiebt seinen Stuhl, damit er den Bildschirm sehen kann. »Mir wäre lieber, wenn du das Cara gegenüber erst nach der Party heute Abend erwähnst. Ich will nicht, dass alle darüber reden, bevor wir genug Zeit hatten, richtig darüber zu diskutieren.«

Er sieht, dass Judith darüber nachdenkt und einsieht, dass es so klüger ist. Gleichzeitig glaubt sie, einen Punkt gemacht zu haben, weil er ihren Plan nicht sofort kategorisch abgelehnt hat. Sie nickt und beginnt, ihm Immobilien zu zeigen. Max greift nach seinem Becher und trinkt den Tee. Er fragt sich, wie Cara und Sam auf diesen Vorschlag reagieren werden, und versucht, sich auf den Kampf vorzubereiten, der vor ihm liegt.

17. Kapitel

Wieder treffen sich Alistair und Cosmo zum fliegenden Wechsel am Bahnhof von Totnes, nur dieses Mal in umgekehrter Richtung. Cosmo holt gerade seine Tasche aus dem Auto, als Al vom Gleis herunterkommt, und er sieht gleich, dass Cosmo nicht in der überschäumenden Stimmung wie bei ihrer letzten Begegnung ist. Er scheint sich leicht unwohl zu fühlen und wirkt gereizt.

»Hi«, sagt Al, stellt seine eigene Reisetasche auf den Rücksitz und schlingt wie immer einen Arm um Cosmo. »Schade, dass du schon wieder davonhetzt. Ich dachte, du würdest mir die Sehenswürdigkeiten zeigen. Inzwischen kennst du Salcombe bestimmt besser als ich.«

»Ich weiß.« Verschiedene Emotionen laufen über Cosmos Miene: Verlegenheit, das Bedürfnis, sich zu rechtfertigen, Verwirrung. »Die Gelegenheit erschien einfach zu gut.«

Al beobachtet ihn und erinnert sich an Cosmos Hilferuf, als Rebecca ihren spontanen Besuch angekündigt hatte, und die Gründe, aus denen er sie nicht hierhaben wollte. Offensichtlich hat das Wochenende, das Cosmo bei ihr in London verbracht hat, all ihre Befürchtungen zerstreut. Aber Al traut ihm trotzdem noch nicht ganz.

»Und, wie geht's Amy?«, fragt er beiläufig, während Cosmo die Tür schließt und ihm die Schlüssel reicht.

Cosmo zögert, schüttelt den Kopf. »Wenn du die Wahrheit wissen willst, stecke ich ganz schön in der Klemme.«

Einen Moment lang sieht er so verwirrt, so verzweifelt aus,

dass alle Instinkte ihrer alten, engen Freundschaft wieder aufleben und Al einen Anflug von Mitgefühl für ihn empfindet.

»Was ist das Problem?«, fragt er beinahe ungeduldig. »Hast du dich in sie verliebt oder so? Wenn ja, warum rennst du jetzt davon zu Rebecca? Warum sagst du Amy nicht einfach die Wahrheit?«

»Weil ich nicht weiß, was die Wahrheit ist!« Cosmo schreit es beinahe heraus. Rasch blickt er sich um, um festzustellen, ob ihn jemand beobachtet. »Tut mir leid, mein Alter. Mir ist klar, dass ich mich wie ein totaler Mistkerl benehme, aber ich weiß einfach nicht, was ich machen soll.«

»Du meinst, du kannst dich zwischen den beiden nicht entscheiden?«

»So einfach ist das nicht.« Frustriert fährt sich Cosmo mit den Fingern durchs Haar. »Es ist, als lebte ich in Paralleluniversen. London und Rebecca. Salcombe und Amy.«

»Und du willst das Beste aus beiden Welten?«

Cosmo starrt ihn an. »Schätze schon.«

»Und du findest das nicht unfair gegenüber Rebecca und Amy?«

»Natürlich ist es nicht ganz fair, aber …« Cosmo zögert.

»… aber es ist in Ordnung, solange niemand zu Schaden kommt? Das wolltest du mir aber jetzt nicht sagen, oder?«

»Schon gut, schon gut. Doch wenn keine von ihnen eine Ahnung hat, wird schließlich keine von ihnen verletzt«, erwidert Cosmo.

»Was ist mit dir?«, fragt Al.

»Wie, mit mir?« Cosmo wirkt verwirrt.

»Glaubst du nicht, dass dieses Lügen und Betrügen dir schadet? Dass es dich zu einem schlechteren Menschen macht? Dir deine Würde nimmt?«

Cosmo starrt ihn amüsiert und ein wenig beleidigt an. »Jetzt setzen wir uns aber ganz schön aufs hohe Ross, was, mein Alter?«

Al zuckt mit den Schultern. »Kann schon sein. Ich meine ja nur. Geh lieber, sonst verpasst du noch deinen Zug. Bis morgen.« Er steigt ins Auto, setzt zurück und fährt davon.

Cosmo steht da und starrt ihm nach.

Während Al den Hügel hinauffährt, ist ihm klar, dass er moralinsauer geklungen hat. Eine Mischung von Emotionen steigt in ihm auf: Frustration, Ärger und Bedauern, weil Cosmo und er so abrupt auseinandergegangen sind. Sie sind so gute Freunde, und es wäre verrückt, sich wegen so etwas zu zerstreiten. Aber trotzdem hat Al eine entschiedene Meinung darüber, seinen Partner zu betrügen. Er hat das Ergebnis gesehen, als die Ehe zweier seiner besten Freunde scheiterte. Seiner Ansicht nach gewinnt dabei niemand, und der Schaden ist oft nicht wiedergutzumachen. Doch was kann er schon dagegen tun? Es ist, als hätte jemand seinen alten Freund mit einem Bann belegt, und Cosmo ist in dieser Magie und Verzückung wie gefangen.

Während Al fährt, springen seine Gedanken hin und her, und er sucht nach einem Ausweg aus der Situation. Natürlich muss Cosmo in ein paar Wochen nach London zurückkehren – aber wird das die Affäre mit Amy beenden? Und wie wird sie das empfinden? Offensichtlich hat Cosmo ihr nicht die Wahrheit gesagt. Daher wird es nicht leicht für ihn werden, einfach zu verschwinden, ohne ihr wehzutun. Doch Al kann sich beim besten Willen nicht vorstellen, dass Cosmo sich glücklich in Salcombe niederlässt, die Arbeit aufgibt, die er liebt, und die Clubs, Restaurants und Kinos, die einen so wesentlichen Teil seines Lebens ausmachen. Al weiß, dass ein Großteil seiner Bedrängnis daher rührt, dass er sich verantwortlich fühlt. Hätte er Cosmo nicht überredet, nach Salcombe zu kommen, wäre das nicht passiert.

Während Al den Weg hinauffährt und den Wagen parkt, kommt ihm eine Idee. Vielleicht könnte er eine Art Krise erfinden, behaupten, wegen dieser Krise bräuchte er Urlaub, und sich hier einquartieren. Cosmo könnte dann bleiben oder gehen, doch so oder so würde er ihn bremsen. Al wägt den Plan ab und überlegt, ob er funktionieren könnte. Dann holt er seine Tasche und geht ins Haus, um Reggie zu suchen.

Amy sitzt im Café und hält Ausschau nach Cosmo. Seit gestern Nachmittag hat sie nichts von ihm gehört, und sie fiebert der Party nervös entgegen. Sie überlegt, wie er sich in dieser ziemlich großen Gruppe schlagen wird, ob er sich eingeschüchtert fühlen oder es locker nehmen wird. Bei ihrem Vater hatte er sich jedenfalls sehr gut unter Kontrolle, und Cara kennt er bereits. Amy hofft, dass Charley sie seinetwegen nicht in Verlegenheit stürzen wird, und mit einem Mal überwältigt die Unruhe sie beinahe. Sie muss sehen, wie er hereinkommt, muss sein Lächeln sehen und das Selbstbewusstsein und die Energie spüren, die er immer ausstrahlt. Jedes Mal, wenn sich die Tür öffnet, blickt sie auf, doch er kommt nicht. Während sie an ihrem Kaffee nippt, spürt sie, wie ihr Handy vibriert, und zieht es aus der Tasche.

Eine Textnachricht von Cosmo. Sie öffnet sie, überfliegt sie und liest sie dann noch einmal.

> Tut mir furchtbar leid. Große Krise in London. Musste sofort zurück. Sitze im Zug. Ich melde mich. xx

Amy starrt darauf, versucht zu verstehen. Eine Krise – und er sitzt schon im Zug. Also muss er mindestens seit ein paar Stunden Bescheid gewusst haben. Warum hat er bis jetzt gewartet, um ihr zu schreiben? Enttäuschung überwältigt sie, und sie sitzt da, starrt auf die Fore Street hinaus und ringt mit ihrer Trostlosigkeit und dem Gefühl, unsanft fallen gelassen worden zu sein.

Was für eine Krise kann ihn so schnell zurückgeholt haben? Er erwähnt weder Familie noch Arbeit. Und warum so kurzfristig? Sie fragt sich, was aus Reggie geworden ist. Und schlimmer als all das ist, dass sie nicht weiß, wie sie allen erklären soll, dass Cosmo nicht zur Party kommt.

Noch während sie unglücklich, verletzt und ärgerlich dort sitzt, wird die Tür geöffnet, und Sam Chadwick tritt ein. Er blickt sich um, sieht sie und hebt grüßend die Hand. Dann zögert er und fragt sich sichtlich, ob es in Ordnung ist, wenn er sich zu ihr setzt. Sie lächelt ihm unter enormem Kraftaufwand zu und winkt ihn heran. Während er seinen Kaffee bestellt, probt sie, was sie sagen soll, falls er Cosmo erwähnt. Sie erinnert sich, wie gut sich Sam beim letzten Treffen mit Charley verstanden hat. Ihr fällt wieder ein, dass er zur Marine geht. Sie hofft, ihn von peinlichen Fragen abzubringen, indem sie darüber redet. Trotzdem muss sie sich zurechtlegen, was sie allen erzählen soll. Sinnlos, sich davor drücken zu wollen. Amy lässt die Schultern sinken und holt Luft.

»Hi«, sagt sie munter. »Wie geht's dir? Bereit für die Party?«

Sam setzt sich und lacht über die Frage. »Allerdings. Das letzte Mal war ein großer Spaß. Danke für die Einladung.«

Sie ist solch ein hübsches Mädchen, so lebhaft und selbstbewusst. Doch als er sie jetzt ansieht, fällt ihm etwas Hektisches an ihr auf, ein gewisser Mangel an Gelassenheit, der eine Verletzlichkeit erkennen lässt. Er fragt sich, ob sie befürchtet, der Abend im Pub könnte nicht so gut verlaufen wie kürzlich das Mittagessen, weil es ihr wichtig ist, dass ihr Vater seine Party genießt.

»Ich finde es so eine gute Idee, in den Pub zu gehen«, erklärt er ziemlich unvermittelt. »Nicht so viel Druck. Die Verantwortung ruht eher auf allen Schultern, nicht wahr?«

Er liest an ihrer leicht verdutzten Miene ab, dass dies nicht der Grund für ihre Sorge ist, und er kommt sich ein wenig töricht vor, lässt sich aber nicht aus dem Konzept bringen.

»Cara hat mir vorhin erzählt, dass es ihr schrecklich davor graut, Partys auszurichten. An den Botschaften hatten sie natürlich immer Personal, das die Arbeit übernahm, aber trotzdem muss man eine Menge im Blick behalten. Ich hatte mich nur gefragt, ob du vielleicht in letzter Minute kalte Füße bekommen hast.«

Darauf lächelt sie dankbar, als fände sie es nett von ihm, dass er sich Gedanken macht.

»Ich glaube, das Ganze wird sich selbst organisieren«, meint sie. »Vor allem, da wir das schon früher gemacht haben und sich alle kennen …«

Sie unterbricht sich und beißt sich auf die Lippen, als hätte sie sich verplappert, doch er kommt nicht darauf, was das sein könnte. Alle kennen einander, wenn auch nur flüchtig – und dann fällt ihm ein, dass Cara ihm erzählt hat, dieser Kerl, mit dem Amy sich trifft, Cosmo, komme zur Party. Er fragt sie, ob sie sich ein wenig eingeschüchtert bei dem Gedanken fühlt, dass sie alle ihn taxieren werden. Doch bevor er etwas sagen kann, wird sein Kaffee serviert. Das Mädchen, das ihn bringt, bleibt kurz stehen, um mit Amy zu plaudern, und Sam lehnt sich zurück und überlegt, wie er weiter vorgehen soll.

Nachdem die Kellnerin an die Theke zurückgekehrt ist, rutscht Amy nach vorn und greift nach ihrer Tasse. Sie runzelt die Stirn, als käme sie zu einer Entscheidung, und dann ergreift sie plötzlich das Wort.

»Um dir gegenüber ganz ehrlich zu sein, Sam, ich bin gerade ein wenig durcheinander. Ich weiß nicht, ob dir jemand erzählt hat, dass ich diesen Mann, den ich kennengelernt habe, zu Dads Party eingeladen habe. Er heißt Cosmo, und er hütet in Batson Creek für Freunde ein paar Monate Haus und Hund. Wir haben uns näher kennengelernt, und … nun ja, Dad wollte ihn treffen, also habe ich ihn eingeladen, und alles war großartig. Und jetzt habe ich gerade eine SMS bekommen, in der er schreibt, er müsse ganz schnell zurück nach London. Nichts weiter. Keine Erklärung. Ich meine, das ist so etwas von peinlich. Alle sitzen irgendwie herum und sind neugierig auf ihn, ziehen mich seinetwegen auf, und was soll ich dann sagen?«

Dieses unerwartete Geständnis verblüfft Sam, und er sieht, dass sie sowohl zornig als auch verletzt ist, außerdem sehr verlegen.

»Das ist heftig«, pflichtet er ihr bei. »Muss schon eine ziemlich große Katastrophe sein, wenn er so davonstürmt. Aber dafür werden doch sicher alle Verständnis haben, oder? Ich meine, es ist ja nicht deine Schuld, nicht wahr?«

»Nein«, räumt sie zögernd ein, »aber es ist peinlich, dass er nicht sagt, was es ist, und ich deswegen keine richtige Erklärung habe. Es ist einfach eigenartig, dass zuerst alles bestens ist und er in der nächsten Minute ohne Vorwarnung im Zug nach London sitzt.«

Sam sieht, dass es sie Überwindung kostet, ihm das alles zu erzählen, ihn ins Vertrauen zu ziehen und ihm ihre Verlegenheit einzugestehen. Er sehnt sich danach, ihr zu helfen.

»Hör mal«, sagt er. »Lass uns nicht so viel Wind darum machen. Okay, Cosmo hat dir keine Erklärung gegeben. Vielleicht ist es einfach zu kompliziert, um es in eine Textnachricht zu packen. Wenn es eine Art Notfall ist, denkt er vielleicht gerade nicht logisch. Unterdessen wird niemand besonders schockiert sein, oder? Wenn du magst, kann ich Cara Bescheid geben. Und Max und Judith. Nur ganz beiläufig. Du kannst es deinem Vater erzählen. Wen haben wir noch?«

»Charley«, meint Amy.

Sie spricht den Namen ziemlich verdrossen aus, als machte sie sich die größten Gedanken wegen ihrer alten Freundin. Sam kann das verstehen. Charley ist die Art Frau, von der er sich gut vorstellen kann, dass sie sie deshalb aufziehen und Witze reißen wird. Er fragt sich, ob Amy mit ihr über Cosmo gesprochen und sich ihr anvertraut hat und es ihr jetzt peinlich sein wird, ihr zu gestehen, dass er ohne Erklärung nach London verschwunden ist.

»Das musst du jetzt wohl durchstehen«, meint er. »Sag deinem Dad Bescheid, sobald du kannst, dann brauchst du dir nur noch Gedanken wegen Charley zu machen. Wir werden zu so vielen sein, dass sie kein großes Problem darstellen wird.«

Sie starrt ihn verblüfft und auch ein wenig bewundernd an.

»Danke«, antwortet sie schließlich. »Wahrscheinlich ist das der richtige Weg. Wenn du es den anderen sagst und ich Dad Bescheid gebe, braucht es keine öffentliche Ankündigung. Alle werden vorher im Bilde sein.«

»Das wird schon«, versichert er ihr. »Und ich behalte Charley im Auge.«

Amy beginnt zu lachen. »Jetzt verstehe ich, warum alle sagen, die Marine hätte dich angenommen, weil du eine Führungspersönlichkeit bist. Anderswo wären deine Talente verschwendet. Ich verlasse mich darauf, dass du mir den Rücken freihältst.«

Ihre Worte verblüffen ihn. Sehen die Leute ihn wirklich so? Er hebt seine Kaffeetasse. »Alles wird gut«, erklärt er ihr. »Denk daran, du hast die Kontrolle.«

Sie stößt mit der Kaffeetasse mit ihm an und lächelt ihm zu. »Danke, Sam«, sagt sie.

Er erwidert ihr Lächeln und denkt dabei, dass Cosmo ein glücklicher Mann ist, und er hofft um seinetwillen, dass er einen wirklich guten Grund hatte, sie zu versetzen.

Jack kommt herein und bleibt bei ihnen stehen. »Dachte ich mir doch, dass du hier bist«, sagt er zu Amy. »Aber ich hatte vermutet, du wärest mit Cosmo zusammen und nicht mit diesem jungen Krieger.«

»Er musste zurück nach London«, erklärt sie beiläufig. »Irgendein Notfall.« Sie zieht beinahe gleichgültig die Schultern hoch. »Lässt ausrichten, es tut ihm wirklich leid.«

»Ach ja?«, fragt Jack ungläubig. »Fühlte sich wahrscheinlich durch die Überzahl erschlagen. Na, auch gut. Wir kommen schon ohne ihn zurecht.«

Er wirft Amy ein Grinsen zu und geht davon, um seinen Kaffee zu bestellen. Sam und Amy sehen einander an. Sam zuckt mit den Schultern, um ihr zu bedeuten, dass er es ja gleich gesagt hat.

»Siehst du? Es ist keine große Sache, wenn du es nicht dazu machst«, erklärt er ihr. »Du hast es ihm ganz locker erzählt, und er hat sich daran orientiert. Alles wird gut werden.«

Amy schüttelt wie erstaunt den Kopf. »Wahrscheinlich hast du recht.« Sie grinst ihm zu. »Sieh nur zu, dass du beim Essen neben mir sitzt.«

Die Aussicht erfreut ihn. »Alles klar«, meint er.

Jack steht in der Warteschlange. Er ist erleichtert darüber, dass Cosmo heute Abend nicht mit ihnen im Pub sein wird. Obwohl er den Jungen mag, hätte die Feier mit einem Fremden in ihrer

Mitte förmlicher und weniger entspannt ablaufen können. Er wirft einen Blick zurück zu Sam und Amy, die mit ihren Kaffeetassen anzustoßen scheinen, und lächelt in sich hinein. Er hätte sie viel lieber mit Sam als mit Cosmo gesehen. Obwohl er das nicht hätte erklären können, passt Sam irgendwie besser zu ihnen. Cosmo ist beinahe übermäßig selbstbewusst, quirlig, prahlerisch. Sam strahlt eine stille Kraft aus; er fühlt sich wohl in seiner Haut und vertraut auf sich selbst. Jack wäre es lieber, wenn sein Mädchen sich von einem solchen Mann angezogen fühlte statt von Cosmos extrovertierter Munterkeit. Andererseits, wer weiß schon, was eine Frau an einem Mann attraktiv findet oder auch ein Mann an einer Frau? Jack hat zum Beispiel nie begriffen, was für eine Chemie zwischen Max und Judith herrscht. Sie ist so zugeknöpft, so korrekt, als müsste sie sich vor gewöhnlichen Menschen schützen. Während der gute Max schon fast übertrieben freundlich zu jedem ist. Jack wünscht beinahe, Judith käme auch nicht zu der Party, denn er fürchtet, dass sie ihr einen Dämpfer aufsetzt. Hoffentlich wird das nicht wirklich spürbar sein, weil die anderen in der Überzahl sind!, denkt er. Er hat vor, sich gut zu unterhalten, und er ist froh, dass Amy sich nicht allzu viele Gedanken über Cosmos plötzliche Abreise zu machen scheint. Jack fragt sich, was passiert ist, was ihn zu der Absage bewogen hat; und er hofft, dass diese Sache ihn noch eine Weile aus Salcombe fernhält.

Er bestellt seinen Americano und geht zurück zu Amy und Sam. Er hat sich fest vorgenommen, seinen Geburtstag zu genießen. Die beiden haben ihm schon einen Stuhl herangezogen, und als er sich setzt, wird die Tür geöffnet, und Cara und Max kommen herein. Alle brechen in Gelächter aus.

»Ihr habt früh angefangen«, meint Max. »Alles Gute zum Geburtstag, Jack! Dürfen wir uns zu euch gesellen?«

»Warum bis heute Abend warten?«, fragt Jack und schiebt zwei Tische zusammen, damit sie alle Platz haben. »Starten wir die Show doch gleich jetzt.«

Amy lacht; sie wirkt entspannt und fröhlich. Sam sieht sie mit einem merkwürdigen, beinahe beschützerischen Blick an, und wieder spürt Jack, wie gern er ihn mag.

»Geben Sie die Bestellung auf, Sam«, sagt Jack. »Ich wette, inzwischen wissen Sie, was wir alle mögen. Und ich nehme ein Stück von diesem Toffee. Ich habe schließlich Geburtstag.«

»Aye, aye, Sir.«

Sam grinst, tut, als salutierte er vor ihm, und steht auf. Er fragt Max und Cara und schaut mit hochgezogenen Augenbrauen auf Amys leere Tasse. Sie schüttelt den Kopf und überlegt es sich dann genauso schnell anders.

»Warum eigentlich nicht?«

Die beiden wechseln noch einen kurzen Blick, und Jack ist neugierig. Doch dann erklärt Max, warum sie Judith nicht mitgebracht haben, und Cara hält inne, um ihm mit einer Umarmung zu gratulieren, und setzt sich dann, und er vergisst es.

Max freut sich zwar, seine Freunde zu sehen, doch er ist leicht gereizt. Jetzt kann er Cara nicht mehr in Ruhe von Judiths neuem Plan, nach Oxford zu ziehen, erzählen. Er will keine offene Diskussion vom Zaun brechen – noch nicht –, aber er hatte überlegt, Cara im Café unter vier Augen darauf anzusprechen, sie vorzuwarnen. Er hatte nicht damit gerechnet, dass Jack, Amy und Sam schon hier sein würden, und jetzt hat er die Gelegenheit verpasst. Max befürchtet, Cara könnte irgendwie auf die Idee kommen, sie müsste Judiths Vorschlag annehmen, um ihnen zu helfen. Damit sie umziehen könnten. Er kann sich vorstellen, wie Judith raffiniert die Vorteile herausstreichen wird: Er kann sein Boot behalten, und sie werden viel Spaß haben, wenn er herkommt, um Cara und all seine Freunde zu besuchen. Cara weiß, wie sehr er sein Boot liebt, wie sehr ihm sein Leben hier in Salcombe fehlen würde, und wird sich vielleicht unter Druck gesetzt fühlen, ihm zu helfen. Er will ihr versichern, dass das nicht nötig ist.

Als er jetzt zusieht, wie sie sich unterhält und lacht, wird ihm schon klar, dass es das Richtige für sie sein könnte hierzubleiben, bei dieser freundlichen Gruppe. Aber nicht in einem großen, teuren Haus, das sie sich nicht unbedingt selbst ausgesucht hätte. Max fragt sich, wie sie darauf reagieren wird, dass er vielleicht nach Oxford zieht. Er weiß, es wird ein Schock für sie, weil sie davon ausgeht, dass Judith und er sich hier fest niedergelassen haben. Es macht ihn ärgerlich und traurig, nicht zu wissen, was das Beste für seine Schwester ist. Es wäre verrückt, ihr vorzuschlagen, mit ihnen nach Oxford zu kommen, und Judith würde bestimmt nichts davon halten. Er sieht keinen Ausweg und fühlt sich frustriert und aufgebracht.

Sam setzt sich neben ihn, und Max, der froh über die Ablenkung ist, wendet sich ihm zu.

»Wir haben vorhin Ausschau nach dir gehalten«, sagt er zu ihm. »Nur, um Bescheid zu geben, dass wir einkaufen und dann hier hereinschauen, aber du warst nirgendwo zu finden.«

»Ich war spazieren«, erklärt Sam. »Die Stadt hat so viele hübsche kleine Straßen und Gassen. Die Sache ist die: Ich wollte dich fragen, ob es in Ordnung für dich ist, wenn ich Cara für ein paar Tage nach The Keep entführe? Es erscheint ein wenig unhöflich, dir deinen Gast abspenstig zu machen, aber Hal und Fliss haben mich gebeten, sie einzuladen, damit sie Jolyon und Henrietta und die Kinder kennenlernt. Sie sind ein paar Tage bei uns.«

»Ich finde das eine gute Idee«, gibt Max zurück, »und Cara kommt sicher gern. Ich glaube, sie bleibt noch eine Weile. Also mach dir keine Gedanken darüber, ihr würdet sie mir streitig machen.«

»Großartig«, meint Sam. »Dann können wir die Gegend weiter erkunden. Ich würde gern mit ihr aufs Moor hinauffahren. Obwohl ich mir nicht wirklich vorstellen kann, dass sie dort leben möchte.«

Max fragt sich, was Sam dazu sagen würde, dass Judith nach Oxford ziehen will, und findet, Cara sollte das Haus in der Buckley Street kaufen. Mit einem Mal fühlt er sich merkwürdig niedergeschlagen. Er liebt seine beiden Söhne, aber Paul ist Akademiker und geht ganz in seiner Forschung auf, und sie haben sehr wenig gemeinsam. Chris dagegen kommt gern hier nach Salcombe, um mit seinem Vater zu segeln und sich auf einen Drink mit seinen Freunden zu treffen. Diese Besuche bedeuten Max so viel.

Sam beobachtet ihn und wirkt besorgt. »Geht's dir auch gut?«, will er wissen.

Max nimmt sich zusammen. »Natürlich.«

Mit einem Mal wird ihm klar, dass Sam nicht mehr so bedrückt wirkt, so grüblerisch. Er ist entspannt und fröhlich, und Max fragt sich, was diese Veränderung wohl hervorgerufen hat. Instinktiv schweift sein Blick zu Amy, die sich angeregt mit Cara unterhält.

»Wie ich höre, werden wir heute Abend Cosmo kennenlernen«, sagt er. »Wie ernst ist die Sache zwischen den beiden? Hast du eine Ahnung?«

»Oh, Cosmo kann nicht«, gibt Sam beiläufig zurück. »Irgendeine Krise hat ihn nach London zurückgerufen. Ich fürchte, wir müssen ohne ihn auskommen.«

»Tja, allzu betrübt sieht Amy nicht aus«, merkt Max an.

Er beobachtet, wie Sam ihr einen Blick zuwirft, bemerkt seinen Gesichtsausdruck und fragt sich, ob er die Antwort auf seine Frage von eben gefunden hat.

»Nein, nicht wahr?«, meint Sam. Er schaut seinen Patenonkel vielsagend an. »Wir müssen halt dafür sorgen, dass sie ihn nicht vermisst.«

Max prustet vor Lachen. »Du wirst wahrscheinlich feststellen, dass Jack dich dabei gern unterstützt.«

Noch mehr Kaffee wird gebracht, sie reichen die Toffees herum. Max schickt sich an, seine Probleme einstweilen beiseitezuschieben und den Geburtstag seines alten Freundes zu feiern.

Cara prostet Jack mit der Tasse zu, lächelt Amy an und fragt sich, wie Cosmo in diesen Freundeskreis passen wird. Amy scheint ihre Gedanken gelesen zu haben.

»Ach, übrigens«, sagt sie beiläufig, »Cosmo kann heute Abend nicht. Es hat irgendeinen Notfall gegeben, und er musste zurück nach London.«

Amy wirkt ganz ruhig und unbeeindruckt, doch Cara spürt einen Anflug von Nervosität. »Das Timing ist ja praktisch, oder?«, möchte sie am liebsten erwidern, aber sie hat keinen Grund, davon auszugehen, dass Cosmo einem Abend mit Amys Familie und Freunden aus dem Weg gehen möchte. Doch ihr Instinkt sagt ihr, dass nicht alles gut ist. Sie kann Amy gut leiden; sie ist so geradeheraus, solch eine angenehme Gesellschaft und so ein hübsches Mädchen. Cara erinnert sich daran, wie sie Cosmo am Snape's Point getroffen hat, als er das letzte Mal aus London zurückkam.

»Was macht er solange mit dem Hund?«, erkundigt sie sich wie nebenbei.

Amy zuckt mit den Schultern. »Keine Ahnung. Vielleicht ist sein Freund wieder hergekommen. Al heißt er. Seinen Eltern gehört das Haus. Und Reggie.«

»Kommt Cosmo zurück?«

Einen kurzen Moment lang wirkt Amy etwas betroffen; sie runzelt die Stirn, und dann zuckt sie noch einmal die Schultern. »Hat er in seiner Nachricht nicht gesagt«, antwortet sie. »Aber ich glaube schon.«

Es kommt ihr eigenartig vor, dass Amy nicht gut informiert ist, doch Cara bemerkt erfreut eine gewisse Gleichgültigkeit bei ihr. Selbst wenn Amy verletzt oder besorgt ist, wird sie sich nichts anmerken lassen. Cara erinnert sich, wie die beiden zusammen gewirkt haben, so verliebt, so ineinander versunken, und kann ihre Befürchtungen nicht ganz abschütteln.

Jack bietet ihr Toffee an, jemand stellt Kaffee vor sie hin. Sie lächelt ihm zu und blickt noch einmal zu der Tafel an dem Balken auf. Cara denkt daran zurück, wie sie sich gefühlt hat, als sie Cosmo zum ersten Mal gesehen hat, wie er sie auf die Worte *»Dolce far niente«* hinwies und wie er sie an Joe erinnert hat.

Als sie sich ein Stück Toffee nimmt, lässt sich Sam auf den Stuhl sinken, der ihr gegenübersteht, und schenkt ihr ein Lächeln.

»Sie haben die Genehmigung für einen Landgang«, erklärt er ihr. »Wie wäre es, wenn wir morgen nach The Keep fahren, so, dass wir rechtzeitig zum Mittagessen dort sind? Soll ich Fliss anrufen und sie fragen?«

»Ja«, antwortet sie. »Ja, bitte.«

Während Amy Sam nach seiner Familie ausfragt, überlegt Cara, wie gut es sein wird, nach The Keep zurückzukehren und in diesem wunderbaren alten Haus mit Fliss und Hal zusammen zu sein. Sie erinnert sich, wie Fliss und sie mit Honey zwischen sich im Hof saßen und wie Fliss von Mole und ihrem älteren Bruder Jamie gesprochen und erzählt hat, wie tief ihr Tod sie getroffen hat. Das Geständnis kam unerwartet – Cara vermutet, dass Fliss keine Frau ist, die bereitwillig ihre Seele entblößt. Und doch schien es so richtig: als würden die hohen Mauern von The Keep sie beide in diesem besonderen, vertrauten Moment beschützen. Cara fühlte sich privilegiert und weniger allein.

Jetzt heben alle ihre Kaffeetassen auf Jack und bringen Trinksprüche auf ihn aus, und Cara isst ihren Toffee auf und schließt sich ihnen an.

Dritter Teil

18. Kapitel

Al, der in der Ecke neben der Theke an seinem Tisch sitzt, sieht die Gruppe hereinkommen. Es dauert ein Weilchen, bis ihm klar wird, dass es dieselbe Gruppe ist wie beim letzten Mal, und der Zufall amüsiert ihn. Offensichtlich ist dies ihr Stammlokal, und sie genießen ihr geselliges Beisammensein. Während er beobachtet, wie sie an der Bar stehen, bemerkt er, dass doch ein Neuankömmling unter ihnen ist: eine ältere und ziemlich förmlich gekleidete Frau. Beim letzten Mal konnte er keine offensichtliche Beziehung zwischen den Mitgliedern der Gruppe erkennen, aber diesmal findet er, dass sie und einer der Männer eindeutig ein Paar sind. Ihre Körpersprache lässt vermuten, dass sie verheiratet sind. Vertraute Berührungen und Blickwechsel weisen auf eine lange Beziehung hin. Die beiden anderen Frauen, von denen eine wie ein Hippie gekleidet ist, unterhalten sich lachend mit dem anderen Mann und stoßen mit ihm an, während die beiden Jüngeren, ein Mann und ein Mädchen, lächeln, aber ein wenig auf Distanz bleiben. Das Mädchen schaut sich in der Bar um, und ihre Blicke treffen sich. Sie sieht noch einmal hin, und es ist, als zuckte sie verblüfft zusammen.

Erstaunt über ihre Reaktion schaut er sie noch einmal an und fragt sich, ob sie sich von seinem letzten Besuch her an ihn erinnert. Sie hat sich jetzt abgewandt, und er sieht, wie sie sich zu dem dunkelhaarigen jungen Mann neben sich hinüberbeugt und ihm etwas ins Ohr flüstert. Beide wenden ihm den Rücken zu und blicken ihn nicht noch einmal an, doch Al ist neugierig geworden. Jetzt ziehen sie alle an einen großen Tisch um und setzen sich, und dann wird seine Bestellung gebracht, und er beginnt zu essen.

Er ist immer noch wütend auf Cosmo, weil er ihn ausgetrickst und sich nach London verdrückt hat. Alistairs ursprünglicher Plan war, dieses Wochenende mit ihm zu verbringen, Spaß zu haben – und mit Sicherheit irgendwo Amy zu begegnen. So hätte er die Lage genauer einschätzen und Cosmo vor Augen führen können, was für einen Schaden er möglicherweise anrichtet. Stattdessen hat Cosmo ihn über den Tisch gezogen, und hier sitzt er, gelangweilt und allein.

Er wirft einen Blick zu dem anderen Tisch. Sie haben Champagner geöffnet, offensichtlich feiern sie etwas. Es wird gelacht, kurz singen sie im Chor *Happy Birthday*, und Applaus kommt auf. Offensichtlich ist das Geburtstagskind bekannt und beliebt, denn jetzt gesellen sich noch mehrere andere Gäste dazu, treten an den Tisch der Gruppe und drängen sich um ihn. Die jüngere Frau nutzt das Spektakel, schiebt den Stuhl zurück und tritt rasch auf ihn zu. Al sieht sie näher kommen und sitzt ganz still und mit der beladenen Gabel in der Hand da.

»Das wird jetzt vollkommen verrückt klingen«, sagt sie und lächelt ihm zu, »aber ich muss Sie das einfach fragen. Ich habe Sie vor einiger Zeit schon einmal hier gesehen, oder? Sind Sie zufällig Al?«

Er weiß kaum, was er antworten soll, doch er legt die Gabel ab und erwidert ihr Lächeln. »Ja, das bin ich allerdings.« Al überlegt, ob er fragen soll, ob sie Amy ist, doch sie spricht schon hastig weiter, verlegen, aber freundlich.

»Verstehen Sie, es ist nur so, dass ich Cosmo kenne, und er hat mir geschrieben, dass er eilig fortmusste. Beim letzten Mal hat er gesagt, dass sein Freund Al kommen würde, um sich um das Haus und um Reggie zu kümmern. Das ist so ein

Zusammentreffen, dass ich nicht widerstehen konnte, Sie zu fragen.«

»Sie haben vollkommen recht. Das Haus gehört meinen Eltern.« Er zögert, weiß nicht recht, was er als Nächstes sagen soll, wie es jetzt weitergeht.

»Es war doch hoffentlich nichts Schlimmes?«, fährt sie fort. »Die Krise, von der er geschrieben hat, meine ich. Das war alles ziemlich überstürzt, oder? Eigentlich hatten wir ihn für heute Abend zur Geburtstagsparty meines Dads eingeladen.«

Sie zeigt auf den belebten, lauten Tisch, und jetzt versteht Al, warum Cosmo geflüchtet ist. Wie schwer es gewesen wäre, seinem alten Freund zu erklären, wie gut er dieses Mädchen und ihre Familie und Freunde schon kennt. Vielleicht hätte er sich verpflichtet gefühlt, Al mit auf die Party zu nehmen. Und wie schwierig, dann nicht über ihr Leben und ihre Arbeit in London zu reden, über Rebecca.

»Sieht aus, als hätten Sie viel Spaß«, sagt er verlegen, ohne ihre Frage zu beantworten. »Es wird ihm leidtun, das verpasst zu haben.«

Sie sieht ihn mit leicht hochgezogenen Augenbrauen an, als wartete sie immer noch auf eine Erklärung für Cosmos plötzlichen Aufbruch. Dann nickt sie kurz, wendet sich ab und geht wieder zu ihren Freunden.

Al sitzt da und starrt auf seinen Teller. Ihm ist gründlich der Appetit vergangen. Er hat das Gefühl, alles verraten und Cosmo verpetzt zu haben, obwohl er gar nichts gesagt hat. Doch der Umstand, dass er die Situation schlicht nicht erklären kann, gibt ihm das Gefühl, Cosmo zu schützen, und es macht ihn wütend, in diese Position gebracht worden zu sein. Er hegt keinen Zweifel daran, dass die junge Frau Amy ist und sie den Verdacht hegt, dass hier etwas im Busch ist. Al will nichts damit zu tun haben.

Spontan zieht er sein Handy hervor und tippt eine Nachricht an Cosmo.

> Habe im Pub gerade Amy kennengelernt. Sie sagt, du warst zur Geburtstagsparty von ihrem Dad eingeladen. Sie hat mich gefragt, warum du dich so schnell davongemacht hast, ohne einen Grund zu nennen. Was soll das alles?

Al starrt noch einen Moment auf die Nachricht und drückt dann auf *Senden*. Er isst auf, obwohl er keinen Appetit mehr hat. Dann steht er auf und geht hinaus, ohne Amy und ihren Freunden noch einmal einen Blick zuzuwerfen.

Im Schutz der allgemeinen Unterhaltung lehnt Sam sich leicht zu Amy hinüber, die links von ihm sitzt. »Und, ist das Al?«

»Ja«, antwortet sie knapp.

Jetzt ist sie froh, dass sie, von Sam ermuntert, ihrem Instinkt gefolgt ist, zu ihm gegangen ist und ihm die Frage gestellt hat. Doch sie ist auch wütend und peinlich berührt. Dass Al sich geweigert hat, über Cosmo zu reden, bestätigt ihr, dass etwas nicht stimmt, und sie fühlt sich gedemütigt.

»Aber er hat dir nicht gesagt, um was für einen Notfall es ging?«, raunt Sam ihr zu.

Sie schüttelt den Kopf und ist sich bewusst, dass Charley sie beide über den Tisch hinweg beobachtet. Mit Charley umzugehen war am schwierigsten; sie ist diejenige, die unbedingt wissen will, was passiert ist.

»Also, wo steckt er?«, hat sie gefragt, als sie vorhin gekommen war. »Ich kann es kaum abwarten, ihn wiederzusehen.«

Sie war darauf eingestellt, Amy aufzuziehen, sich von der

Partylaune mitreißen zu lassen; und als Amy sagte, Cosmo komme nicht, starrte Charley sie verblüfft an.

»Oh nein«, murmelte sie, und ihre Enttäuschung und ihr Mitgefühl waren mit Händen zu greifen. »Warum denn bloß nicht, Schätzchen?«

Amy zuckte mit den Schultern und tat gleichgültig. »Irgendein Notfall hat sich ergeben. Er musste schnellstens zurück nach London. Egal. Wir kommen auch ohne ihn klar. Die Hauptsache ist, dass Dad sich gut unterhält.«

Amy sah Charley an, dass diese gespielte Lässigkeit sie nicht überzeugte, und sie betete, sie würde das Thema auf sich beruhen lassen. Glücklicherweise kam ihr Dad herein, und die Gelegenheit war vorüber. Doch seitdem ist Charley in Alarmbereitschaft und wartet darauf, wieder mit ihr reden zu können. Zum Glück hat Sam dafür gesorgt, dass er neben Amy sitzt, aber selbst das scheint Charley wachsam gemacht zu haben. Sie beobachtet sie über den Tisch hinweg, fängt Amys Blick auf und zwinkert ihr unauffällig zu, als wüsste sie etwas, was Amy nicht weiß. Charley hat gesehen, wie sie mit Al gesprochen hat, und jetzt wirkt sie sogar noch neugieriger, und Amy möchte am liebsten schreien.

Sie greift nach ihrem Weinglas, sieht in die Runde und tut, als amüsierte sie sich; doch die ganze Zeit über versucht sie, mehr über die Hintergründe von Cosmos Blitzabreise zu erfahren. Er muss organisiert haben, dass Al hier in Salcombe für ihn einspringt, und dann nach Totnes gefahren sein, um den Zug zu nehmen. Und dabei hat er nicht die Zeit gefunden, ihr eine Nachricht zu schicken, um ihr mitzuteilen, dass er aufbricht. Er hat auf ihre später geschickten SMS nicht geantwortet, und sie fragt sich, wie er das erklären will, wenn er zurückkommt. Leiser Zweifel schleicht sich in ihre Gedanken. Und wenn er nicht wiederkommt? Schließlich ist Al hier. Schnell dreht sie sich auf dem Stuhl um und überlegt halb, ob sie Al danach fragen soll, doch als sie sich in der Bar umsieht, stellt sie fest, dass sein Tisch leer ist. Al ist fort.

Judith trinkt ihren Champagner aus und wünscht sich, es wäre schon Zeit, nach Hause zu gehen. Der Lärm ist zu viel für sie, das sinnlose Geplauder regt sie auf, aber sie verzieht die Lippen weiter zu einem starren Lächeln und nickt und lächelt, wenn erforderlich. Um sich abzulenken, denkt sie an ihren Oxford-Plan, an einige der Häuser, die sie gesehen hat, und daran, wie schön es sein wird, näher bei der kleinen Familie zu wohnen und Teil ihres Lebens zu sein. Christopher ist geschieden und arbeitet in Dubai. Da ist es unwahrscheinlich, dass er ihnen in näherer Zukunft öfter Gesellschaft leistet.

Sie hat Max versprochen, dass sie Cara erst mit diesem Vorschlag konfrontieren werden, wenn Sam nach Hause gefahren ist. Max macht sich offensichtlich Sorgen, wie Cara reagieren wird, und will auf den richtigen Moment warten. Judith allerdings findet, dass er wie üblich überreagiert und Cara schon einsehen wird, wie gut das für sie alle sein könnte. Judith wirft einen Blick zur anderen Seite des Tisches, wo Cara tief in ein Gespräch mit Jack versunken ist. Die beiden scheinen sich sehr gut zu verstehen, obwohl Judith nicht ganz begreift, was Cara an ihm findet. Aber wenigstens ist das noch ein guter Grund für sie, in Salcombe zu bleiben. Sie freundet sich auch mehr und mehr mit den Chadwicks an, sodass Max sich wirklich nicht solche Sorgen um seine Schwester machen muss. Judith spürt den altvertrauten Anflug von Gereiztheit. Natürlich hat er immer auf lächerliche Weise versucht, Cara zu beschützen, und selbstverständlich macht sie gerade eine sehr schwere Zeit durch. Aber das Leben geht weiter. Cara muss lernen, damit fertigzuwerden.

Judith lehnt sich zurück, damit der Kellner den Teller vor sie hinstellen kann. Ihre Gedanken wenden sich wieder Oxford zu, ihre Laune bessert sich, und sie beginnt zu essen.

Charley stochert in ihrem Essen und fühlt sich ein wenig unzufrieden. Sie hatte sich auf einen richtig unterhaltsamen Abend gefreut. Sie hatte vor, Amy ein wenig wegen Cosmo aufzuziehen und ihn dabei besser kennenzulernen, mit Jack zu flirten und ihn zum Lachen zu bringen und Sam noch ein wenig über seine Zukunftspläne auszuquetschen. Doch nichts läuft so, wie sie es sich vorgestellt hat. Cosmo hat sich abgesetzt, Jack lässt sich ganz von Cara vereinnahmen, und Amy und Sam scheinen ihre Freundschaft auf interessante Weise zu vertiefen. Sie bemerkt, dass Sam sich Amys stärker bewusst ist, ja fast ein beschützerisches Verhalten an den Tag legt. Das gibt Charley einige Rätsel auf. Amy war spröde, und sie kam nicht an sie heran. Natürlich kann man sich gut vorstellen, dass sie ein wenig pikiert ist, weil Cosmo sich verdrückt hat. Aber es erstaunt sie, dass Amy kein »Mädchengespräch« darüber führen will. Und warum ist sie plötzlich quer durch die Bar geschossen, um den Mann anzusprechen, der allein an dem Ecktisch saß? Offensichtlich ist er kein Freund, sonst wäre er herübergekommen, als sich alle um Jack versammelt haben, um ihn hochleben zu lassen. Also, wer mag er sein?

Charley ist daran gewöhnt, die Vertraute zu sein, die beste Freundin, aber mit einem Mal ist ihr die Rolle abhandengekommen. Sie findet Judith sehr schwierig – es ist klar, dass sie sich nicht besonders gut amüsiert, obwohl sie sich Mühe gibt, freundlich zu wirken –, und Max scheint leicht besorgt zu sein. Charley wendet sich an ihn und ist entschlossen, sich an den Gesprächen der Tischrunde zu beteiligen.

»Ich konnte noch gar nicht richtig mit Cara reden«, sagt sie zu ihm. »Wie läuft die Wohnungssuche? Hat sie schon etwas gefunden?«

Zu ihrer Überraschung scheint ihre Frage einen Nerv getroffen zu haben. Max runzelt die Stirn, wirft Judith einen schnellen Blick zu und sieht dann auf seinen Teller hinunter. »Nein«, sagt er rasch. »Das heißt … Nein. Mehrere Objekte kämen infrage …«

Sichtlich unbehaglich schwafelt er noch eine Weile weiter, und Charley schüttelt seufzend den Kopf. Sie begreift das Ganze nicht. Als sie zum letzten Mal alle zusammengekommen sind, war das so lustig, so ungezwungen, und alle haben sich großartig amüsiert. Sie hatte sich so auf diesen Abend gefreut, doch irgendwie fehlt die magische Zutat, obwohl sich Jack großartig zu unterhalten scheint. Sie versucht, von der gegenüberliegenden Seite des Tisches her seinen Blick aufzufangen und das Glas auf ihn zu heben, doch er redet mit Cara und sieht sie nicht.

Al geht nach Hause, lässt die Stadt hinter sich und wandert am Bachlauf entlang. Ihm war gar nicht klar gewesen, wie dunkel es auf dem Land ist, wo er sich nur an den erleuchteten Fenstern der wenigen Cottages am Oberlauf des Bachs orientieren kann. Es ist so still; das einzige Geräusch ist das leise Plätschern der einlaufenden Flut am Ufer. Er sieht zu den von Nebel verhangenen Sternen auf und in die schwarzen Schatten der Bäume. Nichts kommt ihm vertraut vor, und er schaut sich immer wieder um. Er fühlt sich unwohl und sehnt sich nach Gesellschaft.

Er ist froh, Reggie bellen zu hören, als er die Treppe in den Garten hochsteigt und über die Wiese geht. Er lässt ihn zu einer schnellen Runde nach draußen, und dann gehen sie beide ins Haus. Al schließt die Tür hinter ihnen ab.

Er schlendert in die Küche und zurück ins Wohnzimmer und fragt sich, was er mit dem Rest des Abends anfangen soll. Immer wieder schaut er auf sein Handy. Am letzten Wochenende hat er zum ersten Mal ein Klassentreffen besucht und seine alten Freunde wiedergetroffen. Seitdem schreiben sie einander, und es macht Spaß, die Verbindung zu erneuern.

Al ist immer noch stinksauer auf Cosmo. Vielleicht hätte er ihn eher vorwarnen sollen, dass er vorhatte, nach Salcombe zu kommen; aber der Sinn der Sache war ja, Cosmo zu überrumpeln und festzustellen, was genau hier vorgeht. Al seufzt verdrossen. Tja, jetzt weiß er ja Bescheid. Er denkt an Amys Miene und daran, wie er ihrer Frage ausgewichen ist, und er ist wütend, weil er in diese unschöne Sache hineingezogen worden ist.

Er greift nach der Fernbedienung, um die Nachrichten zu schauen, und Reggie lässt sich neben ihm nieder. Einige Zeit später bekommt er Antwort von Cosmo.

> Na, besten Dank, mein Alter! Rebecca hat deine Nachricht gesehen und mich ins Kreuzverhör genommen, und dann hat sie mich hinausgeworfen. Ich sitze in meiner Wohnung, aber ich gebe nicht auf. Ich gehe morgen noch einmal zu ihr, also komme ich noch nicht wieder. Jetzt bist du am Zug.

Konsterniert sieht Al auf die Textnachricht. Mit so etwas hat er nicht gerechnet. Sein erster Gedanke ist Ärger. Wenn Cosmo nicht zurückkommt, sitzt er hier fest. Er kann Reggie nicht einfach allein lassen und nach London zurückfahren. Er drückt den

Anrufbutton, und Cosmo meldet sich nach dem ersten Freizeichen.

»Was ist passiert?«, fragt Al ohne Vorrede. »Wie zur Hölle konnte sie die Nachricht sehen?«

»Wir haben zusammen auf dem Sofa gesessen«, sagt Cosmo. »Wir hatten uns mit einem gemeinsamen Freund geschrieben, und sie hat sich die Antworten über meine Schulter angesehen. Deine kam zwischendurch herein, und wir haben sie beide gelesen.«

»Herrgott!«, ruft Al aus. »Tut mir echt leid, mein Alter, aber du solltest auch wirklich nicht solche Spielchen treiben. Du hast es geradezu herausgefordert. Hat sie auch Amys Nachrichten gesehen?«

»Die hatte ich blockiert. Ich wäre nie auf die Idee gekommen, du würdest mich so reinreiten.«

Al schweigt einen Moment lang und spürt ein schlechtes Gewissen, doch dann denkt er über das nach, was Cosmo eben gesagt hat. »Und was meinst du damit, dass du morgen nicht zurückkommst? Was soll ich machen? Ich kann Reggie nicht einfach allein lassen.«

»Ich habe meine eigenen Probleme.« Cosmo klingt eingeschnappt. »Du hast mir diesen Ärger eingebrockt, und jetzt kann ich zusehen, wie ich mich herausrede.«

»Und was ist mit Amy?«, fragt Al. »Heißt das, das mit ihr ist vorbei?«

Ein Schweigen tritt ein. Al kann beinahe hören, wie Cosmo die Lage abwägt. Wenn er Rebecca nicht zurückgewinnen kann, hat er Amy in Reserve. Cosmo hat gern einen Plan B.

»Hast du ihr etwas erzählt?«, erkundigt sich Cosmo.

Al stößt ein angewidertes Schnauben aus. »Wenn du meinst, ob ich ihr verraten habe, dass du eine Freundin in London hast, dann nein. Ist dir eigentlich klar, dass du dich wie ein totaler Mistkerl benimmst? Und was soll ich machen, wenn du morgen Nachmittag nicht zurückkommst?«

»Das ist dein Problem«, sagt Cosmo.

Die Verbindung ist tot, und Al wartet noch einen Moment und wirft das Handy dann mit einem verärgerten Ausruf aufs Sofa. Er setzt sich, versucht, einen Ausweg zu finden, und fragt sich, was er anfangen soll, falls Cosmo beschließt, nicht wiederzukommen. Al hat einen ziemlich starken Verdacht, dass es so kommen wird und er in der Tinte sitzt. Er fühlt sich ein wenig verantwortlich für die ganze Geschichte, weil er Cosmo gebeten hat, bei seinen Eltern einzuspringen. Aber er ist zornig, zum Teil um seiner selbst willen, zum Teil wegen Amy. Das hat sie nicht verdient. Mit einem »Pling« kommt eine Nachricht herein, und er öffnet sie. Sie stammt von einem seiner alten Schulfreunde, der hofft, dass sie sich bald alle wiedersehen. Al stimmt einem weiteren Gruppentreffen zu und nimmt eine Einladung an, sich am nächsten Wochenende auf einen Drink zu treffen. Bis dahin muss er auf jeden Fall wieder in London sein.

19. Kapitel

Als sie am nächsten Morgen in Sams Mini nach The Keep fahren, ist Cara ziemlich still. Ein Westwind treibt Wolkenfetzen vor sich her, wirbelt das Herbstlaub hoch in den Himmel und klatscht Regenböen gegen die Windschutzscheibe.

»Alles in Ordnung?«, fragt Sam und wirft ihr einen Seitenblick zu.

Sie antwortet nicht sofort, sondern sitzt ein wenig zusammengekauert und mit verschränkten Armen da, als ließe sie sich seine Frage durch den Kopf gehen.

»Ich glaube schon«, sagt sie schließlich. »Um vollkommen ehrlich zu sein, war ich erstaunt über Judiths Reaktion auf unsere Pläne. Es war fast, als wollte sie nicht, dass ich mit Ihnen fahre, was ein wenig erstaunlich ist. Ich will nicht unhöflich klingen oder so, doch ich dachte, sie würde ganz erfreut sein, mich ein paar Tage los zu sein. Aber sie wirkte beinahe entrüstet.«

Sam nickt. »Ich weiß, was Sie meinen. Ist mir auch aufgefallen. Ich habe nur nicht besonders darüber nachgedacht.«

»Und Max wirkte auch ein wenig zapplig, als rechnete er fast damit, dass Judith der Kragen platzt. Es war, als wollte er sie von etwas abbringen. Möglich, dass ich sie irgendwie verärgert habe, ohne es zu wollen, und sie mir böse ist, und Max hat versucht, den Frieden zu wahren. Das wäre nicht das erste Mal.«

»Das Gute an einer so großen Familie wie unserer ist«, meint Sam, »dass es so viele von uns gibt, die Streit verhindern können, und dass die Auseinandersetzungen nie richtig heftig werden.

Übrigens, Fliss sagt, sie würde Sie in Lizzies alter Wohnung unterbringen. Also hoffe ich, Sie haben es bequem. Die Räume liegen im Westflügel, daher ist es dort am späten Nachmittag und abends am angenehmsten, besonders im Frühling.«

»Und ist Ihnen das recht?«, fragt Cara. »Ich weiß ja, dass Lizzie Ihnen sehr viel bedeutet.«

»Es wird schön sein zu wissen, dass die Zimmer bewohnt werden«, gibt er zurück. »Die Sache bei einem so alten Haus wie The Keep ist, dass alle Räume schon einmal irgendwann jemand anders gehört haben, wenn Sie verstehen, was ich meine. Hat Ihnen die Party Spaß gemacht?«

»Ja«, antwortet sie sofort. »Ja, ich habe mich gut unterhalten. Besonders, als Jacks sämtliche Freunde dazukamen und mitgemacht haben. Das fand ich großartig. Es tat mir nur leid, dass Cosmo es nicht geschafft hat. Amy schien nicht allzu betrübt zu sein, aber ich war mir nicht sicher, ob sie sich nur nichts anmerken ließ. Ich hoffe nicht.«

Ein kurzes Schweigen tritt ein.

Er wirft ihr einen Seitenblick zu. »Sie trauen ihm nicht, was?«

»Nein«, räumt Cara ein. »Ich habe ihn im Verdacht, obwohl ich mir nicht sicher bin, weswegen. Und ich möchte nicht, dass Amy verletzt wird. Ich habe eigentlich keinen Anhaltspunkt, bis auf … Ach, nichts. Nur ein Gefühl, dass er nicht mit offenen Karten spielt. Haben Sie herausgefunden, warum er so schnell zurückmusste?«

Er schüttelt den Kopf und ist ein wenig bestürzt über ihre Offenheit. »Nein. Amy hat ihm geschrieben, aber keine Antwort bekommen. Das kann natürlich mit diesem Notfall zu tun haben, den er erwähnt hat.«

Cara schnaubt leise und ungläubig. »Und der junge Mann, den Amy im Pub angesprochen hat?«

Sam beginnt zu lachen. »Sie sind schnell von Begriff, was? Er heißt Al und springt ein, wenn Cosmo verhindert ist. Haus und Hund gehören seinen Eltern.«

Sie nickt, als wüsste sie das bereits. »Aber merkwürdig, oder«, meint sie, »dass er so eilig weggerufen wurde, dass er Amy nicht vorwarnen konnte, aber trotzdem Zeit hatte, diesem Al Bescheid zu geben und die Übergabe zu organisieren?«

Sam verzieht ein wenig das Gesicht. Das lässt sich nicht abstreiten. »Sie sind nicht besonders glücklich über Cosmo, was?«

Sie sieht aus dem Fenster und beißt sich auf die Unterlippe; fast als wollte sie ihm etwas sagen, sich ihm anvertrauen. Dann schüttelt sie den Kopf. Sie hat sich offenbar dagegen entschieden. »Es geht mich nichts an«, erklärt sie. »Aber ich mag Amy sehr gut leiden, und ich möchte nicht, dass sie verletzt wird.«

»Ich auch nicht«, sagt er. Es überrascht ihn, wie nachdrücklich das geklungen hat, wie wichtig Amy ihm inzwischen ist.

Cara wirft ihm einen Seitenblick zu und lächelt. »Gut«, meint sie. »Das ist sehr gut. Also vergessen wir den leidigen Cosmo und reden über Ihre Familie. Erklären Sie mir, wen ich kennenlernen werde und in welcher Beziehung diese Menschen genau zu Ihnen stehen. Vergessen Sie nicht, dass ich eine vollkommen Fremde bin.«

Als sie auf The Keep ankommen, sind offensichtlich Festlichkeiten im Gang. In der Gegend wird eine Fernsehserie gedreht, und Jolyon hat dem Produzenten nahegelegt, The Keep könnte die perfekte Location für einige Szenen sein. Cara fühlt sich ein wenig beunruhigt durch das brodelnde Familienleben, lässt sich aber von der ganzen Aufregung mitreißen. Jolyon ist seinem Vater sehr ähnlich, und Cara findet ihn gleich sympathisch.

»Dann sind Sie damit auch Sams Patentante oder seine Patenschwester?«, fragt er sie. »Ich habe versucht, mir die Beziehung zu erklären.«

Sie schüttelt den Kopf. »Ich übernehme keinerlei Verantwortung für ihn.«

Jolyon lacht und stellt sie seiner hübschen Frau Henrietta vor, seinem kleinen Sohn George und dem Baby, Alfie. Fliss und Hal kochen ein großes Sonntagsessen, Honey lässt sie nicht aus den Augen und hält Ausschau nach Leckerbissen. Cara lässt sich glücklich an dem großen Küchentisch nieder und lauscht der fortlaufenden Diskussion über die zukünftige Fernsehserie.

»Die Epoche ist perfekt für The Keep«, erklärt Jolyon. »Das neunzehnte Jahrhundert, als der gute alte Wer-weiß-wie-oft-Urgroßvater Edward es aus einer alten Hügelfestung rekonstruiert und dann ein paar Flügel angebaut hat. Es wird nicht der Hauptdrehort für die Serie sein, doch es sollte euch ein wenig Geld einbringen und wird bestimmt lustig.«

»Können Fliss und ich als Komparsen mitspielen und uns als Viktorianer ausstaffieren?«, fragt Hal, stellt Gläser auf den Tisch und greift nach einer Flasche Wein.

»Ganz bestimmt nicht«, sagt Jolyon sofort. »Das wäre so etwas von peinlich, Dad!«

Hal zwinkert Cara zu und zeigt auf die Flasche, und sie nickt.

»Ja, bitte«, antwortet sie. »Aber vielleicht bekommt Honey eine Rolle, so wie der Hund in Downton Abbey.«

Als Honey ihren Namen hört, wirft sie Cara quer durch den Raum einen Blick zu, und dann schlingt der kleine George die Arme um den Hals der Hündin und drückt sie. Honey wedelt gutmütig mit dem Schwanz.

»Und, was hältst du von unserem neuesten Familienzuwachs?«, fragt Sam Jolyon.

»Sie ist großartig«, gibt er zurück. »Es ist schön, dass der Hundekorb wieder bewohnt ist.«

Hal nickt. »Auf jeden Fall. Nett, einmal jemand anders auf der untersten Stufe der Leiter zu sehen.«

Mehr Gelächter folgt, noch mehr Scherze, und Cara nippt an ihrem Wein und beobachtet diese große Familie. Wie sie miteinander umgehen, fasziniert sie. Das übersteigt ihren Erfahrungshorizont, und sie beneidet sie um ihre gemeinsame Vergangenheit und die Ungezwungenheit, die daraus resultiert.

»Kommen Sie, ich zeige Ihnen Ihr Zimmer«, sagt Fliss. »Das Mittagessen ist noch nicht ganz fertig.«

Sie nimmt Caras kleine Tasche und führt sie Flure entlang, Treppen hinauf und durch den Gang zum Westflügel. Durch das Fenster sieht man in den Obstgarten hinunter, über den Küchengarten hinweg und weit nach Westen.

»Die Zimmer sind ziemlich klein«, erklärt Fliss fast entschuldigend, »aber wenigstens hatte Lizzie ein eigenes Wohnzimmer, sodass sie sich zurückziehen konnte, wenn sie das Bedürfnis danach hatte. Und in dieser Kammer finden Sie Dusche und Toilette, doch wenn Sie baden wollen, müssen Sie den Korridor hinuntergehen. Es war nicht einfach, The Keep ins zwanzigste Jahrhundert zu bringen. Mit mehr Komfort können wir leider nicht dienen.«

Cara sieht sich in den schlichten zwei kleinen Zimmern um und betrachtet die hübschen französischen Möbel und die Aquarelle an den Wänden. »Es ist perfekt«, erklärt sie. »Vielen Dank! Das ist so nett von Ihnen!«

»Absolut keine Ursache«, sagt Fliss. »Wir lieben es, Besuch zu haben. Sie dürfen gern so lange bleiben, wie es Ihnen gefällt und wie Sie es brauchen. Es muss unglaublich schwierig sein zu entscheiden, wo man leben möchte, wenn man nie eine Heimatbasis hatte. Bei der Marine war das auch so, aber ich konnte immer nach The Keep heimkommen, wenn mir danach war.« Sie blickt sich um, als wollte sie sich vergewissern, dass alles in Ordnung ist, und schenkt Cara dann ein Lächeln. »Kommen Sie nach unten, wenn Sie so weit sind«, sagt sie und geht hinaus.

Cara stellt ihre Tasche auf eine alte Truhe aus Kiefernholz, die am Fuß des Bettes steht, und tritt ans Fenster. Sie stellt sich den Obstgarten im Frühling vor, wenn er mit weißen Blüten überzogen ist wie mit Schaumkronen, und den von zerklüfteten Steinmauern umgebenen und von grasbewachsenen Wegen durchschnittenen Küchengarten voller Obst und Gemüse. Wie es wohl sein muss, mit einer solchen Kontinuität zu leben, mit dem Wechsel der Jahreszeiten und einem Gefühl hierherzugehören?

Sie wendet sich wieder dem Raum zu, öffnet ihre Tasche und nimmt ein paar Teile heraus. Über der kleinen Kommode hängt ein in Mahagoni gerahmter Spiegel. Cara bürstet sich das Haar, ohne sich selbst in die Augen zu schauen. Sie erträgt den Anblick ihres anderen Ichs nicht, das ihren Blick missbilligend erwidert. Lieber ist es ihr, wenn andere ihr Spiegel sind, damit sie sich ein Bild davon machen kann, wie sie sie sehen – nicht so, wie sie wirklich ist. Sie erinnert sich daran, wie sie in dem Haus in Sussex vor dem Spiegel getanzt und mit ihrem Spiegelbild, ihrer Freundin, geredet und gelacht hat. Wie lange es her ist, seit sie sich im Spiegel anschauen konnte, ohne den anklagenden Blick ihres Gegenübers zu sehen!

Cara wendet sich ab und fragt sich, was Philip von Hal und Fliss gehalten hätte. Sie ist sich sicher, dass Hal und er sich gut verstanden hätten. Sie hätten Geschichten über das Leben auf See und in ausländischen Botschaften ausgetauscht. Philip hatte eine Begabung dafür, Menschen die Befangenheit zu nehmen und eine gesellige Atmosphäre zu schaffen; er hätte sich hier auf The Keep zu Hause gefühlt. Sie wünscht sich, er könnte jetzt bei ihr sein und dies miterleben, wie sie so vieles geteilt haben. Sie hatten so viel gemeinsam. Er war ein einsames Einzelkind gewesen und sein Vater bei der Armee, und er hatte die Kameradschaft genossen, die er im Internat fand, besonders bei Max.

Sie erinnert sich noch daran, wie sie zum ersten Mal erkannte und mit Bestimmtheit wusste, wen Philip wirklich liebte. Sie lebten in Kopenhagen, als Max' Schiff in den Hafen einlief, um Flagge zu zeigen. Er hatte sich ein Taxi genommen und war viel früher als erwartet direkt zu ihrer Wohnung gefahren. Sie hatte ihn hereingelassen und umarmt, und dann trat Philip aus seinem Arbeitszimmer und blieb überrascht stehen. Sein Gesichtsausdruck – Freude, Liebe – sagte ihr alles und erklärte so vieles. Wie merkwürdig, dass ihr das nichts ausmachte, dass es sie alle noch stärker zusammenschweißte. Diese beiden Männer waren die Konstanten in ihrem Leben, und sie liebte sie beide. Als sie nach Philips Tod in London packte, fand sie zwischen den Seiten eines seiner Bücher ein Foto. Auf dem Vorsatzblatt stand eine kurze Widmung: *Philip. Glückwunsch, Max*, dazu das Datum *Juli 1970*, der Sommer, bevor Philip nach Cambridge ging, um Geschichte zu studieren. Das Buch war ein Exemplar von *1066 and All That*. Auf dem Foto stehen die beiden jungen Männer zusammen. Der etwas größere Max stützt den Ellbogen auf Philips Schulter und lächelt lässig in die Kamera. Philip sieht Max mit einer merkwürdig rührenden Mischung aus Zuneigung und Bewunderung an. Irgendwie sagt das Foto alles.

Jetzt nimmt Cara einen Beutel mit einer Schachtel Pralinen darin, ein kleines Geschenk für Fliss, und geht nach unten und zurück in die Küche.

Nach dem Mittagessen überlassen sie es Hal, die Spülmaschine einzuräumen, und Henrietta, George zu seinem Schläfchen hinzulegen. Die anderen nehmen Honey und machen einen Spaziergang auf den Hügel. Jolyon und Sam gehen voran, und Honey bleibt dicht bei Fuß wie üblich, obwohl sie sich bemühen, sie frei laufen zu lassen. Fliss und Cara folgen ihnen langsamer und stemmen sich gegen den starken Westwind.

»War die Party gestern Abend schön?«, erkundigt sich Fliss. »Sam scheint sich gut unterhalten zu haben.«

Cara vermutet, dass sie versucht, ein wenig mehr über Sams Aktivitäten in Salcombe herauszufinden, und fragt sich, wie viel er ihr von Amy erzählt hat.

»Es war eine Geburtstagsfeier«, erklärt Cara ihr. »Jack Hannaford, einer von Max' Freunden. Sie gehen zusammen segeln. Er ist interessant. Hat eine Laufbahn als Lehrer aufgegeben, um sich als Maler und Anstreicher selbstständig zu machen. Er ist mit mir nach Dartington gefahren, um die *Zauberflöte* zu sehen. Seine Tochter Amy ist ungefähr in Sams Alter. Sie arbeitet bei Jack, aber soweit ich höre, versucht sie, sich ein wenig breiter aufzustellen. Fängt an, Dinge für Kunden zu beschaffen, so etwas. Entwickelt sich ein wenig in Richtung Innenarchitektur.«

Fliss lächelt. »Möglicherweise hat Sam sich deswegen so gut amüsiert. In letzter Zeit war er ein wenig still, introspektiv. Vielleicht hilft ihm Amy darüber hinweg.«

»Die beiden scheinen sich sehr gut zu verstehen«, erwidert Cara. »Ich glaube, Sie würden sie mögen. Aber ich würde nicht sagen, dass mehr dahintersteckt als Freundschaft.«

»Klingt doch gut«, meint Fliss.

Eine Weile gehen sie in freundschaftlichem Schweigen weiter. Sie senken den Kopf, um den Wind und die kleinen Regentropfen abzuwehren. Vor ihnen drehen Jolyon und Sam um und kommen auf sie zu.

»In einer Minute wird es wie aus Eimern schütten«, ruft Jolyon und zeigt auf die Wolkenbänder, die sich am Horizont zusammenziehen. »Zeit, nach Hause zu gehen.«

Cara ist froh, dem Wind den Rücken zu kehren und sich von ihm beinahe den Hügel hinuntertragen zu lassen. Als sie zurück sind, brennt in der Halle das Feuer, Hal sitzt von Zeitungen umgeben auf einem der langen Sofas, und zu seinen Füßen hockt George inmitten von Spielzeug. Cara vermutet, dass es Familienerbstücke sind: ein Springteufel zum Aufziehen, ein paar ziemlich verkratzte Matchbox-Autos und ein alter Teddy mit abgewetztem Fell. Auf dem Sofa gegenüber hat Henrietta es sich gemütlich gemacht, und neben ihr schläft das Baby. Hal blickt auf.

»Es muss kalt draußen gewesen sein. Ich höre, wie der Wind auffrischt«, sagt er. »Kommt herein und wärmt euch auf.«

Sie ziehen ihre Mäntel und Stiefel aus und setzen sich ans Feuer. Fliss kniet neben George nieder und zeigt ihm, wie man den Springteufel aufzieht. Hal macht neben sich Platz auf dem Sofa und lächelt Cara zu.

»Umso besser, dass Sie nicht noch zurückfahren müssen«, meint er. »Das wird ein verdammt stürmischer Abend. Oben im Westflügel kann es allerdings auch ein wenig wild werden.«

»Ich finde es ganz nett«, sagt sie, »einem heftigen Unwetter zu lauschen, solange man sicher und warm im Haus sitzt.«

Sie sieht, wie Sam sein Handy aus der Tasche zieht und einen Blick darauf wirft. Er verzieht die Lippen zu einem leisen Lächeln, und sie weiß instinktiv, dass die Nachricht von Amy ist. Er sieht hoch, fängt ihren Blick auf und grinst ihr zu.

»Im Westen nichts Neues«, sagt er, und sie fragt sich, ob das bedeutet, dass Amy immer noch nichts von Cosmo gehört hat.

Sie ist gespannt darauf, was passieren wird, wenn Cosmo nach Salcombe zurückkehrt, und unwillkürlich überläuft sie ein kleiner Schauer.

Hal sieht sie an. »Kalt?«, fragt er. »Das war nicht der beste Nachmittag für einen Spaziergang. Tee?« Er steht auf und verstreut Zeitungen um sich. »Komm, Sam. Du kannst mir beim Tragen helfen.«

Cara sitzt still da und hört George und Fliss zu, die auf der Decke zu ihren Füßen schwatzen, während Henrietta und Jolyon sich auf der anderen Seite des langen, niedrigen Tisches leise unterhalten und Honey vor dem Kamin liegt. Wie friedlich das alles ist! So muss es sein, wahrhaftig nach Hause zu kommen. Zu den Menschen zurückzukehren, die man am meisten liebt, in das Zuhause, das man seit Ewigkeiten kennt. Mit einem Mal wacht das Baby auf und beginnt zu weinen, und die Dynamik verändert sich. Henrietta nimmt Alfie hoch, Fliss fragt, ob sie etwas braucht, George bringt Jolyon einige seiner Spielzeuge, um sie ihm zu zeigen. Hal und Sam kommen mit dem Tee, und der niedrige Tisch wird gedeckt. Cara ist ganz vertieft in das Leben um sie herum; sie kann sich nicht daran erinnern, wann sie zuletzt so glücklich war.

Die nächsten Tage sind von gemeinsamen Unternehmungen erfüllt: Spaziergängen auf dem Moor, Ausflügen mit Sam, um in Dartmouth die Umgebung zweier Wohnungen auszukundschaften, und einem Besuch auf Dartington Hall, wo sie Fliss' jüngere Schwester Susanna und deren sympathischen Mann Gus kennenlernt, die im Dorf leben. Während Cara zusammen mit Hal und Fliss im Küchengarten arbeitet, fragt sie sich, warum sie sich bei diesen Menschen, die sie erst seit so kurzer Zeit kennt, so entspannt fühlt. Sie strahlen eine Stabilität aus, eine tiefe Verwurzelung, die sie in ihrem eigenen Leben nie gekannt hat, und das wirkt in dieser einsamen Zeit, in der sie sich neu orientieren muss, sehr tröstlich.

»Wir wollten nur sagen«, erklärt Fliss an Caras letztem Tag nach dem Mittagessen, »dass Sie hier immer willkommen sind. Lassen Sie sich nicht unter Druck setzen, ein Haus oder eine Wohnung zu finden. Wir können uns vorstellen, dass es in Salcombe nach einer Weile etwas eng wird, doch wir haben hier so viel Platz und sind an Besuch gewöhnt.«

Ein Nordwestwind rüttelt an den starken Mauern von The Keep. Plötzlich prasselt Regen herunter, und Hal tritt mit Honey in die Küche, streift sich das Wasser von der Jacke und steigt aus den Stiefeln. Sam folgt ihm, holt Honeys Handtuch und reibt sie trocken.

»Ganz haben wir es nicht geschafft«, erklärt er. »Dort draußen braut sich ein ordentlicher Sturm zusammen. Ich glaube, ich mache in der Halle Feuer.«

»Gute Idee«, meint Fliss.

Hal und Fliss unterhalten sich über eins ihrer Kinder, und Cara huscht hinaus und geht nach oben in ihr Zimmer. Heute ist es kälter, und sie braucht einen wärmeren Pullover. Sie hat einen von Philip eingepackt, aus weichem Kaschmir, warm und weit, und sie kuschelt sich behaglich hinein, schließt nur einen Moment lang die Augen und gesteht sich alles ein, was sie verloren hat. Sie schlingt die Arme um den Körper und erinnert sich an Philips Freundlichkeit, seinen Sinn für Humor und ihre ganz eigene Art von Intimität und Liebe.

»Ich hätte nie erraten«, sagte sie nach jenem Besuch in Kopenhagen zu ihm, »dass du Max liebst.«

Philip saß da und las die Zeitung, und sie erinnert sich noch, wie er rasch aufsah, an die Beklemmung und das Schuldbewusstsein in seinem Blick. Sie ging zu ihm, kniete sich neben ihn und umarmte ihn. Philip hielt sie fest und vergrub sein Gesicht an ihr.

»Dich liebe ich auch«, sagte er gedämpft. »Das weißt du genau.«

»Es ist in Ordnung«, versicherte sie ihm. »Ich liebe ihn ja auch. Wenn du schon jemanden lieben musst, bin ich froh, dass es Max ist.«

Cara steht auf. Am Schlafzimmerfenster hält sie inne, um hinauszusehen, und stellt fest, dass es aufgehört hat zu regnen, obwohl der Nebel über dem Moor immer noch die Sonne verdunkelt. Im Süden ziehen Sturmwolken auf und wälzen sich hoch über den Hügeln heran. Sie hört, wie jemand ihren Namen ruft und klopft. Sie gibt Antwort, die Tür wird geöffnet, und Sam steckt den Kopf herein. Seine Augen strahlen vor Belustigung.

»Lust auf ein Abenteuer?«, fragt er.

Cara lacht. »Das kommt darauf an, was für ein Abenteuer Sie im Sinn haben«, gibt sie zurück. Aber Sam ist schon fort.

»Nehmen Sie einen Mantel mit«, ruft er.

Sie schnappt sich ihre Fleecejacke und eilt zur Tür.

»Kommen Sie schon«, ruft er ungeduldig den Korridor herunter. »Wir haben nicht viel Zeit!«

Hinter ihm her läuft sie über den Gang zu dem großen, zentralen Treppenabsatz, und als Sam sich nach links wendet und die Treppe hinaufgeht, folgt ihm Cara und hält sich dabei dicht an der Wand. Sie war noch nie im dritten Stock. Etwas an den hölzernen Treppenstufen und Geländern wirkt Furcht einflößend und unsicher auf sie, doch Sam klettert weiter hinauf, und sie muss ihm folgen. Hier ist das Gebäude weniger reich ausgeschmückt, wirkt unbewohnter. Sogar diese Etage hat hohe Decken, viel höher als in ihrer gemütlichen kleinen Wohnung im Westflügel. Sie vermittelt ein Gefühl von Weitläufigkeit und Pracht. Hier hängen weniger Bilder an den Wänden, und die Wandfarbe ist rauer und blättert an einigen Stellen ab. Das überrascht sie nicht. Schließlich brauchen Hal und Fliss diesen zusätzlichen Platz nicht, da hat dessen Pflege wohl keine Priorität. Auf dem obersten Treppenabsatz blickt Cara sich um und sieht mehrere Türen. Als Sam den Gang entlanggeht, zeigt er auf eine offene Zimmertür.

»Mein Zimmer«, erklärt er, doch offensichtlich sind sie nicht dorthin unterwegs.

Er führt sie zu einer merkwürdig schmalen Tür am Ende des Korridors. Er hält einen großen Schlüssel in der Hand, den er ins Schloss steckt. »Abstellkammer«, sagt er knapp und schiebt sie auf.

Cara folgt ihm. Der Geruch wirkt einladend: warm, staubig und trocken. Es riecht nach unterschiedlichen Hölzern, nach altem Lavendel. Überall in dem Raum stehen Kistenstapel und Möbel, und an einer Wand lehnen sogar Gemälde. Er ist eine Schatzhöhle aus alten, vernachlässigten Dingen, den Hinterlassenschaften einer alteingesessenen Familie. In die Wand gegenüber der Tür ist ein kleines Fenster eingelassen, das so dick mit Schmutz und Spinnweben überzogen ist, dass es schwerfällt, die Landschaft dahinter zu erkennen. Es lässt nicht viel Licht ein, doch Sam hat einen Schalter umgelegt, und eine nackte Glühbirne, die von einem langen, in Stoffstreifen gewickelten Kabel herabhängt, ergänzt das schwache Tageslicht.

Während Cara das alles auf sich wirken lässt, ist sie sich bewusst, dass Sam beschäftigt ist. Er hat eine lange, merkwürdig geformte Stange, die er zu einer Ecke zu ihrer Linken trägt, in der sich weder Regale noch Kisten befinden. Hier reckt er die Stange nach oben, zu einer Klappe in der Decke.

»Zurückbleiben«, warnt er sie und schiebt mit routinierter Leichtigkeit den Riegel beiseite, sodass eine lange Holzplatte herabschwingt, die mit stabilen Scharnieren befestigt ist. Steinchen und andere Kleinteile rieseln herab, und über ihren Köpfen schwingt das Brett hin und her. Sam ist immer noch bei der Arbeit. Aus der Ecke holt er eine lange, massiv wirkende Holzleiter, die er an ihren Platz unterhalb der Klappe hievt. Cara sieht, dass die Enden der Seitenstangen große Messinghaken tragen. Sie passen in Ösen, die in den Holzbalken über ihren Köpfen eingelassen sind. Sam hängt die Leiter ein, dreht sich um und wirft Cara ein Grinsen zu.

»Lassen Sie mir einen Moment Zeit«, sagt er.

Sam steckt die Hand in die Tasche, kramt nach etwas und zieht einen kleinen, altmodischen Schlüssel hervor. Er behält ihn in der Hand, setzt einen Fuß auf die Leiter und klettert rasch und behände nach oben.

Sein Kopf, seine Schultern und Arme verschwinden aus ihrem Blickfeld, und er steht einen Moment reglos da. Dann setzt er einen Fuß höher auf die Leiter und hievt sich mit einem hörbaren Stöhnen nach oben. Als hoch oben die Klappe aufgeht, flutet Tageslicht den Raum. Sam kommt ein paar Stufen herunter, sodass er in ihr nach oben gewandtes, nervöses Gesicht sehen kann.

»Die Klappe konnte ich erst mit fünfzehn öffnen«, erklärt er und grinst ihr zu. »Verraten Sie Fliss nichts. Kommen Sie, Cara, das werden Sie lieben.«

Mit federndem Schritt geht er die Leiter wieder hinauf, ins Licht hinaus, und entschwindet ihrem Blick.

Langsam tritt Cara vor. Ihr Herz schlägt schneller, und in

ihrem Kopf herrscht ein Wirrwarr aus Anspannung, Furcht und Entschlossenheit. Sie will diese Leiter nicht hochsteigen. Das Holz wirkt stabil, aber sie traut ihm nicht. Und doch kann sie sich nicht überwinden, darauf zu verzichten, die Sache verloren zu geben oder Sam zu enttäuschen. Er ist so begeistert, so enthusiastisch, und das Erlebnis ist offensichtlich ein Geschenk, das er ihr machen will. Wie kann sie das ablehnen, wie soll sie ihm ihre Furcht eingestehen? Sie sitzt in der Falle, also fasst sie vorsichtig nach der Leiter und setzt einen Fuß auf die erste Sprosse. Cara klammert sich an dem Holz fest und beginnt zu klettern.

Es ist ein langer Weg nach oben. Zweimal hält sie an und zwingt sich mit reiner Willenskraft, eine Hand über die andere zu setzen.

»Kommen Sie schon, Cara«, ruft Sam, »sonst verpassen Sie es!«, und einen Moment lang fühlt sie sich wie das kleine Mädchen, das sie einmal war. Das da oben ist Max, zurückverwandelt in einen ungeduldigen Jugendlichen, der sie drängt, ihre Ängste zu bewältigen. Sie klettert weiter und wagt dabei nicht, nach unten zu blicken, bis sie die Luke erreicht.

Über ihr reckt Sam sich nach ihrer Hand, ergreift sie und zieht sie halb nach oben, in das Licht und den Wind. Cara tritt von der Leiter, und Sam legt den Arm um sie und stützt sie. Sie sieht sich um, über das sanft abfallende Dach nach Westen und zu den kleinen Städten dort, zum Meer, das in der Ferne ein blaues Band bildet und in der untergehenden Sonne blitzt und glitzert. Der Wind zerrt an ihren Kleidern, und sie keucht verblüfft auf angesichts des Panoramas, das sie umgibt. Und dann lässt Sam sie los, und sie steht unsicher balancierend neben der Klappe, während er über das Dach in den Wind hineinschlendert, gen Westen und auf die untergehende Sonne zu. Als sie ihm nachsieht, dreht er sich zu ihr um. Er stößt Freudenschreie aus und schwelgt im Wind und im Licht. Lachend wendet er sich wieder ab, tritt näher an die Zinnen heran, die das Dach umgeben, und sieht in das Leuchten des Sonnenuntergangs hinein.

»Sam!«, schreit sie. »Nicht! Bitte nicht, das ist nicht sicher!«

Doch er kann sie nicht hören, weil der Wind ihre Stimme verweht. Am Fuß der Zinnen liegt eine niedrige Terrasse, ein Laufgang, von dem aus ein Wächter jeden erkennen könnte, der sich dem Haus nähert. Routiniert und leichtfüßig springt Sam darauf. Jetzt hat Cara schreckliche Angst um ihn.

»Sam!«, ruft sie beschwörend.

Freudestrahlend dreht er sich zu ihr um. Dann wendet er sich wieder der Sonne zu, breitet die Arme hoch über sich aus und schreit, so laut er kann: »Willkommen in meinem Reich, Cara.«

Eine heftige Windbö trifft auf das Dach, und als Cara zu ihm gehen will, hört sie ein lautes, hallendes Krachen und kreischt. Sie schlägt die Hände vors Gesicht und schreit noch einmal. In diesem kurzen Moment verschwimmt die Szenerie um sie herum, Vergangenheit und Gegenwart kollidieren, und sie steht wieder auf dem Treppenabsatz in dem alten Stadthaus in Rom. Joe sieht sie an, protestiert gegen ihre »Albernheiten«, wie er es nennt. »Cara, *bellissima* Cara, wo willst du hin, Cara?« Er streckt die Arme nach ihr aus, um sie aufzuhalten, und sie hebt ihre Tasche hoch wie einen Schild zwischen ihnen. Er tut so, als hätte er Angst vor ihrem Zorn, reckt die Arme in die Höhe, als müsste er sich verteidigen, und weicht geduckt an das Geländer zurück. Dann hört sie ein Splittern und Krachen, das Holzgeländer fällt in Stücke, und er stürzt rückwärts ins Leere. Er bekommt das Geländer noch zu fassen, doch das Stück bricht ab. Seltsam elegant kippt er mit dem Rücken zuerst ins Treppenhaus. Sie schreit seinen Namen, stürzt nach vorn. Und dann hört sie ein grauenerregendes Krachen, und sein Schrei bricht abrupt ab. Sie steht gefährlich nahe an dem zerbrochenen Geländer, schaut vom obersten Treppenabsatz hinunter und sieht ihn drei Stockwerke tiefer liegen. Sein Hals ist in einem unnatürlichen Winkel verdreht, und unter seinem Kopf bildet sich eine Blutlache. Die Tasche immer noch in den Händen, läuft sie die Treppe hinunter, kauert sich nieder und sieht in seine blicklosen, halb offenen Augen. Am Ende des Flurs wird eine Tür geöffnet. Cara hört Stimmen, und dann rennt sie, rennt davon, in die heiße, laute Stadt hinein.

20. Kapitel

Sam hört Cara schreien, sieht, wie sie auf dem Dach zusammenbricht. Als er sie erreicht, hat sie sich ganz klein zusammengekauert, um dem Wind zu entgehen, und ruft wieder und wieder einen Namen. Er fällt auf die Knie und zieht ihren zitternden Körper in die Arme. Dann sitzt er vollkommen aufgewühlt da und hält sie fest.

»Was ist, Cara? Sind Sie verletzt?«

Ein Schauer überläuft sie, und sie stöhnt leise, und dann verdrehen sich ihre Augen. Sie erschlafft in seiner Umarmung.

»Cara«, ruft er, »Cara?«

Keine Reaktion. Er zwingt sich, ruhig zu bleiben, die Panik zu bezwingen. Das Unwetter hat sie jetzt erreicht. Die Sonne ist untergegangen, und in dem tosenden Wind und Regen kann er sich nicht einmal vergewissern, ob sie atmet. Sam legt sie flach hin, beugt sich über ihr Gesicht und lauscht auf ihren Atem. Als er ihn auf der Wange spürt, setzt er sich zurück und legt einen Finger an ihren Hals. Ihr Puls schlägt. Er blickt sich auf dem Dach um und sieht, dass das Krachen von der Klappe stammte, die der Wind zugeweht hat. Innerlich beschimpft er sich und flucht. »Hier können wir nicht bleiben«, erklärt er laut.

Er springt auf, rennt zu der Luke, packt den dicken Eisenring und hebt sie vom Dach hoch, wobei er hofft, dass der Wind ihm Zeit zum Handeln lässt. Entschlossen läuft er zu Cara zurück, beugt sich vor, sodass er sie hochziehen kann, und fasst sie unter den Armen. Er hebt sie hoch, bis sie aufrecht steht, und bückt sich dann, um sie über seine Schultern fallen zu lassen. Als er sich aufrichtet, wird ihm bewusst, dass sie leicht ist, sehr leicht. Es fällt ihm nicht schwer, sie im Feuerwehrgriff zu tragen. Ihr Körper liegt sicher um seinen Nacken, und er kann mit dem Arm ihre Beine festklemmen. Jetzt bewegt er sich schnell, denn er fürchtet, der Wind könnte noch einmal in die Türklappe fahren. Er tritt auf die Leiter zu und schwingt sich auf die obersten Sprossen. Die ersten paar Schritte werden die schwierigsten sein.

Sam nimmt sich einen Moment Zeit, um seine Last auszubalancieren, und dann klettert er hinunter, mit den Händen auf den Sprossen, und verlässt sich darauf, Cara im Gleichgewicht halten zu können. Er ist zutiefst erleichtert, als sein Kopf unterhalb des Eingangs aus dem Wind kommt, doch das Fortkommen ist nicht einfach. Auf halber Höhe muss er auf der Leiter eine Pause einlegen und hat entsetzliche Angst, dass Cara ihm wegrutscht. Aber er verlagert ihr Gewicht neu auf seinem Rücken und beendet den Abstieg. Dabei keucht er vor Furcht. Er hält nicht inne, um seine Erleichterung auszukosten, sondern wälzt Cara von seiner Schulter hinunter, trägt sie auf den Treppenabsatz hinaus und schreit nach Fliss und Hal, so laut er kann.

Als er die ersten Stufen hinuntergeht, hört er den Aufruhr unter sich und ruft noch einmal. Und da sind sie schon und eilen ihm auf der Treppe entgegen. Sie übernehmen die Regie, helfen ihm zurück ins Erdgeschoss und packen mit an, als er seine Last auf dem Sofa ablegt. Fliss nimmt Cara die Schuhe ab und zieht ihr die durchweichte Fleecejacke von den Armen. Da sieht Sam, wie sich Cara regt. Ihre Augen öffnen sich flatternd.

»Sam?«, fragt sie. »Wo ist Sam?«

»Er ist hier«, sagt Fliss, »und es geht ihm gut.« Der Blick, den sie Sam zuwirft, teilt ihm allerdings mit, dass keineswegs alles in Ordnung ist und er in großen Schwierigkeiten steckt. Weit über ihnen erschallt ein Krachen, das in der Halle widerhallt, und

Sam ist klar, dass der Wind die Klappe wieder zugeknallt hat. Bei dem Geräusch zuckt er zusammen und kann Hal nicht in die Augen sehen.

Cara dreht sich, setzt die Füße auf den Boden und nimmt in der Sofaecke eine sitzende Haltung an. Sie versucht, ihre Abwehrmechanismen und Barrieren aufzurichten, die Kontrolle zurückzugewinnen. Fliss nimmt die Decke, die über der Sofalehne liegt, setzt sich neben Cara und schlingt sie ihr um die Schultern.

»Wie fühlen Sie sich?«, fragt sie sanft. »Sind Sie verletzt?«

Cara schüttelt den Kopf.

Sam kniet neben ihr nieder und nimmt ihre Hand. Er ist blass, seine Miene schockiert. »Das tut mir so leid, Cara«, sagt er. »Ich hätte nie gedacht … Ich hatte ja keine Ahnung, dass Ihnen das solche Angst einjagen würde. Leiden Sie unter Höhenangst?«

Wieder schüttelt sie den Kopf. »Das war es nicht. Ich hatte keine Angst um mich.«

Ein kurzes Schweigen tritt ein.

»Cara, wer ist Joe?«, fragt Sam dann.

Ihr steigen Tränen in die Augen, sie will nicht sprechen, will nicht, dass sie Bescheid wissen. Doch dann liest sie auf Sams Miene das Schuldbewusstsein, das Entsetzen über den Schmerz, den er ihr bereitet hat, und das Bedürfnis, ihn zu rehabilitieren, überwältigt sie. Fliss berührt Caras Arm und streicht über ihren Ärmel. Ihre Güte ist Caras Untergang. Sie erinnert sich daran, wie Fliss und sie im Hof gesessen und Bekenntnisse geteilt haben; wie Fliss ihr Herz geöffnet und über ihren Bruder Jamie und Mole gesprochen hat, und das macht Cara Mut. Sie weiß, dass sie sich dem nicht entziehen kann, dass sie es Sam schuldig ist, und Hal und Fliss. Sie muss es ihnen erzählen.

Sie beginnt zu sprechen. Stockend zuerst und dann zusammenhängender schildert sie, wie sie Joe in London kennenlernte und sich in ihn verliebte. Wie sie Angst hatte, es sei vorüber, als er nach Italien zurückkehrte. Doch dann lud er sie ein paar Wochen später nach Rom ein. Er klang so eifrig, so leidenschaftlich, dass sie davon ausging, dass er ihr einen Heiratsantrag machen würde. Joe holte sie am Flughafen Fiumicino ab und fuhr sie in die Stadt.

Sie erzählt die ganze Geschichte, genau so, wie sie sie eben auf dem Dach noch einmal erlebt hat, und lässt keine Details aus. Wie sie sich vorgestellt hatte, sie würde seine Eltern kennenlernen und bei ihnen in ihrem Stadthaus wohnen. Doch stattdessen brachte Joe sie in seine Wohnung im obersten Stock eines Hauses in der Altstadt. Es war früher Abend, doch er wollte nicht ausgehen. Er wollte Sex. Sie wollten es beide.

Cara unterbricht sich. Es ist schwieriger zu erklären, wie sich danach herausstellte, dass es keinen Heiratsantrag geben würde; ihnen zu sagen, wie Joe ihr gestand, er sei bereits verlobt. Er ging davon aus, dass sie sich damit zufriedengeben würde, seine Geliebte zu sein. Sie schildert den anderen, wie sie beschämt und gedemütigt nach ihrer Tasche griff, die noch an der Tür stand, sie schnappte und hinausrannte. Joe folgte ihr, versuchte, sie aufzuhalten, und benahm sich, als verhielte sie sich vollkommen irrational. Vor der Wohnungstür lachte er sie aus, redete auf sie ein. Und als sie ihn wieder anschrie, lehnte er sich rückwärts an das Treppengeländer, reckte die Arme in die Luft und tat, als hätte er Angst. Er lachte immer noch, als das Geländer abbrach. Sie erinnert sich noch an den Schrei, den er im Fallen ausstieß, den dumpfen Knall, mit dem er drei Stockwerke tiefer auf dem Boden aufprallte, und an die Stille, die darauf folgte.

»Ich bin davongelaufen«, gesteht Cara ihnen. Sie starrt auf ihre Hände, die sie auf den Knien ineinander verschlungen hat.

»Als ich unten im Flur ankam, sah ich, dass er tot war. Er hatte sich den Hals gebrochen. Und dann hörte ich, wie sich eine Tür öffnete, Stimmen. Ich bin in Panik geraten. Ich konnte nur daran denken, dass ich kein Italienisch sprach, dass ich nichts erklären konnte und vielleicht im Gefängnis landen würde. Ich rannte auf die Straße und lief und lief. Und dann fiel mir ein, dass Max mir Philips Adresse gegeben hatte. Philip war sein ältester, bester Freund und damals an der Britischen Botschaft in Rom stationiert. Ich sah ein Taxi und zeigte dem Fahrer den Zettel mit der Adresse, und er fuhr mich hin.«

Sie holt tief Luft, aber sie kann nicht aufhören. Jetzt muss sie alles erzählen. Sie sieht weder Hal noch Fliss an, auch nicht Sam, der schweigend neben ihr kniet und sie anschaut.

»Philip war großartig. Er war ruhig, er ließ mich weinen, er hat sich um mich gekümmert. Am nächsten Morgen fuhr er mich zum Flughafen und reservierte uns Plätze im nächsten Flieger nach Hause. Als wir in London ankamen, mietete er einen Wagen und fuhr mich nach Norfolk zu seiner Mutter. Ich habe seine Mutter geliebt. Sie war der freundlichste Mensch, dem ich je begegnet war. Keine Ahnung, was er ihr erzählt hat, aber sie umsorgte mich, als hätte ich einen schrecklichen Verlust erlitten. Sie hat sich um mich gekümmert, während er nach Rom zurückkehrte. Er hat mir aufgetragen, mit niemandem zu reden, und gesagt, er komme in ein paar Tagen wieder.«

Endlich hebt sie den Blick und sieht die anderen an. Sie wirken nicht angewidert, nur entsetzt und schockiert.

Fliss nimmt Caras Hand und umfasst sie fest. »Was für eine absolut himmelschreiende Geschichte.«

Cara starrt sie an und kann kaum glauben, was sie hört. In Fliss' Stimme schwingt weder Verurteilung noch Distanz mit. Sie nickt und wischt sich ein paar Tränen ab.

»Ich war der Grund für seinen Tod«, erklärt sie nur für den Fall, dass Fliss das nicht verstanden hat. »Er war tot, und ich habe ihn liegen gelassen. Ich konnte nicht aufhören, an seine Eltern zu denken.«

»Aber das war doch nicht Ihre Schuld«, meint Fliss. »Er hätte Sie nie einladen dürfen. Er hat Sie in die Irre geführt. Es war richtig, dass Sie gegangen sind. Cara, das, was passiert ist, war ein schrecklicher Unfall und nicht Ihre Schuld.«

Ein kurzes Schweigen tritt ein.

»Und wann ist Philip zurückgekommen, um Sie zu besuchen?«, fragt Hal.

»Er kam ein paar Tage später als versprochen nach Hause. Er hat in der Kanzlei des Außenministeriums gearbeitet, aber er hatte Kontaktleute, die herausfinden konnten, was passiert war, nachdem ich weggelaufen war. Anscheinend hatte Joe häufig Frauen in die Wohnung gebracht. Man ging von einem Beziehungsstreit aus, doch es konnte nichts gefunden oder bewiesen werden. Niemand hatte mich gesehen, und ganz bestimmt verdächtigte niemand eine ausländische Staatsangehörige. Joes Familie wollte keinen Skandal. Niemand glaubte an Mord, und da das Geländer stark von Holzwurm befallen war, ging man von einem Unfall aus. Alles wurde totgeschwiegen, unter den Teppich gekehrt. Philip meinte, niemand bräuchte je davon zu erfahren. Doch ich sagte ihm, ich wüsste Bescheid, und ich würde mir nie verzeihen können.«

Sie verstummt und fragt sich, was sie noch hinzufügen soll. Das ist immer das Problem, wenn man sein Herz öffnet: Es ist schwer für alle, danach zur Normalität überzugehen.

Sam ist es, der das Schweigen bricht. »Und wann haben Sie und Philip geheiratet?« Es ist, als wollte er sie mit dieser Frage an eine glücklichere Zeit erinnern.

Cara weiß, dass sie nur die Wahrheit sagen kann, und nimmt ihre Kraft zusammen, um weiterzusprechen. »Ein paar Wochen später wusste ich, dass ich schwanger war«, erklärt sie. »Ich war niedergeschmettert, aber ich konnte das Baby nicht abtreiben, es nicht aufgeben. Verstehen Sie, es kam mir wie eine Wiedergutmachung vor. Es war von Joe, es war Teil seines Lebens. Ich rief Philip an, und er ließ sich aus ›dringenden familiären Gründen‹ Urlaub geben und kam nach Hause. Er verstand. Er begriff, was es mir bedeutete, das Kind zu behalten.« Sie legt eine kleine Pause ein und spricht dann weiter. »Daher hat er vorgeschlagen, wir sollten heiraten, und alle würden davon ausgehen, dass das Kind von ihm wäre.«

Fliss hält immer noch ihre Hände. »Und wie haben Sie reagiert?«, fragt sie behutsam.

»Ich kannte Philip, seit ich ein kleines Mädchen war«, antwortet Cara. »Er war Max' bester Freund, und ich liebte ihn. Daher war das nicht so abwegig, wie es klingt.« Sie unterbricht sich noch einmal. »Doch dann erklärte er mir, wenn ich bereit wäre, seine Frau zu werden, wolle er mich nicht anlügen. Und so kannte ich seine Geheimnisse, genau wie er meine kannte, und wir haben sie beide gewahrt.«

Cara verstummt. Sie holt tief Luft und sieht die anderen an. Immer noch wirken sie gelassen und vollkommen mitfühlend. Sie hat das Gefühl, Philip zu verraten; als stünde es ihr nicht zu, seine Geheimnisse zu offenbaren. Doch sie hat das Empfinden, sich endlich von all den Heimlichkeiten befreien zu müssen.

»Philip war schwul«, erklärt sie schließlich. »Vor vierzig Jahren hatte das immer noch viel zu bedeuten, und Philip war ehrgeizig. Als verheirateter Mann würde ihn niemand verdächtigen, und niemand würde Fragen stellen.«

Merkwürdigerweise wirken sie jetzt entsetzter als eben, als sie ihnen erzählt hat, dass sie schuld an Joes Tod war.

»Aber wie haben Sie dabei empfunden?«, fragt Fliss. »Nicht bei dem Wissen, dass er schwul war, sondern dabei, dass er Sie gebeten hat, seine Frau zu werden? War das denn fair von ihm? Da hat er ja wohl die Situation ausgenutzt.«

»Nein, so war das nicht«, gibt Cara rasch zurück. »Es war nicht wie eine Bestechung oder Erpressung oder so. Verstehen Sie, er hat mich geliebt, sehr tief, nur eben nicht auf diese Art. Er war darauf vorbereitet, dass ich Nein sagen würde, doch er wollte mich beschützen. Ich war schwanger mit Joes Kind, und er kannte mich gut genug, um zu wissen, dass ich es niemals aufgeben könnte. Wenn ich schon mit alldem fertigwerden musste, warum nicht mit Philip an meiner Seite?«

Erneut unterbricht sie sich. »Und dann, nicht lange nach unserer Hochzeit, verlor ich das Baby. Ich war am Boden zerstört und hatte das Gefühl, Joe noch einmal umgebracht zu haben. Aber Philip war da. Er hat meinen Kummer geteilt, ihn gelindert, ihn zusammen mit mir getragen.« Sie unterbricht sich, und frische Tränen laufen ihr über die Wangen. »Philip war ein guter, freundlicher Mann. Ich weiß, er wäre gern Vater geworden, doch ich konnte keine Kinder mehr bekommen.«

»Eine grauenhafte Tragödie«, meint Hal schließlich, »aber ich wünschte, Sie hätten sich deswegen nicht all die Jahre gequält. Sie hatten keine Schuld.«

Sie sieht zu ihm auf. »Ich bin weggelaufen«, erwidert sie. »Ich habe Joe dort liegen gelassen.«

»Doch Sie wussten, dass Leute kommen würden. Ihnen war klar, dass sie sich darum kümmern würden. Ihre Reaktion war natürlich, Cara. Wie alt waren Sie? Neunzehn, zwanzig? Allein in einem fremden Land, Herrgott!«

Er wirkt beinahe wütend, aber merkwürdigerweise schenkt sein Zorn ihr Mut und Hoffnung. Sie sind auf ihrer Seite.

»Und Sie haben nie jemandem davon erzählt?«, fragt Fliss behutsam. »Nicht einmal Max?«

Cara schüttelt den Kopf. »Mein Bruder wusste von der Schwangerschaft, doch er hatte keine Ahnung, dass das Kind nicht von Philip war. Es war das Beste, wenn niemand das mit Joe erfuhr. Philip war ja gewissermaßen darin verwickelt. Ich meine, er hätte Joes Tod melden können, nicht wahr? Aber er hat es nicht getan. Das Beste war, alles für uns zu behalten. Und wir waren glücklich. Er fehlt mir schrecklich.«

Plötzlich fühlt sie sich schwach, erschöpft und verlegen, weil die anderen vielleicht nicht wissen, was sie darauf sagen sollen. Sie schiebt sich an den vorderen Rand des Sofas, als wollte sie aufstehen, doch Fliss drückt sie sanft wieder zurück und lässt sie nicht gehen. Hal erhebt sich und wirft noch ein paar Scheite aufs Feuer. Cara rührt sich nicht. Fliss sitzt neben ihr, und Honey kommt langsam auf Cara zu und legt den Kopf in ihren Schoß. Aus ihren Golden-Retriever-Augen sieht sie zu ihr auf, ohne zu blinzeln. Cara hält ihrem Blick stand und streichelt ihr leise lächelnd über den weichen Kopf. Dann schaut sie wieder zu den anderen auf.

»Es tut mir so leid. Als ich mit Sam auf dem Dach war …« Sie unterbricht sich kurz und schüttelt den Kopf. »Keine Ahnung, wieso, aber plötzlich war alles wieder da. Ich hatte solche Angst, er würde auch abstürzen, und dann war mir, als wäre ich wieder dort, in Rom. So etwas habe ich noch nie erlebt.«

»Man nennt das ›Posttraumatisches Stresssyndrom‹«, erklärt Hal gelassen. »Ihr Gedächtnis speichert das Schreckliche, hält daran fest, spielt damit, und dann löst etwas einen Flashback aus, und Sie erleben das Trauma noch einmal neu. Ich bin froh, dass Sie uns davon erzählen konnten. Sich etwas einzugestehen ist oft der erste notwendige Schritt, um da wieder herauszufinden. Sie sind bestimmt durch die Hölle gegangen, Cara, aber vielleicht ist es jetzt vorbei.«

Seine pragmatische Reaktion beruhigt sie viel stärker, als das jede überschwängliche Bekundung von Mitgefühl vermocht hätte. Irgendwie relativiert sie ihr Geständnis. Vielleicht war es nicht nur ihre Schuld. Gut möglich, dass ihre Reaktionen, ihre Ängste natürlich waren. Dass so etwas jedem zustoßen könnte, der mit einem zutiefst traumatischen Ereignis konfrontiert ist.

»Danke, dass Sie uns davon erzählt haben«, sagt Fliss. »Ich weiß, das kann nach so langer Zeit nicht einfach gewesen sein.«

Sam sieht Cara nervös an, und sie schenkt ihm ein Lächeln, denn sie hat das Bedürfnis, ihn zu beruhigen.

»Ich komme mir wie eine komplette Närrin vor«, erklärt sie ehrlich. »Aber es war Zeit. Danke.«

Hal springt in die Bresche. »Ein alter Freund von mir, Claude, sagt, dass irgendwo auf der Welt immer die Sonne über der Rah steht. Lasst uns etwas trinken.«

Später, oben in ihrem Zimmer, sitzt Cara auf dem Bett und versucht, ihre Gefühle zu analysieren. Sie kann kaum glauben, dass sie sich offenbart hat, dass sie die Geheimnisse enthüllt hat, die Philip und sie so viele Jahre gehütet haben.

Warum ausgerechnet jetzt?, fragt sie sich. Wieso jetzt, und vor drei Menschen, die ich kaum kenne?

Sie weiß die Antwort. Ihr blieb nichts anderes übrig. Sie musste sich um Sams willen erklären, um seine Schuldgefühle zu lindern. Und doch ist die Erleichterung überwältigend. Cara schließt die Augen, schlingt die Arme um ihren Körper und stellt sich auf die Probe. Sie wartet auf diesen Kloß in der Magengrube, die Panikattacke, das Gefühl von Trostlosigkeit. Doch sie spürt nur, wie sich langsam etwas löst, als entspannten sich verkrampfte Muskeln. Unvermittelt steht sie auf und tritt vor den Spiegel. Sie muss sich davon überzeugen, dass dies kein Traum ist. Cara schaut sich in die Augen, und ihr ist, als sähe sie sich nach sehr langer Zeit wieder. Ihr Spiegelbild ist vertraut und beruhigend und lächelt ihr sogar zu. Am liebsten möchte sie in Tränen ausbrechen, doch unerwartet überkommt sie eine enorme Müdigkeit. Sie geht zurück zum Bett, legt sich darauf und streift die Schuhe ab. Dann dreht sie sich auf die Seite, zieht die Knie an und schläft so abrupt ein, als wäre sie von einer Klippe gefallen.

21. Kapitel

Jack will gerade in den Pub gehen, als Amy die Treppe herunterkommt.

»Bist du dir sicher, dass du mich nicht begleiten willst?«, fragt er und zieht seine Jacke an.

Sie denkt darüber nach und schüttelt dann den Kopf. In den letzten paar Tagen seit seinem Geburtstag war sie in einer merkwürdigen Stimmung, und er kann nicht recht entscheiden, ob er ihr Fragen stellen oder die Sache auf sich beruhen lassen soll. Manchmal braucht sie einen kleinen Anstoß, um über ihre Sorgen zu reden, aber er ist sich nicht sicher, ob das jetzt der Fall ist. Cosmo scheint wie vom Erdboden verschluckt zu sein, und sie hat ihn nicht erwähnt. Gleichzeitig wirkt sie deswegen nicht besonders niedergeschlagen. Nachdenklich schon, fast, als grübelte sie über etwas nach, um ein Rätsel zu lösen. Aber sie ist nicht mürrisch, bissig oder unglücklich. Er neigt zwar dazu, sie aufzuziehen, doch momentan hat er nicht die geringste Lust, Witze über Cosmo zu machen oder zu fragen, warum er nicht auf der Party aufgetaucht ist.

Sie schenkt ihm ein Lächeln, als könnte sie seine Gedanken erraten.

»Na, dann leg mal einen Zahn zu«, meint sie. »Bist du mit jemandem verabredet?«

»Ich habe Max gesagt, dass ich ein Bier mit ihm trinke«, erklärt er ihr. »Als ich ihn heute Morgen bei Cranch's gesehen habe, wirkte er ein wenig bedrückt. Cara hat sich schon wieder mit dem jungen Sam verdrückt. Die beiden sind in letzter Zeit dicke Freunde.«

Amy grinst. »Ja, du musst schon aufpassen, Dad. Die Oper bringt es vielleicht nicht. Du musst dir etwas mehr Mühe geben.«

»Du bist noch nicht zu alt für eine ordentliche Kopfnuss«, erklärt er ihr.

»Und bis du groß genug dazu bist, bist du zu alt«, gibt sie zurück. »Um Himmels willen, geh! Max wird sich schon fragen, wo du steckst.«

Er hebt eine Hand zu einem Abschiedsgruß und tritt auf die Straße. Abends wird es jetzt schon früher dunkel. In der Dämmerung glitzern Lichter, und das Wasser ist glatt und grau, sodass es aussieht, als lägen die Stege und kleinen Boote auf einer Stahlplatte. Er geht die Treppe hinunter und tritt in den Pub. Max steht bereits mit einem Glas Bier vor sich an der Bar, und als Jack hereinkommt, dreht er sich um und nickt zur Begrüßung.

»Also«, sagt Jack, nachdem er auch ein Bier bestellt hat. »Du hast heute Morgen verdammt unglücklich gewirkt, und jetzt siehst du nicht viel besser aus. Was ist los?«

Max verschränkt die Arme auf der Theke und starrt in sein Glas. »Judith will, dass wir nach Oxford ziehen«, erklärt er.

Was immer Jack erwartet hatte, so etwas war das Letzte, was er sich vorgestellt hat. »Oxford? Aber warum? Ich meine, ich weiß schon, dass ihr dort Familie habt, doch … Ist das wirklich ihr Ernst?«

»Allerdings. Sie möchte näher bei den Enkelkindern sein.«

Jack trinkt einen Schluck von seinem Bier und überlegt, was er dazu sagen soll. Die Familie steht natürlich immer an erster Stelle, aber das ist ein sehr großer Schritt.

»War das Pauls Vorschlag?«, erkundigt er sich vorsichtig. Ihm ist vorübergehend der Vorname von Max' Schwiegertochter entfallen. »Brauchen sie Hilfe bei dem neuen Baby?«

Max schüttelt den Kopf. »Die Idee stammt allein von Judith. Sie findet, je älter wir werden, desto schwieriger wird die Fahrt.« Er zuckt mit den Schultern. »Dagegen kann ich nichts einwenden.«

Jack schweigt. Er weiß, wie sehr Max Salcombe liebt, sein Boot, das Segeln, all seine Freunde. Gleichzeitig liebt er auch seine Familie.

Max wirft ihm einen Blick zu. »Ziemlicher Knaller, was?«

Jack nickt. »Allerdings.«

»Aber es kommt noch schlimmer. Sie findet, Cara soll unser Haus kaufen, damit wir uns ohne Verzögerungen oder Probleme etwas Neues suchen können, und gleichzeitig wäre das Problem gelöst, wo Cara wohnen soll – alles auf einen Streich.«

»Was?« Jack stellt sein Glas so ruckartig ab, dass das Bier fast überschwappt. »Ist das dein Ernst?«

»Jep.« Max lächelt ironisch. »Sie findet, da Cara sich hier so gut eingelebt hat, wäre das die perfekte Lösung. Außerdem könnte ich das Boot behalten, und wir könnten in den Ferien herkommen.«

»Und was sagt Cara zu diesen Plänen für ihre Zukunft? Ich dachte, sie sei hergekommen, um in deiner Nähe zu sein?«

»Cara hat noch keine Ahnung. Sam ist mit ihr für ein paar Tage zu Fliss und Hal gefahren. Sie kommen morgen zurück, und dann will Judith ihr die frohe Botschaft eröffnen.«

»Entschuldige mal, damit ich das jetzt richtig verstehe«, meint Jack kopfschüttelnd. »Also, eure Familie weiß nicht, dass ihr kommt, und Cara ahnt nicht, dass ihr geht?«

»Schätze, so ist es.« Max leert sein Glas. »Ich kann mir nicht vorstellen, wie Cara reagieren wird.«

Jack denkt darüber nach. Dass Cara in Salcombe glücklich ist, liegt teilweise daran, dass sie bei ihrem Bruder ist. Aber sein

Haus zu kaufen, während er mit Judith nach Oxford zieht, ist eine ganz andere Sache.

»Braucht sie denn ein so großes Haus?«, erkundigt er sich. Er fragt nicht, ob sie es sich leisten kann. Jeder weiß, dass die Immobilienpreise in Salcombe jenseits von Gut und Böse liegen, doch das geht ihn nichts an.

»Natürlich nicht. Aber Judith findet, dass es eine zusätzliche Attraktion ist, wenn wir sie alle besuchen. Ich weiß, Cara muss sich ein neues Leben aufbauen, dennoch wird das ein Schock. Ich überlege, wie ich sie vorwarnen kann. Es ihr vorsichtig beibringen, bevor Judith einfach damit herausplatzt. Aber ich sehe nicht ganz, wie ich das anstellen soll. Und ich möchte nicht, dass sie nur zustimmt, weil sie glaubt, uns damit zu helfen.«

Schweigend stehen sie beieinander.

»Falls ich etwas tun kann …«, sagt Jack schließlich, doch Max schüttelt den Kopf.

»Danke, mein Alter«, erwidert er, »aber das ist mein Problem, und ich muss es selbst lösen.«

Jack klopft ihm auf den Rücken, versucht, sich etwas Aufmunterndes und Hilfreiches einfallen zu lassen, und gibt dann auf.

»Trinken wir noch was«, sagt er.

Amy hört Musik – *Pillow Talk* von Joss Stone – und überprüft die Nachrichten auf ihrem Handy. Sie hat sich auf FaceTime mit Charley unterhalten, die überglücklich ist, weil Simon vielleicht zu Weihnachten nach Hause kommt. Aber von Cosmo hat Amy immer noch nichts gehört. Sein Telefon ist seit vierundzwanzig Stunden ausgeschaltet, und sie schwankt zwischen einer Mischung aus Wut, Schmerz und der Furcht, ihm könnte etwas zugestoßen sein. Al hat sie nicht mehr gesehen, und sie ist beinahe entschlossen, morgen früh zu der ausgebauten Scheune am Batson Creek zu fahren, an die Tür zu hämmern und eine Erklärung dafür zu verlangen, was los ist und wo Cosmo steckt.

Zum tausendsten Mal wünscht sie, sie hätte ihm nicht gesagt, dass sie ihn liebt, und sie hätten nicht miteinander geschlafen. Das kommt ihr jetzt alles billig vor. Was zuvor etwas Besonderes, Magisches war, hat sich jetzt als Hirngespinst erwiesen, als etwas, das nicht wirklich existiert. Sie fühlt sich beschämt und betrogen und kann nicht glauben, dass sie so dumm war. Auf der anderen Seite kann sie nicht abstreiten, dass sie auch Schönes miteinander erlebt haben: Autofahrten, Spaziergänge mit Reggie, Essen in ländlichen Pubs. Sie war sich so sicher gewesen, dass er sie liebt. Und doch kann er einfach so fortgehen, ohne ein Wort.

Als sie Al bei Dads Party im Pub angesprochen hat, konnte sie ihm am Gesicht ablesen, dass er nicht wusste, mit welcher Ausrede Cosmo seine plötzliche Abreise gerechtfertigt hatte. Al deckte ihn. Sie fragt sich, wie er reagieren würde, wenn sie auftaucht und zu wissen verlangt, wo Cosmo steckt und warum sein Handy ausgeschaltet ist.

Amy nimmt ihre Ohrhörer heraus, steht vom Sofa auf und geht das Abendessen kochen. Dad müsste jede Minute zurück sein. Sie schaut in den Kühlschrank und beschließt, eine Gemüsepfanne zuzubereiten. Jede Menge Gemüse und ein paar Stücke Huhn für den Geschmack. Während sie hackt und schnippelt, wenden sich ihre Gedanken Sam zu, und ihre Laune bessert sich ein wenig. Die Freundschaft mit ihm tröstet sie und besänftigt ihren verletzten Stolz. Bei ihm kann sie sich öffnen und ehrlich über Cosmo und ihre Gefühle sprechen, und es gefällt ihr, dass Sam ruhig bleibt und weder Cosmo verurteilt noch ihre Schwäche ausnutzt. Er ist einfach da. Sie ist froh, dass er morgen wieder in Salcombe ist, und sie haben sich schon im Café verabredet.

Gerade, als sie zur Uhr aufblickt, hört sie die Haustür. Dad ist zurück.

»Du bist beinahe zu spät«, sagt sie zu ihm.

»Fast, aber nicht ganz«, gibt er zurück. »Der arme alte Max ist total deprimiert, da konnte ich ihn nicht im Stich lassen.«

»Natürlich nicht.« Sie verdreht die Augen. »Euch ist auch jede Ausrede recht. Also, was ist sein Problem?«

Ein kurzes Schweigen tritt ein, und sie sieht sich nach ihrem Dad um, während sie weiter das Gemüse in der Pfanne rührt. Er hat die Stirn gerunzelt und wirkt ernst.

»Was?«, verlangt sie zu wissen. »Was ist los mit Max?«

»Es ist Judith«, erklärt er. »Sie hat beschlossen, dass sie das Haus verkaufen und nach Oxford ziehen, um ihrer Familie näher zu sein.«

Einen Moment lang vergisst Amy ihren eigenen Kummer. »Verkaufen? Aber sie leben so gern hier. Autsch, das ist ein Hammer, Dad! Hoffentlich denken sie sehr gut darüber nach. Das ist der Sohn, der an der Universität arbeitet, oder? Wahrscheinlich ist es wegen des neuen Babys.«

»Und Judith will Cara bitten, das Haus zu kaufen.«

Jetzt besitzt er ihre volle Aufmerksamkeit.

»Warum sollte sie das tun?«

»Weil Cara gern hier zu leben scheint, die Familie könnte in den Ferien zu Besuch kommen, und Max könnte sein Boot behalten.«

Amy rührt weiter. »Das hat Judith sich ja fein ausgedacht, was?«

»Sieht so aus. Max ist hin- und hergerissen. Er liebt seine Familie, aber er lebt auch sehr gern hier.«

Amy holt Teller und verteilt das Essen darauf.

»Tja, vielleicht läuft das ja nicht so einfach, wie Judith denkt«, meint sie. »Du weißt ja, wie man sagt. ›Das Stück ist erst zu Ende, wenn der Vorhang fällt.‹«

Ihr Vater deckt den Tisch, doch er wirkt immer noch nervös. Sie weiß, dass er sich auch ihretwegen Sorgen macht, und weil Cosmo nicht wiedergekommen ist.

»Übrigens«, sagt sie beiläufig, »ich glaube, ich bin über Cosmo hinweg.«

Mit hochgezogenen Augenbrauen wirft er ihr einen schnellen Blick zu, doch er widersteht der spöttischen Bemerkung, die er vor ein paar Wochen vielleicht gemacht hätte.

»Dachte, du möchtest das vielleicht wissen«, setzt sie hinzu.

Sie erzählt ihm nicht von ihrem Plan, Al direkt zu konfrontieren, aber mit einem Mal fühlt sie sich ein wenig selbstbewusster.

»Und, hat der junge Sam Chadwick etwas mit diesem Entschluss zu tun?«, will er wissen.

Sie wirft ihm ein Grinsen zu.

»Geht dich nichts an«, antwortet sie, und dann setzen sie sich friedlich hin und beginnen zu essen.

Als Sam nach dem Frühstück The Keep hinter sich lässt, hat er einen Plan. Dieser Morgen im Spätherbst ist wie mit weichem Grau gezeichnet. In den Hecken hängen leuchtend rote Beeren, und die Bäume zeigen allmählich ihre winterliche Gestalt.

»Erraten Sie, wohin wir fahren?«, sagt er zu Cara.

»Erzählen Sie mir nicht, dass Sie noch einmal frühstücken müssen«, gibt sie zurück.

Lachend schüttelt er den Kopf. »Nein, aber wir können Kaffee trinken und am Strand spazieren gehen.«

Er ist sich bewusst, dass Cara immer noch emotional ist und dabei, die außerordentlichen Ereignisse des vergangenen Tages zu verarbeiten. Ihre Geschichte hat ihn schockiert, und er hat ein sehr schlechtes Gewissen, weil er ein solches Drama ausgelöst hat – Hal hat ihm dafür später ordentlich die Leviten gelesen –, doch Sam bewundert sie, weil sie in der Lage war, ihnen das alles zu erzählen. Nach so vielen Jahren musste das furchtbar schwer gewesen sein.

Nachdem Cara nach oben gegangen war, hatte Fliss eine Eingebung und lud Susanna und Gus spontan zum Abendessen ein. Das zerstreute die Spannung und überbrückte jede Verlegenheit, die Cara vielleicht spürte, als sie wieder nach unten kam. Heute Morgen wirkt sie auf stille Art glücklich, und er hofft, dass der Umweg über die Blackpool Sands ihre Stimmung hebt und ihr weiter hilft, die Tragödie hinter sich zu lassen und ins Licht zu sehen. Er selbst weiß, warum er froh ist. Amys Textnachrichten, die Art, wie sie ihn als Vertrauten und Freund behandelt, lassen seine Lage in ganz neuem Licht erscheinen. Seine unsichere Zukunft, das merkwürdige Gefühl drohenden Unheils, falls er in die Marine eintritt, und sogar die Erinnerungen an Shanghai, an diese Kinder, die ihn inspiriert haben, und an Ying Yue – besonders die an Ying Yue –, all das hat neue Formen angenommen und sich zu einem klaren Muster zusammengesetzt, einer Vorlage, auf der er jetzt aufbauen und weiterkommen kann. Es ist, als hätte ihn der Umstand, dass Amy ihm vertraut und ihn braucht, in die Lage versetzt, all seine Befürchtungen, die verlockenden Ablenkungen und die Beschäftigung mit der Vergangenheit abzuschütteln. Endlich kann er sich nun auf die eine wichtige Sache konzentrieren.

»Jetzt verstehe ich, warum alle sagen, du wärst die geborene Führungspersönlichkeit«, hat sie einmal zu ihm gesagt, und obwohl sie es scherzhaft gemeint hat, begreift er in letzter Zeit, wo seine Stärken und seine Loyalität liegen und dass er sich nach ihnen richten muss. Er lacht in sich hinein, denn er weiß, das würde alles ziemlich überspannt klingen, wenn er versuchen würde, es jemandem zu erklären, doch das ist ja nicht nötig. Die Krise ist vorüber, er ist wieder auf dem richtigen Weg und wird in die Fußstapfen seines Vaters treten.

Als sie hügelabwärts nach Dartmouth hineinfahren und das Tor der Marineakademie passieren, salutiert er innerlich. »Sie müssen sehr stolz darauf sein, dort hinzugehen«, meint Cara, und er kann ganz ehrlich mit »Ja« antworten.

Heute sieht alles anders aus, weder ein flirrendes Meer noch strahlend blauer Himmel erwarten sie. Doch die Küstenstraße hat ihre Magie bewahrt, und Cara stößt angesichts dieser ganz veränderten Aussicht über die Start Bay einen erfreuten Ausruf aus.

»Und, sind Sie einer Entscheidung schon näher gekommen?«, fragt er, als sie mit ihrem Kaffee im Wintergarten des *Venus Café* sitzen. Er hat beschlossen, dass es das Beste ist, nichts von dem, was sie gestern enthüllt hat, anzusprechen und sich einfach wie immer zu verhalten, es sei denn, sie bringt selbst die Sprache darauf.

Sie schüttelt den Kopf. »Ich kann mich einfach nicht darauf konzentrieren. Fliss und Hal haben mir freundlicherweise Zuflucht auf The Keep angeboten, wenn Judith und Max mich hinauswerfen.«

»Aber warum wollen Sie warten, bis Sie vor die Tür gesetzt werden? Warum beißen Sie nicht in den sauren Apfel und ziehen aus? Schließlich ist es nicht weit von Salcombe. Sie müssen Fliss und Hal glauben, dass die beiden Sie gern beherbergen wollen. So war The Keep schon immer: voll mit Freunden und Verwandten. Und ich glaube, ihnen ist es dort zu ruhig geworden, besonders seit Lizzie weggezogen ist.«

Er setzt nicht hinzu, dass er auch bald fortgehen wird, aber sie nickt, als hätte sie verstanden, was er sagen will.

»Vielleicht haben Sie recht«, meint sie. »Vielleicht brauche ich einfach einen kleinen Anstoß.«

Sam schweigt. Heute Morgen hat er eine Nachricht von Amy bekommen.

> Sondermeldung: Max hat Dad erzählt, Judith will, dass die beiden nach Oxford ziehen, um ihrer Familie näher zu sein. Und sie will, dass Cara das Haus kauft! Ein Jammer, dass du sie nicht vorwarnen kannst, aber sag lieber nichts!

»Ich habe ohnehin nicht vor, noch viel länger bei ihnen zu bleiben«, erklärt Cara gerade. »Die Belastung ist zu groß für sie. Das Problem ist nur, den endgültigen Schnitt zu machen, oder? Am liebsten würde man sich die Entscheidung irgendwie abnehmen lassen.«

»Nein«, widerspricht er sofort. »Besser springen, als gestoßen zu werden. Sie sagen ungefähr Folgendes, wenn Sie hereinkommen: ›Hi, ich bin wieder da, aber nur, um zu packen. Es war großartig, bei euch zu sein, und wir sehen uns wieder, doch jetzt ist es Zeit für den nächsten Schritt.‹ Und dann tun Sie es.«

Sie starrt ihn bewundernd an. »Sind Sie immer so souverän?«

»In letzter Zeit war ich das nicht«, antwortet er ehrlich. »Doch ich arbeite daran.«

Cara schaut auf den Strand und das ruhige Meer hinaus. Er sieht zu, wie sie die Schultern reckt und ihr Kinn ein wenig hebt, als träfe sie eine Entscheidung.

»Tun Sie es einfach«, sagt er leise.

Sie sieht ihn an. »Wissen Sie, was? Vielleicht mache ich genau das.«

Cara wirkt nervös, als müsste sie ihre Kräfte zusammennehmen, und mit einem Mal hat er das Gefühl, er müsse ihr entgegenkommen und ihr zeigen, dass er mit allem mitfühlt, was sie durchgemacht hat. Er darf sich nicht so verhalten, als hätte es die gestrigen Enthüllungen nie gegeben.

»Cara«, beginnt er. »Gestern haben Sie von Philips Geheimnissen gesprochen. Sie haben die Mehrzahl gebraucht, aber nur von einem erzählt. Was war das andere?«

Cara sieht ihn verblüfft und beinahe dankbar an. Sie scheint sich darüber zu freuen, dass er ihr inzwischen nahe genug steht, um ihre bewusste Auslassung zu bemerken, und sie gern genug mag, um zu fragen. Sie zögert, als suchte sie nach genau den richtigen Worten.

»Philip hat Max geliebt«, erklärt sie dann einfach.

Einen Moment lang kann Sam das gar nicht verarbeiten, und Cara betrachtet ihn mitfühlend und akzeptiert seine Verblüffung.

»Wie schwierig es ist«, sagt sie, »anderer Leute Geheimnisse zu verraten! Aber ich werde froh sein, frei von alldem zu sein. Als Philip mir gestand, dass er schwul war, stand ich nach Joes Tod und der Erkenntnis, dass ich schwanger war, noch unter Schock. Doch damals war mir nicht klar, dass er Max liebte. Er hatte ihn natürlich immer schon geliebt, aber damals, zu Anfang, war ich zu jung, um das zu verstehen. Ich akzeptierte einfach, dass Max und er wie Brüder waren. Philip war immer so gut zu mir. Und als ich die Wahrheit erkannte, hat uns das schlussendlich noch enger zusammengeschweißt. Wir brauchten einander. Unsere Beziehung war äußerst seltsam, doch sie hat funktioniert. Wir liebten einander, und wir beide liebten Max. Er hat natürlich nie etwas davon geahnt. Max ist eine einfache Seele. Er hat akzeptiert, dass wir geheiratet haben, und sich darüber gefreut.«

»Tut mir leid«, antwortet Sam völlig unzureichend und versucht, seine Verlegenheit zu überspielen. »Vielleicht hätte ich nicht fragen sollen.«

»Doch«, versetzt sie rasch. »Doch, ich bin froh darüber. Es tut nicht gut, Dinge in sich zu verschließen.«

»Nein«, gibt er zurück, »nein, das tut es nicht.« Plötzlich ist er überrascht, dass er ihr von Shanghai erzählt, von den Kindern, die er unterrichtet hat, und schließlich sogar von Ying Yue. Er gesteht, dass seine Loyalitäten gespalten sind und er sich nicht entscheiden kann.

Als er fertig ist, herrscht Schweigen.

»Und jetzt?«, fragt Cara schließlich.

»Jetzt bin ich mir sicher«, erklärt er.

»Gut«, sagt sie. »Tun Sie es einfach.«

Er lächelt und wiederholt ihre eigenen Worte. »Wissen Sie, was? Vielleicht mache ich genau das.«

Nachdem Sam und Cara gefahren sind, gehen Hal und Fliss mit Honey auf den Hügel.

»Ich glaube, sie wird kommen und bei uns bleiben, meinst du nicht?«, fragt Fliss. »Was für eine schreckliche Tragödie, und wie furchtbar, sie all diese Jahre geheim zu halten! Es war ein Schock, als sie plötzlich damit herausrückte. Als wäre ein Damm gebrochen.«

»Ich finde, dass Philip und sie geheiratet haben, war ebenso tragisch«, erklärt Hal. »Ich kann nachvollziehen, wie es dazu gekommen ist, aber es hat einfach noch bekräftigt, wie grauenhaft das alles war. Fürchterlich beengend. Nie darüber zu reden, es niemals irgendwie zu akzeptieren und loszulassen, sodass es sich einfach als Albtraum in ihrem Kopf festgesetzt hat.«

Darüber denkt Fliss einen Moment nach. »Aber was immer die Schwächen dieser Beziehung waren – es ist doch klar, dass Cara ihn geliebt hat«, meint sie dann.

»Was für ein Schlamassel!«, sagt Hal. »Andererseits, was weiß ich schon? Ich habe gut reden, was? Ich habe meine erste Ehe in den Sand gesetzt, und einen großen Teil dieser Zeit waren Maria und ich sehr unglücklich. Cara und Philip waren wahrscheinlich glücklicher als die meisten Menschen.«

»Doch ich hoffe, dass sie jetzt anfangen kann, alles loszulassen. Oder es wenigstens aus einer anderen Perspektive zu sehen.«

Sie stehen zusammen auf der Hügelkuppe und blicken über das Tal zu den nebelumflossenen Felsformationen des Moors, und Hal schlingt einen Arm um Fliss' Schultern.

»Wir haben so verfluchtes Glück gehabt«, murmelt er. »Es wäre schön, wenn man einfach etwas davon teilen könnte. Einen Teil an andere abgeben.«

Sie nickt. »Ich weiß, was du meinst. Ich denke genauso. Ich habe das Gefühl, dass sie kommen und bei uns bleiben wird, wirklich.«

Plötzlich wird seine Umarmung fester, und sie spürt, wie er sich neben ihr verspannt.

»Schau«, sagt er leise, aber eindringlich. »Sieh doch.«

Er streckt die andere Hand aus, und als sie sich umdreht, erkennt sie, worauf er zeigt. Honey rennt mit voller Wucht den Hügel hinunter und gibt kurze, aufgeregte Kläfflaute von sich, als vor ihr zwei Krähen vom Boden auffliegen. Über ihrem Kopf flattern und krächzen sie, während sie sie schwanzwedelnd umkreist. Hal lacht; Fliss spürt es an seinem Arm, als er sie fest an sich drückt.

»Sie hat es geschafft!«, ruft er. »Gute alte Honey!«

Fliss lacht ebenfalls. Es mag töricht sein, aber sie sieht das als Omen. Wenn Honey in der Lage ist, lebenslange Gewohnheiten und Einschränkungen abzustreifen und sich von ihnen zu befreien, dann kann Cara das auch. Fliss erinnert sich daran, wie Mole seine Ängste überwand und allein um das Gehölz lief, und sie drückt Hal fest. Alles wird gut. Hal beugt sich herunter, um sie zu küssen. Dann rufen sie nach Honey, wenden sich nach Hause und gehen Arm in Arm zurück nach The Keep.

Während der nächsten zwei Tage geht Alistair bewusst nicht in die Stadt. Jeden Morgen setzt er Reggie ins Auto, und sie erkunden einen Teil der Küste. Sie fahren nach Dartmouth und Kingsbridge und hinauf aufs Moor. Ab und zu ruft Cosmo ihn aus Hackney an. Rebecca hat ihn vor die Tür gesetzt, aber er belagert sie entschlossen weiter. Jedes Mal erklärt ihm Al, dass er spätestens am Donnerstag zurück in London sein muss, und am Dienstagabend gibt Cosmo endlich nach und sagt, dass er nach Salcombe zurückkommt.

»Hast du Amy gesehen?«, fragt er Alistair.

Das hat Al allerdings. Eines Morgens nach dem Frühstück hörte er ein Auto den Weg heraufkommen. Durchs Fenster sah er Amy aus dem Wagen steigen. Instinktiv flüchtete er nach oben und stand dann da, spitzte die Ohren und hielt die Luft an. Ein scharfes Klopfen an der Tür, Reggie bellte, und es klopfte noch einmal. Dann hörte er den Wagen starten, und das Motorengeräusch entfernte sich. Al fühlte sich beschämt und war wütend auf Cosmo. Seitdem sitzt er wie auf glühenden Kohlen für den Fall, dass sie wiederkommt.

»Sie ist hergekommen«, erklärt er Cosmo, »aber ich habe

mich nicht blicken lassen. Was zum Henker soll ich ihr erzählen? Komm einfach her und bring das selbst in Ordnung.«

»Ich komme morgen Nachmittag«, sagt Cosmo. »Kannst du mir entgegenkommen?«

Erleichterung überwältigt Al. »Auf jeden Fall.«

Sie einigen sich auf eine Uhrzeit. »Was wirst du Amy erzählen?«, will Al dann neugierig wissen.

»Die Wahrheit. Dass ich eine lange und schwierige Beziehung beendet habe, damit wir zusammen sein können.«

»Und das nennst du die Wahrheit?«

»Rebecca ist mit mir fertig«, erwidert Cosmo. »Sie nimmt mich nie wieder zurück. Das ist mir jetzt klar. Damit hat sie mir die Entscheidung abgenommen. Manchmal braucht man das einfach, nicht wahr? Eine helfende Hand, die einen in die richtige Richtung lenkt. Ich bin mir sicher, dass Amy das verstehen wird, sobald ich eine Chance habe, ihr alles zu erklären.«

»Falls du die Chance bekommst«, ruft Al ihm ins Gedächtnis. »Glaubst du wirklich, sie wartet hier auf dich und nimmt dich mit offenen Armen wieder auf?«

»Alles wird gut«, gibt Cosmo zuversichtlich zurück.

»Und wenn Ende nächster Woche dein Job hier zu Ende ist?«

»So weit ist es auch nicht nach London. Wir lassen uns etwas einfallen.«

Stumm und ungläubig schüttelt Al angesichts des übersteigerten Selbstbewusstseins seines Freundes den Kopf und zuckt mit den Schultern. »Schön«, sagt er. »Bis morgen dann. Sieh zu, dass du in diesem Zug sitzt.«

Zu Reggie, der geduldig auf sein Abendessen wartet, meint er: »Er ist verrückt. Vollkommen irre. Ist mir aber egal. Morgen bin ich hier weg.«

22. Kapitel

Langsam lenkt Cosmo den Wagen über die steilen, schmalen Straßen, obwohl er inzwischen wenigstens daran gewöhnt ist, auf Feldwegen zu fahren, in deren Mitte Gras und Moos wachsen. Doch immer noch kann er den Ausblicken nicht widerstehen, die sich durch die Einfahrten bieten, diesen kurzen Blicken auf das Flussdelta, auf Bäche und kleine Boote. Unterwegs erinnert er sich an jenen ersten Besuch mit Al, daran, wie die Magie dieses Ortes ihn gleich gefesselt hat.

»Drei Monate bezahlten Urlaub in traumhafter Lage, mein Alter«, hatte Al gemeint. »Perfekt, oder?«

Und jetzt tut die Magie einmal mehr ihr Werk, und er trödelt, um all die Wunder der lichtdurchfluteten Landschaft zu betrachten. Er denkt an seine letzte Heimkehr nach Salcombe, als er mit Reggie zur Landspitze hinausgegangen ist und Cara mit ihrem Hund getroffen hat. Damals hatte er vermutet, sie würde erraten, dass er fremdging. Aber zu der Zeit hat er es geschafft, allen Problemen aus dem Weg zu gehen, und er betet, dass er das jetzt bei Amy wiederholen kann. Bei Rebecca ist er damit nicht durchgekommen, doch andererseits ist sie auch dazu ausgebildet, eine Lüge aus fünfzig Metern Entfernung zu erkennen. Er verzieht ein wenig das Gesicht, als er daran zurückdenkt, wie sie auf diese SMS von Al reagiert hat. Bis dahin war alles so gut gelaufen, genau wie an diesem ersten Wochenende, als er nach London gefahren war, damit sie nicht nach Salcombe kam. Sie saßen zusammen, er schrieb sich mit einem gemeinsamen Freund, und Rebecca las die Antworten über seine Schulter mit.

Als Als Nachricht plötzlich hereinkam, war er zu langsam, und sie hatte begriffen, bevor er ganz mitbekommen hatte, was los war. Zwei große Gläser Shiraz hatten seine Reflexe verlangsamt, und Rebecca griff schon nach seinem Handy, las den Text und scrollte zu älteren Nachrichten.

Cosmo blendet instinktiv die Szene aus, die darauf folgte, und versucht, sich nicht an die Schimpfwörter zu erinnern, die Rebecca ihm an den Kopf warf. Ihrem rasiermesserscharfen Verhör hatte er nichts entgegenzusetzen. Und obwohl er sich einredete, sie werde es sich noch anders überlegen und er könnte sie beschwatzen, musste er schließlich doch akzeptieren, dass es vollkommen und restlos vorbei war.

Jetzt muss er sich Amy stellen, ihr eine plausible Erklärung für seine überstürzte Flucht am letzten Samstag und sein totes Handy liefern. Er hatte es ausgeschaltet, weil er einfach nicht wusste, was er ihr sagen sollte. Sogar bei seinen Besuchen in Rebeccas Wohnung, während er seine Sachen zusammensuchte und sie anflehte, doch vernünftig zu sein, versuchte er gleichzeitig, ein Szenario zu entwickeln, das Amy zufriedenstellen würde, falls Rebecca sich weiterhin nicht erweichen lassen würde.

Er hat Al erklärt, er werde Amy die Wahrheit sagen, und das ist immer noch sein bester Plan. Die On-off-Beziehung zu seiner langjährigen Freundin sei einfach nicht mehr haltbar gewesen, nachdem er Amy kennengelernt hatte, und dass er gefahren sei, um sie zu beenden. Er sieht, dass die Geschichte Schönheitsfehler hat – er hat sie beide betrogen. Der Tag der Party war nicht der richtige Moment, um ohne Erklärung zu verschwinden, und er hat vier Tage gebraucht, um mit seiner Freundin Schluss zu machen –, doch er verlässt sich auf Amys Gefühle. Sie hat ihm gesagt, dass sie ihn liebt, sie haben miteinander geschlafen, und jetzt ist er zu ihr zurückgekehrt. Damit muss er anfangen, und er ist sich ziemlich sicher, dass er das durchziehen kann. Er erinnert sich, wie Al ihn gefragt hat, was er vorhat, wenn sein Job als Haussitter nächste Woche zu Ende ist, doch dafür kann er nicht planen. Er hat immer noch die romantische Vorstellung, seine Kündigung einzureichen und Fotograf zu werden – obwohl das eine verrückte Idee ist, wenn er ehrlich ist. Vielleicht könnte er die Wohnung verkaufen und sich von dem Geld eine Ausbildung finanzieren.

Nur einen kurzen Moment lang, am Bahnhof, hat er sich unwohl mit Al gefühlt. Sein Freund war ein wenig kühl, ein bisschen kurz angebunden. Doch ihre Freundschaft hat sich durchgesetzt. Al hat eingesehen, dass er es gerade schwer hat, und ihn in eine kurze Umarmung gezogen. »Versuch, dich so wenig idiotisch wie möglich zu benehmen«, sagte er. Danach war es einfacher, und sie haben über andere Dinge geredet.

Jetzt fährt Cosmo durch das Tor und holpert langsam die Einfahrt hinauf. Zuerst muss er ein Treffen mit Amy planen. Er greift nach dem Handy, denkt einen Moment nach und schreibt dann eine Nachricht.

Endlich zurück. Kann es kaum erwarten, dich zu sehen. Habe dir jede Menge zu erzählen. Kannst du heute Abend vorbeikommen? Hast mir wirklich gefehlt. C. xx

Er wartet noch einen Moment, doch er bekommt keine Antwort; daher steigt er aus und lässt auch Reggie aus dem Auto. Cosmo beugt sich vor, um ihn zu streicheln, dann richtet er sich auf und sieht sich um. Er hört ein seltsames Geräusch, das fast wie Hundegebell klingt, und dann erblickt er eine Schar Gänse, die in perfekter Formation nach Osten fliegen. Er sieht ihnen nach, bis er sie nicht mehr erkennen kann, und seufzt vor Vergnügen darüber, wieder hier zu sein. Dann folgt er Reggie ins Haus.

Amy ist allein zu Hause und wartet auf Sam. Sobald sie die Nachricht von Cosmo bekam, hat sie Sam geschrieben und gefragt, ob er vorbeikommen kann. Merkwürdig, dieses Bedürfnis, ihn zu sehen, ihn um seine Gesellschaft und seinen Rat zu bitten. Aber irgendwie ist er ihr wichtig geworden. Er strahlt eine gewisse Stabilität aus; sie spürt, dass sie ihm trauen kann. Es ist, als wäre diese ganze Geschichte mit Cosmo eine Art Traum gewesen, der jetzt im Licht von etwas Realerem verblasst. Doch sie ist immer noch ärgerlich und verletzt, und, schlimmer noch, sie kommt sich wie eine dumme Gans vor, weil sie auf ihn hereingefallen ist.

Als sie das Klopfen an der Tür hört, läuft sie eilig hin und öffnet sie. Sam steht davor, und sie widersteht dem Drang, ihn stürmisch zu umarmen.

»Die Kavallerie ist da«, erklärt er, grinst sie an und tritt an ihr vorbei in die geräumige Küche. »Also. Was ist los?«

»Ich habe eine Textnachricht von Cosmo bekommen«, sagt sie ohne Vorrede. »Er ist wieder da. Keinerlei Erklärung oder so etwas. Er fragt einfach, ob wir uns treffen können und ob ich heute Abend zu ihm kommen kann.«

»Das wirst du doch nicht tun, oder?«, fragt Sam energisch, dann wirft er ihr einen kurzen Blick zu, um festzustellen, ob er zu viel von ihr erwartet.

Sie schüttelt den Kopf und denkt an das letzte Mal, als sie Cosmo in der Scheune besucht hat. »Nein«, sagt sie. »Ganz bestimmt nicht. Aber ich muss ihn früher oder später noch einmal sehen, und ich will nicht einfach unerwartet über ihn stolpern. Ich weiß einfach nicht, wie ich das hinbekommen soll.«

»Du schlägst vor, dass ihr euch im Café trefft«, meint Sam. »Schließlich sitzt ihr öfter dort, oder?«

»Im Café?« Sie starrt ihn an. »Ernsthaft? In aller Öffentlichkeit?«

»Auf jeden Fall in der Öffentlichkeit«, hält Sam ihr entgegen. »Auf diese Art hast du die vollkommene Kontrolle. Im Café kann er nicht schreien oder unwirsch werden. Du kannst ihn anhören und ihm dann sagen, wie du empfindest.«

Amy denkt über seinen Plan nach. Sie sieht, dass er seine Vorzüge hat.

»Es klingt so«, meint Sam sehr vorsichtig, »als rechnetest du damit, dass er keine gute Ausrede für sein plötzliches Verschwinden hat.«

Sie schüttelt den Kopf. »Nein. Er hat sich so lange nicht gemeldet. Und als ich Al gefragt habe, hat er richtig verlegen gewirkt und ist der Frage ausgewichen. Da wusste ich, dass etwas los ist, und … Ach, ich weiß nicht. Wahrscheinlich habe ich keine Lust, mich zum Narren halten zu lassen. Obwohl, mich interessiert schon, was er zu sagen hat.«

»So oder so ist es eine Win-win-Situation für dich. Wenn du glaubst, er beschwindelt dich, wartest du einfach auf den richtigen Moment und gehst hinaus. Aber wenn er vollkommen überzeugend wirkt und du es dir anders überlegst, kannst du weitersehen.«

Amy beobachtet ihn. Sie hat das starke Gefühl, dass Sam auf die erste Option hofft, und sie mag ihn noch lieber, weil er nicht versucht, sie gegen Cosmo einzunehmen.

»Und wenn ich hinausgehe«, meint sie beiläufig, »wirst du irgendwo draußen warten. Für den Fall, dass er mir folgt oder so.«

»Ich denke, das könnte ich arrangieren«, sagt er und imitiert ihren Tonfall. »Du könntest einfach die Buckley Street hinaufgehen, oder du schickst eine SMS. Um wie viel Uhr willst du dich mit ihm treffen?«

»Ich arbeite diese Woche in der Island Street«, erklärt sie,

»aber ich kann eine Kaffeepause machen. Ich werde sagen, dass wir uns um halb elf treffen, bevor es im Café zu voll wird.«

Sam nickt. »Okay. Ich werde in der Nähe sein. Gib mir nur Bescheid, wenn er dich davon überzeugt, es ehrlich zu meinen, und du noch eine Weile bleiben willst.«

»Wird gemacht«, sagt sie lässig. »Danke.«

»Gern geschehen«, gibt er zurück.

»Übrigens …«, beginnt sie. »Was hältst du von Judiths Idee, dass Cara ihr Haus kaufen soll? Hat sie schon etwas davon erwähnt?«

»Ich weiß nicht. Ich habe Cara mehr oder weniger nur bei Max abgesetzt und bin gleich hergekommen. Ich finde es eigentlich ziemlich dreist. Meine Leute haben Cara für eine Weile nach The Keep eingeladen, und ich hoffe, sie geht darauf ein. Ich habe so ein Gefühl, dass es zwischen Judith und Max gerade ziemlich hoch hergeht. Da habe ich mich lieber aus dem rausgehalten, daher hast du mir sogar einen Gefallen getan.«

Sie lacht. »Möchtest du denn zum Abendessen bleiben?«

»Tja«, meint er zögernd. »Ich will dir keine Mühe machen. Kann ich dich auf einen Drink einladen? Wir könnten in den Pub gehen.«

Sie schüttelt den Kopf. »Ich möchte nicht ausgehen, damit ich nicht zufällig auf Cosmo treffe, doch du kannst gern noch ein wenig bleiben, wenn du magst. Dad kommt auch gleich nach Hause.«

»Danke«, sagt er. »Sehr gern.«

»Gut«, meint sie. »Das ist toll. Ich schreibe Cosmo, und dann trinken wir etwas.«

Amy fühlt sich ruhiger und bereit, Cosmo gegenüberzutreten. Sie zieht ihr Handy hervor und beginnt, ihm eine Nachricht zu schreiben.

Als Cara und Sam wieder in Salcombe ankommen, sind Max' Nerven zum Zerreißen angespannt. Judith ist inzwischen ihrer Idee, das Haus an Cara zu verkaufen und nach Oxford zu ziehen, mit Haut und Haaren verfallen. Sie hat drei Objekte in die engere Wahl gezogen und redet sich fest ein, dass Max und sie Cara einen Gefallen tun.

»Sie zaudert dermaßen«, hat sie zu ihm gemeint, »dass man geradezu ein gutes Werk tut, wenn man für sie entscheidet. Außerdem können wir die Ferien hier verbringen. Es ist gut für alle.«

Während sie weiterredete und Max keine Chance ließ, seine Meinung zu sagen, wurde er zornig und frustriert und zunehmend deprimierter bei der Aussicht, sein Leben hier in der Buckley Street in Salcombe aufzugeben. Als er vorschlug, den Plan mit Paul und Freya zu besprechen, hielt Judith dagegen, sie wolle absolut sicher sein, dass Cara auch in der Lage ist, den Richtpreis für das Haus zu bezahlen, damit sie in Oxford kaufen können, was sie wollen.

»Schließlich haben wir keine Ahnung, was für Verbindlichkeiten Philip und sie hatten«, meinte sie. »Es ist zwar unwahrscheinlich, dass es ein Problem gibt, doch Klarheit ist das Beste. Und Freya und Paul werden sich freuen«, setzte sie zuversichtlich hinzu. »Freya will sicher bald wieder arbeiten gehen, und da wird sie sehr erleichtert sein, dass die Kinderbetreuung schon geregelt ist.«

Je mehr sie redete, desto hoffnungsloser fühlte sich Max. Ganz sicher würde Cara ihr abnehmen, dass ihre Zustimmung der Schlüssel zu diesem neuen Plan ist. Sie würde sich irgendwie verpflichtet fühlen, dabei mitzuspielen, damit sie beide Gelegenheit haben, näher bei ihrer Familie zu sein. Max wusste, er würde keine Chance haben, sie allein abzufangen, um ihr zu sagen, dass sie das Haus nicht zu kaufen braucht, wenn sie nicht will. Er fragt sie, wie sie sich bei der Aussicht darauf fühlt, dass er wegzieht, nachdem sie gerade erst nach Salcombe gekommen ist, um in seiner Nähe zu ein. Und auf eine merkwürdige, irrationale Art hat er das Gefühl, Philip zu enttäuschen.

Und jetzt warten sie auf Sam und Cara. Judith ist munter, erwartungsvoll. Max ist nervös. Doch sobald Sam und Cara hereinkommen, ist er sich einer undefinierbaren Veränderung bei beiden bewusst. Sam strahlt ein neues Selbstbewusstsein aus, eine Art unterdrückter Aufregung. Und kaum sind sie da, ist er schon wieder unterwegs, zu Amy.

»Kleine Krise«, erklärt er ihnen lässig. »Bin mir nicht sicher, wann ich zurück bin, aber wartet nicht mit dem Abendessen auf mich.«

Max sieht, dass Sams zwangloses Benehmen und sein Mangel an Rücksichtnahme Judith irritieren. Doch bevor sie eine Bemerkung dazu abgeben kann, ergreift Cara das Wort. Sie spricht schnell, als fürchtete sie, der Mut könnte sie verlassen, und doch strahlt sie eine neue Entschlossenheit aus.

»Wir hatten eine großartige Zeit«, sagt sie, »und während ich unterwegs war, bin ich zu einer Entscheidung gekommen. Es war toll, bei euch zu sein, aber ich weiß, dass es ein wenig eng wird, wenn ich hier bin. Daher habe ich Fliss' Einladung angenommen, bei ihnen unterzukommen, während ich mich weiter nach einem Haus oder einer Wohnung umsehe.«

Cara blickt zwischen den beiden hin und her, als erwartete sie Zustimmung oder wenigstens Erleichterung. Max lächelt ihr zu. Er wartet darauf, dass die Bombe platzt, doch Judith starrt ihre Schwägerin beinahe entrüstet an: So hat sie sich dieses Gespräch nicht vorgestellt. Exakt als Judith zu protestieren beginnt, klingelt ihr Handy. Sichtlich gereizt ob des unpassenden Timings zögert sie und schnappt es sich dann, um zu sehen, wer anruft. »Es ist Paul«, erklärt sie den anderen ungeduldig. »Das muss ich annehmen.«

Sie geht den Flur entlang, der ins Schlafzimmer führt, doch sie können ihre Reaktionen hören: Verblüffung, Unglauben, Schock. Max sieht Cara mit hochgezogenen Augenbrauen an, und sie zieht die Mundwinkel hinunter. Das klingt nicht nach guten Neuigkeiten. Max überlegt, ob er es schafft, Cara ins Bild zu setzen, während Judith anderweitig beschäftigt ist, doch der Anruf wird abrupt beendet, und Judith tritt wieder in die Küche. Sie wirkt wie vom Donner gerührt, und Max sieht sie nervös an.

»Was ist passiert? Geht's allen gut?«

Judith setzt sich an den Tisch, ohne die beiden anzusehen. Sie schiebt einen Becher beiseite, legt die Zeitung zusammen. »Paul hat ein Angebot für eine Forschungsstelle in Harvard erhalten«, erklärt sie schließlich. »Sie ziehen Anfang nächsten Jahres nach Massachusetts.«

Sie starren sie beide an. Cara spricht als Erste.

»Ich weiß, das wird schwer für euch, wenn sie so weit fort sind«, beginnt sie vorsichtig, »vor allem, da Christopher in Dubai lebt, aber es ist großartig für Paul, nicht wahr? Und sehr aufregend für Freya und die Kinder.«

Jetzt ist es zu spät, um Cara den ursprünglichen Plan zu erklären, und Max empfindet einen Moment geradezu köstlicher Erleichterung, bevor er das Wort ergreift. »Wir werden uns natürlich daran gewöhnen müssen«, sagt er aufmunternd zu Judith, »aber denk doch daran, wie viel Spaß du und die Jungs in Washington hattet, als ich dort stationiert war. Es ist eine tolle Gelegenheit für alle. Wir können sie ja besuchen. Herumreisen.«

Oscar klettert aus seinem Korb und setzt sich neben Judith, als spürte er ihren Kummer. Er legt den Kopf auf ihr Knie, doch sie schiebt ihn weg.

»Damit hatte ich nicht gerechnet«, erklärt sie verärgert.

Max sieht schon, dass es eine ganze Menge Diskussionen und gutes Zureden kosten wird, bis Judith wieder positiv denkt, und er wirft Cara einen Blick zu, die den Hinweis sofort versteht.

»Ich glaube, ich führe Oscar noch einmal aus, bevor es dunkel wird«, schlägt sie vor. »Wenn das für euch in Ordnung ist?«

»Ja«, gibt Max schnell zurück, dankbar. »Mach das nur.«

Sie geht hinunter, und Oscar poltert hinter ihr her.

Max setzt sich an den Tisch und richtet sich darauf ein, seine Frau zu trösten.

Während der Nacht bewegt eine Brise aus Nordost die Äste, zerstreut den Nebel, der durch die Täler treibt, und kraust die Wasser des Flussdeltas. Im Osten verschluckt das morgendliche Licht die trüben Sterne, und als die Sonne aufgeht, verlassen die Stare ihre Schlafplätze. Die Flut läuft ein, und kleine Boote schwingen an ihren Liegeplätzen. Lichtreflexe beben und brechen, und ein Reiher, der in gebeugter Haltung den kalten Wind abzuwehren scheint, stakst grazil am Ufer entlang. Auf dem Hügel strebt eine Reihe Kühe über das Feld zum Melkschuppen, Landmaschinen erwachen scheppernd zum Leben, und ein Hund bellt. Am Himmel zieht ein Flugzeug vorüber und schneidet ihn mit seinem Kondensstreifen entzwei, und eine Möwe, die im frühmorgendlichen Sonnenschein geisterhaft bleich wirkt, stößt herunter und gleitet dicht über der Wasseroberfläche dahin. Die Stadt erwacht und reckt sich: Ein Briefträger geht die stillen Straßen entlang, Ladenbesitzer schließen ihre Türen auf, Schulkinder versammeln sich an der Bushaltestelle. In der Kirche beginnt der Pfarrer mit dem Morgengebet. »Die Nacht ist vorüber, und der Tag liegt offen vor uns …«

Cara, die im Café an dem Ecktisch sitzt, versucht, dieses seltsame, neue Gefühl von Erlösung und Freiheit zu verarbeiten. Sie kann kaum glauben, dass sie nach all den Jahren ihr Schweigen gebrochen hat. So muss es sich anfühlen, wenn ein Abszess angestochen wird und der Eiter herausfließen kann. Sie hat ein schlechtes Gewissen, weil sie Philips Geheimnisse verraten hat, doch sie waren ein so großer Teil des Ganzen, und ihm kann jetzt nichts mehr wehtun. So viele Schuldgefühle. Während sie ihren Kaffee trinkt, sieht sie, wie Cosmo hereinkommt und sich an den Tisch an der Tür setzt, die er nervös im Auge behält. Bald trifft Amy ein, geht Kaffee bestellen und nimmt ihm gegenüber Platz. Keiner der beiden bemerkt sie, daher hängt sie weiter ihren eigenen Gedanken nach.

Das Außerordentliche war, dass Hal und Fliss – und auch Sam – so ruhig blieben, dass das erneute Durchleben ihrer traumatischen Vergangenheit beinahe enttäuschend war. Nachher schlief sie eine Stunde tief und fest, und als sie aufwachte, blieb sie noch eine Weile zusammengerollt im Bett liegen und fand sich in dieses merkwürdige neue Gefühl ein. Sie fragte sich, wie in aller Welt sie jetzt zur Normalität zurückkehren sollte. Sie nahm ihren Mut zusammen und ging nach unten, um sich ihnen allen zu stellen. Doch sie stellte nur fest, dass Fliss' jüngere Schwester und ihr Mann anwesend waren und einen Drink vor dem Abendessen nahmen. Ganz offensichtlich hatten Gus und Susanna keine Ahnung, was hier vorgefallen war. Die Stimmung war vollkommen natürlich, fröhlich und entspannt, sodass Cara sich zu der Gruppe gesellen und sich von ihrer Freundlichkeit umfangen lassen konnte.

Während sie an all das zurückdenkt, beobachtet Cara Amy und Cosmo. Sie sind vollkommen aufeinander konzentriert, aber nicht so wie früher. Sie sehen einander nicht mehr mit vor Liebe strahlenden Gesichtern an, sondern streiten leise und erbittert. Amys Wangen sind rot angelaufen, und sie ballt die Hände zu Fäusten. Cosmo gestikuliert. Seine Miene ist so ungläubig, dass es beinahe komisch wirkt. Cosmo ist sichtlich bemüht, Amy zum Lachen zu bringen, damit sie ihm nicht mehr böse ist, und versucht, ihr vorzumachen, dass ihre Befürchtungen unbegründet, ja, mehr noch, töricht sind. Für Cara ist es, als spielte sich vor ihr noch einmal die Szene in Rom ab. Cosmo wird nicht zu Tode stürzen, doch sie ahnt, dass er die Schlacht schon verloren hat. Von Reggie ist nichts zu sehen.

Während Gäste kommen und gehen, Kaffee serviert wird und das Leben um sie herum weitergeht, ist deutlich zu erkennen, dass Amy keinen Millimeter nachgibt. Sie beugt sich vor und spricht leise, aber bestimmt und wischt die Hand weg, die Cosmo ihr flehentlich entgegenstreckt. Dann steht sie auf und geht hinaus. Sie wirkt stark und selbstbewusst, und Cara fühlt sich beruhigt. Amy geht ihren Weg.

Kurz darauf steht Cara auf, nimmt ihren Kaffee und trägt ihn zu Cosmos Tisch. Er stützt den Kopf in die Hände, blickt aber sofort auf. Die Hoffnung, die kurz in seinen Augen aufblitzt, vergeht, als er sieht, wer ihm gegenüber Platz nimmt. Cara sitzt schweigend da und trinkt ihren Kaffee, und jetzt lehnt Cosmo sich auf seinem Stuhl zurück und fährt sich durch das kurze schwarze Haar.

»Das hatte ich vollkommen falsch eingeschätzt«, erklärt er im Plauderton, als hätte Cara die ganze Zeit dort gesessen und alles mitbekommen. »Und nun habe ich sie beide verloren.«

Ein kurzes Schweigen tritt ein, während sie darüber nachdenkt.

»Wenn das so ist, sieht es aus, als wäre keine von ihnen für Sie bestimmt gewesen«, sagt sie dann.

Er sieht sie verblüfft an. Er ist Joe so ähnlich, doch obwohl sie immer noch die gemischten Gefühle spürt, die bei der Erinnerung aufkommen, weiß sie, dass auch sie ihren Weg finden wird. Fliss, Hal und Sam davon zu erzählen hat sie befreit und ihr einen Weg aus der Dunkelheit gezeigt. Nachdem sie den Zerrspiegel zerschlagen und ihr wahres Spiegelbild gesehen hat, möchte sie auch Cosmos Muster durchbrechen, um seinetwillen.

»Beim nächsten Mal«, schlägt sie behutsam vor, »lieben Sie von ganzem Herzen.«

Cosmo runzelt die Stirn, als wäre ihm diese Idee neu. »Verstehen Sie, das Ganze hat mich vollkommen überwältigt«, sagt er. Er scheint fest damit zu rechnen, dass sie seine Gefühle nachvollziehen und mit ihm fühlen wird. »Dieser Ort hat etwas Magisches. Amy auch. Es war, als würde man ein Märchen betreten.«

»Märchen überleben angesichts der Realität nur selten, und Sie hätten ohnehin bald nach London zurückgemusst, oder?«, fragt sie.

Er nickt. »Ende nächster Woche. Aber das hätte nicht unbedingt etwas ändern müssen.«

»Nicht unbedingt?«

Er starrt sie an und lächelt dann, weil er die wahre Bedeutung ihrer Frage begriffen hat. »Okay. Das wäre nicht einfach geworden …«

Sie mustert ihn wortlos, und er verstummt. Kurz darauf zuckt er knapp mit den Schultern, als nähme er seine Niederlage hin. Er schiebt die leere Tasse beiseite.

»Wenigstens haben Sie etwas, zu dem Sie zurückkehren können«, bemerkt sie. »Sie haben Ihre Arbeit. Freunde. Al, nicht wahr? Alles, was sie hatten, bevor sie diesem Zauber erlegen sind.«

Bei dem Wort schüttelt Cosmo den Kopf, als hätte er sie im Verdacht, ihn aufzuziehen, und dann setzt er eine nachdenkliche Miene auf. Er scheint sich an etwas zu erinnern, bereits einen Ausweg zu sehen. Er lächelt leise, und schon sieht sie, wie seine Energie zurückkehrt. Dann steht er auf, verneigt sich leicht vor ihr und geht hinaus. Sie blickt ihm nach. Vielleicht gelingt es ihm ja, das Muster zu durchbrechen, und das Leben schenkt ihm eine zweite Chance.

»Sie sehen aus, als wären Sie in Gedanken ganz woanders. Ist es in Ordnung, wenn ich mich zu Ihnen setze?«

Jack steht neben dem Tisch und lächelt zu ihr herunter, und sie freut sich so sehr, ihn zu sehen, dass es sie selbst ein wenig überrascht. Ihr wird klar, dass sie zum ersten Mal die Freiheit spürt, ihm auf Augenhöhe zu begegnen.

»Natürlich«, antwortet sie. »Haben Sie schon bestellt?«

Er nickt und nimmt ihr gegenüber Platz. »Also, was war der Gedanke des Tages, der Sie so beschäftigt hat?«

»Nichts. Ich habe vorhin zugesehen, wie Amy Cosmo seinen Marschbefehl erteilt hat, und jetzt plane ich einen längeren Besuch bei Sams Familie auf The Keep, bis ich ein Haus oder eine Wohnung gefunden habe.«

Seine verblüffte Miene kommt ihr ziemlich übertrieben vor, und sie zieht die Augenbrauen hoch.

»Ich dachte, Sie wüssten, dass das durchaus möglich war.«

»Ja.« Er wirkt immer noch perplex. »Ja, doch.« Er zögert. »Wissen Judith und Max darüber Bescheid?«

Sie beginnt zu lachen. »Merkwürdig, dass Sie das fragen. Wissen Sie, das war wirklich eigenartig. Ich habe beschlossen, Sams Rat zu befolgen, und es sofort nach meiner Rückkehr angekündigt. Nun, als ich hereinkam, herrschte so eine Atmosphäre, als hätten Max und Judith sich gestritten, aber ich habe entschieden, es ihnen trotzdem zu sagen. Und beide wirkten ziemlich verdutzt.« Bei der Erinnerung runzelt sie die Stirn. »Judith schien sogar ziemlich wütend zu sein, was komisch war, weil ich dachte, sie würde sich freuen. In dem Moment klingelte ihr Handy, und sie sah darauf und erklärte, es sei Paul. Also ist sie herangegangen, und dann dachte ich, sie fällt in Ohnmacht. Anscheinend hat man ihm in Harvard eine Stelle in der Forschung angeboten, und er und Freya und die Kinder ziehen im neuen Jahr in die Staaten. Die arme Judith ist am Boden zerstört. Max ist aber ruhig geblieben. Er hat versucht, sie zu trösten, und ihr gesagt, sie würden sie besuchen. Er hat ihr die positive Seite aufgezeigt. Ich fand trotzdem, dass er sich ein wenig merkwürdig benahm. Daher beschloss ich, den beiden etwas Freiraum zu lassen, um das zu diskutieren, und bin mit Oscar um den Bach spaziert.«

Als sie zum Ende ihres Berichts kommt, lacht Jack schallend. Er lacht und lacht, während sie ihn amüsiert, aber perplex mustert.

»Also, worum geht das alles?«, will sie wissen, als er sich wieder im Griff hat.

»Es ist nichts«, sagt er, zieht sein Taschentuch hervor und wischt sich das Gesicht ab. »Es ist nur … nichts. Dann ziehen Sie aus?« Sein Kaffee wird gebracht, und er lehnt sich zurück und bedankt sich mit einem Lächeln.

Cara nickt. »Ich finde, das ist die richtige Entscheidung. Als ich von meinem Spaziergang mit Oscar zurückkam, hat Judith schon mit Freya telefoniert und versucht, einen Plan für einen Besuch an Weihnachten zu schmieden. Max wirkte immer noch eine Spur gestresst, daher habe ich mich verdrückt und bin hergekommen. Wenn Freya, Paul und die Kinder zu Weihnachten nach Salcombe kommen, ist ohnehin kein Platz für mich. Ich habe so großes Glück, dass ich übergangsweise anderswo hingehen kann. Fliss und Hal sind unglaublich freundlich und sehr nett.« Angesichts ihres Glücks stößt sie einen leisen, fast ungläubigen Seufzer der Erleichterung aus. »Ich habe vor, von jetzt an ein Leben zu führen, das nur dem Vergnügen gewidmet ist.« Sie weist auf die Tafel an dem Balken über ihnen. »Das ist von jetzt an mein Motto.«

Jack sieht nach oben, liest die mit Kreide geschriebenen Worte und lacht leise. *»Dolce far niente?«*

Cara schenkt ihm ein Lächeln. »Süßes Nichtstun. Also, irgendwelche Ideen?«

»Nun«, meint er nachdenklich, »falls Sie nicht allzu beschäftigt mit Ihren schicken neuen Freunden sind, könnten wir mit einem Opernabend beginnen.«

»Klingt nach einem guten Plan«, sagt sie. »Was wird aufgeführt?«

»Die Hochzeit des Figaro.«

Sie wirkt erfreut. »Oh ja. Ein großer Spaß. Sehr gern.«

Er lächelt und summt dann leise die ersten Takte von *La donna è mobile*.

Cara platzt vor Lachen heraus und tut, als wollte sie ihn schlagen. »Ich muss zurück«, erklärt sie dann und steht auf.

»Ich auch«, meint er. »Ich muss noch arbeiten.«

Vor dem Café gehen sie auseinander, und Cara steigt die Stufen neben dem *Fortescue Inn* hinauf und überquert die Straße. Max steht auf dem Balkon und stützt sich auf die Brüstung. Sie winkt ihm zu, tritt ins Haus und geht die Treppe hinauf. Von Judith oder Oscar ist nichts zu sehen, und Cara durchquert die Küche und tritt an die Tür, die auf den Balkon führt. Sie zögert, hält sich am Türrahmen fest und erinnert sich an die Nacht des Jägermonds.

Max dreht sich um und lächelt ihr zu. Er wirkt fröhlich, als wäre ihm eine Last von den Schultern genommen worden, und Cara erwidert sein Lächeln. Dann holt sie tief Luft, lässt den Türrahmen los und tritt zu ihm auf den Balkon hinaus.